华北抗日根据地及解放区文艺大系

陈 晋 郑恩兵 主编

《晋察冀日报》
文艺文献全编

文艺史料

第六卷

向 回 梁晓晓 编

河北出版传媒集团

河北教育出版社

图书在版编目（CIP）数据

《晋察冀日报》文艺文献全编．文艺史料．第六卷／向回，梁晓晓编．－－石家庄：河北教育出版社，2023.12

（华北抗日根据地及解放区文艺大系／陈晋，郑恩兵主编）

ISBN 978-7-5545-7655-7

Ⅰ．①晋⋯ Ⅱ．①向⋯ ②梁⋯ Ⅲ．①文艺－作品综合集－世界－现代②晋察冀抗日根据地－文学史－史料③晋察冀抗日根据地－艺术史－史料 Ⅳ．① I11 ② I209.92

中国国家版本馆 CIP 数据核字（2023）第 064046 号

书　　名	《晋察冀日报》文艺文献全编·文艺史料·第六卷
	JINCHAJI RIBAO WENYI WENXIAN QUANBIAN WENYI SHILIAO DI-LIU JUAN
编　　者	向　回　梁晓晓
责任编辑	张　静
装帧设计	郝　旭
出　　版	河北出版传媒集团
	河北教育出版社　http://www.hbep.com
	（石家庄市联盟路705号，050061）
印　　制	石家庄众旺彩印有限公司
开　　本	787毫米×1092毫米　1/16
印　　张	17.25
字　　数	224千字
版　　次	2023年12月第1版
印　　次	2023年12月第1次印刷
书　　号	ISBN 978-7-5545-7655-7
定　　价	98.00元

版权所有，侵权必究

丛书编委会

顾 问
陈平原 刘跃进 王长华 李 扬

编委会主任
吕新斌

编委会副主任
彭建强 孟庆凯 刘 月

主 编
陈 晋 郑恩兵

副主编
董素山 向 回 汪雅瑛

编 委（按姓氏笔画排序）
马春香 王少军 田浩军 包来军 吉 喆 刘书芳 刘贵廷
关小彬 杨 程 杨春生 宋少净 张 辉 张川平 赵 华
高露洋 郭义强 阎晓宏 梁晓晓

编纂说明

在中国共产党百年发展历程中，文艺始终是党领导人民开展进步事业的有机组成部分，是党在各个历史时期的中心工作的实时反映和重要推动力量。"华北抗日根据地及解放区文艺大系"，是一部全面展示抗日战争和解放战争时期华北地区党的历史创造、奋斗风采和形象建构的大型革命历史文艺文献丛书，对于深入研究华北地区革命文艺史、红色新闻史，弘扬伟大建党精神、梳理中国共产党人精神谱系，是必不可少的第一手资料，是我们在新时代坚定树立文化自信的重要思想资源。

一、编纂缘起

抗日战争及解放战争时期，华北地处各方政治与文化力量激烈博弈的前沿，这种特殊政治、军事、文化、地理环境中产生的革命文艺，具有鲜明的地域性特征，是五四新文化运动以来的革命文艺发展史上的突出标识。

但一直以来，由于史料文献整理不足，对华北抗日根据地及解放区文艺的研究，始终未能深入，其独特的地域性实践价值和蕴含的文化创新意义被严重遮蔽。这些史料文献主要以党报党刊的形式呈现，梳理汇编这些党报党刊中的革命文艺史料，借之以探索华北革命文艺的发展路径、发展方向、创造机制和创新经验，是深入贯彻习近平总书记关于"把红色资源利用好、把红色传统发扬好、把红色基因传承好"，"用好红色资源、赓续红色血脉"等系列重要讲话精神的有力举措，也是新时代文艺研究者不可推卸的责任。

2017年6月左右，我们去中国社科院文学所拜访时任所长刘跃进先生，协商合作研究事宜，寻求中国社科院文学所的帮助。请教过程中，刘先生建议我们结合地方特色，做好地方红色文艺文献的搜集整理与编纂出版工作。经过一段时间筹备，2017年底，我们以"河北红色经典系列丛书"为名，正式申报"2018年度河北省省级宣传文化发展专项资金"项目并成功立项，旨在通过选定刊行河北红色经典作品、梳理汇编河北红色经典研究资料、系统阐述河北红色经典发展历史等基础性工作，打造一个集大成式的河北红色经典文献资料库。

项目最初设计共二十四卷，包括六大板块：《河北红色经典史》一卷、《河北红色文艺作品选》六卷、《河北红色经典作家作品索引》三卷、《河北红色经典研究资料汇编》四卷、《〈晋察冀日报〉副刊文学作品全编》六卷、《晋冀鲁豫抗日根据地文艺作品及〈新华日报〉太行版文艺作品汇编》四卷。但在项目实施过程中，我们充分吸收专家意见，认为网络时代和大数据背景下的科研活动有了很大变化，《河北红色经典作家作品索引》与《河北红色经典研究资料汇编》的编纂工作，在当前学术生态中价值不大，并予以取消。同时，在项目实施过程中我们发现，《晋察冀日报》《人民日报》等党报除刊发大量文艺作品外，还有大量记录边区文艺工作者行迹，反映边区戏剧、音乐、文学、美术、舞蹈、曲艺活动与报刊书籍出版发行等各方面情况的文艺史料，以及体现我党文艺方向、方针变化的政策文件与重要领导讲话，是华北地域党和人民对敌作战的重要宣传武器，更是飘扬在华北地区军民心中一面旗帜。这些史料是华北地域革命文艺发生、发展与壮大的真实记录，对我们正确认识革命文艺的特点与历史地位有重要的决定性作用。

为此，我们精心整理了《〈晋察冀日报〉文艺文献全编》《晋冀鲁豫〈人民日报〉文艺文献全编》《〈晋察冀画报〉文艺文献全编》《晋察冀日报社人物志》（共五十一卷），同时收入全国抗战时期和解放战争时期与河北地域相关且被广大群众所喜爱并广泛传唱的红色文艺作品，结集为《河北红色文艺作品选》（共六卷），至此形成丛书目前的五大板块，而且将名称由"河北红色经典系列丛书"改为"华北抗日根据地及解放区文艺大系"，方便以后在此基础上做进一步拓展。

二、地域范围及文艺特质

华北抗日根据地包括当时山东、河北、山西、察哈尔、绥远、热河全部及豫北、苏北、皖北部分地区，分晋绥、晋察冀、晋冀豫、冀鲁豫、山东五大块。1941 年，冀鲁豫合并到晋冀豫，称晋冀鲁豫。其中晋察冀抗日根据地作为开辟最早、地域最大、人口最众的模范抗日根据地，是华北抗日根据地的坚强堡垒，牵制和抗击了三分之一以上的华北日军和二分之一的伪军。

在河北及其邻省周边地区开辟与创建华北抗日根据地，是红军长征到达陕北之后党中央迅速做出的重大战略决策。这些根据地地处对日武装斗争最前线，不仅打开了抗战的新局面，成为华北敌后抗战的主战场，而且进行了新民主主义社会的实践探索，对解放战争的历史进程产生了巨大影响，成为我党开辟东北解放区的前进基地和逐鹿中原的战略后方。随着抗日根据地的开辟，延安文艺工作团、西北战地服务团、东北促进纵队干部队、八路军总政治部前线记者团等大批文艺工作者，随同党政干部一道陆续抵达华北，东北、平津的青年学生也纷纷冒着生命危险来到边区。他们一手拿枪，一手拿笔，深入农村与抗战前线，切身体会工农兵的生活，深刻了解工农兵的需求，从而根本上克服了艺术至上主义思想倾向。所以，华北抗日根据地及解放区文艺，既响应了伟大的民族抗战对文学艺术提出的时代要求，亦充分兼顾到广大人民群众的接受习惯和欣赏水平，真实地反映了华北人民火热的战斗与生产生活。很多作者本身就是农民、战士或基层工作者，他们把自己的经历和熟悉的人和事，通过小说、戏剧、诗歌、报告文学、歌曲、绘画、舞蹈等文艺样式记录下来，语言通俗平实，富有生活气息。由于产生于特定时代、特定区域而又适应特定需要，故而无论是题材、语言还是风格，在体现革命大众文艺共性的同时，又具有强烈的华北地域特性。

华北抗日根据地及解放区文艺的繁荣发展，是专业文艺工作者与工农兵群众共同创造的结果。人民群众不仅是革命文艺运动的主导主体、推进主体、受益主体，还是一切成败得失的评判主体。华北抗日根据地及解放区文艺，归根结底，是"以人民为中心"的文艺。

三、学术价值

今天的河北在抗日战争、解放战争时期是晋察冀、晋冀鲁豫两大根据地的中心区域，有着悠久的革命历史传统和丰厚的红色文化底蕴。据不完全统计，抗日战争和解放战争期间，仅晋察冀边区专区以上就办有报刊四百余种，编印图书五百余万册。如果将这种统计扩大到环绕河北的整个华北抗日根据地及解放区，时间扩展至从中国共产党成立到中华人民共和国成立，数据更为可观。这些红色图书、报刊的出版发行，团结了一大批来自全国各地的著名革命文艺家和专业文艺工作者，其中有大量文艺相关信息，是研究近现代中国革命文艺的重要史料。但因受当时物质条件及复杂局势影响，它们传播范围有限，保存困难，如今已普遍出现老化或损毁现象，面临着消失、断层的危险。

长期以来，由于对抢救、整理和利用红色文艺文献的意义认识不足，现行的科研评价、出版机制亦难以有效刺激科研工作者积极从事老旧报刊等红色文艺文献的系统整理，大量有待整理的红色文艺文献尚未进入学界的视野。特别是华北抗日根据地及解放区的文艺文献，有很多甚至还是学术盲区。如《冀中导报》《救国报》《边政导报》《冀南日报》《团结报》《前进报》《新察哈尔报》《冀热察导报》等各类党报，以及《冀热辽画报》《冀中画报》《北方文化》《五十年代》《新长城》《新群众》《诗建设》《诗战线》等期刊，虽有部分学者对其办报（刊）历程、思想以及传播等方面予以研究，但均无系统的文艺文献整理本。"华北抗日根据地及解放区文艺大系"整理的《晋察冀日报》、晋冀鲁豫《人民日报》、《晋察冀画报》，是当时华北抗日根据地及解放区党报党刊的典型代表，是党的理论和实践同文艺结合的主要媒介和载体，是华北革命文艺重要的传播平台。这些报刊，既客观记录了华北革命文艺的传播与发展，也完整展现了华北革命文艺的特殊使命与风格特征，具有极其重要的史料价值。在此基础上，我们还会将视角延伸到《晋绥日报》《新华日报·太行版》《新华日报·太岳版》等党报，不断地充实这套大型文献史料丛书，以此来系统建构华北抗日根据地及解放区的"文艺史料学"。

四、丛书特色

这套丛书的编纂，主要以抗日战争及解放战争期间华北境内各根据地、解放区出版、发行、制作之图书、期刊、报纸等红色文献中的文艺资料为内容。编纂特色主要包括：

（一）抢救珍贵历史文献，弘扬伟大建党精神。

华北抗日根据地及解放区的红色文献发行于条件艰苦的战争年代，数量少，印制质量粗糙，历经岁月的洗礼，留存下来的品相完好者已经很少，有些到今天已成孤本。这些文献作为特定历史时期和区域的产物，见证了中国共产党领导华北人民争取民族独立和人民解放的伟大历程，反映了华北近代社会的巨大变化，蕴含着珍贵的史料价值和鉴往知来的现实意义，是中国共产党领导的文艺事业、新闻出版事业与意识形态建设发展的历史见证。它们诠释了党的初心和使命，蕴含着坚定的理想信念与崇高的革命精神，到今天仍然具有强大的感染力与说服力，是陶冶情操、磨炼意志，走好新时代长征路的有效精神资源。抢救性搜集、整理与研究这些珍贵历史文献，有利于增强党政干部政治信仰，弘扬伟大建党精神和践行社会主义核心价值观。

（二）文艺与党史密切融合，拓展革命文艺与党史研究的新视野。

革命文艺作品的创作、发表和传播，和党的历史任务和奋斗实践是分不开的。在艰苦卓绝的革命岁月，奋斗前行的中国共产党始终强调，既要拿"枪杆子"，也要拿"笔杆子"。革命的文艺工作者，一手拿枪，一手拿笔，深入农村与抗战前线，以人民大众易于接受和欣赏的形式，宣传党的政策，推行党的方针，为中国共产党顺利完成不同历史阶段的中心任务和伟大使命发挥了独特而重要的作用。本套丛书收入的文献史料，主要是抗日战争与解放战争时期党报党刊中的文艺作品与文艺史料，它们鲜明生动地体现了党的历史，党领导人民争取民族独立、人民解放的奋斗历程和精神面貌，从而为学界从文艺角度研究党史和从党史角度研究文艺提供了有力支撑。

（三）作品汇编与史料梳理并行，还原革命文艺的历史场域。

"华北抗日根据地及解放区文艺大系"的编纂，全面辑录华北抗日根据地及解放区党报党刊上刊登的诗歌、小说、戏剧、报告文学、散文、歌曲、版画等文艺作品，并系统梳理当时文艺发生、发展、传播以及社会各界文艺活动的各类消息和报导，同时选编了大量的河北红色文艺作品作为补充。这种文艺史料与文艺作品的配合整理，还原了革命文艺的历史场域，有利于构建对革命文艺的科学认识。

五、丛书内容

（一）《〈晋察冀日报〉文艺文献全编》共三十八卷：

诗歌三卷

戏剧一卷

小说二卷

文艺评论三卷

文艺史料九卷

外国文艺二卷

散文报告文学十七卷

歌曲版画一卷

（二）《晋冀鲁豫〈人民日报〉文艺文献全编》共十一卷：

诗歌一卷

戏剧、小说、文艺评论一卷

散文报告文学五卷

文艺史料四卷

（三）《〈晋察冀画报〉文艺文献全编》一卷

（四）《晋察冀日报社人物志》一卷

（五）《河北红色文艺作品选》共六卷：

诗歌一卷

戏剧一卷

散文一卷

小说三卷

六、编纂体例

（一）整套丛书题材丰富、门类众多，在体裁上不做强行统一。

（二）丛书中所录作品均为当年报刊发表的原文。为确保丛书的文献性、学术性、专业性和资料性，丛书编辑加工的总原则为保持文献原貌，内容上不做改动。

（三）文字的使用

1. 丛书中文字的使用以2013年教育部、国家语言文字工作委员会公布的《通用规范汉字表》为准。

2. 丛书中的古体字、通假字、俗体字，以及所涉及姓名字号、职官地理等专用字，均予保留。

3. 丛书原文字迹模糊残损，但仍可辨认或可依上下文校正，以字外加方框"□"表示；原文缺字或无法辨识，且无法校补，每字以一个方框"□"表示；如无法统计所缺字数，则以"☒"表示。

4. 丛书中数字的使用，保持原貌。

（四）标点符号及其他符号的使用

1. 丛书在不改变原文意义的情况下，将旧式标点改作现行标点符号。

2. 丛书原文中出现代表文字的符号，如"×""△""○""▲"等，保持原貌。

3. 丛书原文中的着重号、专名号等不再保留。

（五）其他

1. 丛书原文中的注释，保持原貌；编者亦出部分注释，供读者参考。

2. 因为原始文献本身产生于战争年代，保存不易，漫漶不清处较多，丛书疏误之处在所难免，希望专家读者批评指正。

七、鸣谢

本套丛书得以顺利面世，要特别感谢中共河北省委宣传部、河北省社会科学院、河北教育出版社的资金支持，以及北京大学陈平原教授、中国社科院文学所刘跃进研究员、南开大学文学院李扬教授、河北师范大学文学院王长华教授等，为丛书编纂提供了多方面的学术支撑；晋察冀日报社老报人及报史研究会诸位老师，中国社科院文学所现代室、中国丁玲研究会、中国现代文学馆各位专家，也在丛书编纂过程中提出了许多建设性意见；院内外的数十位年轻科研工作者，在原文录入和校对方面付出了艰辛劳动，确保了项目的顺利进行。在此一并致谢。

把艺术交给大众（代序）
——祝贺"华北抗日根据地及解放区文艺大系"结集问世

中国社会科学院　刘跃进

由河北省社会科学院文学研究所编纂、河北教育出版社出版的"华北抗日根据地及解放区文艺大系"结集问世，值得庆贺。

文艺是时代前进的号角。1937年7月7日，卢沟桥事变爆发，全面抗战由此而起。广大的爱国知识分子和青年学生，表现出同仇敌忾的民族气节，走出书斋，走出校园，用知识，用智慧，用不屈的精神力量唤醒民众，用实际行动担负起抗日救亡的历史重任。在此后的岁月里，延安文艺和华北抗日根据地及解放区文艺，是中国共产党领导下的两大主体，双峰并峙，展示着那个时代的风貌，引领了那个时代的风气。

随着抗日根据地的开辟，延安文艺工作团、西北战地服务团、东北促进纵队干部队、八路军总政治部前线记者团等大批文艺工作者，随同党政干部一道陆续抵达华北，东北、平津的青年学生也纷纷冒着生命危险来到边区。他们一方面积极创作大量街头剧、活报剧、街头诗、墙头小说、木刻版画、歌曲、舞蹈等革命文艺，开展抗日救亡宣传运动；一方面也通过开办文艺干训班，开展各行业、各阶层甚至全民的文艺创作与评选活动，吸引工农兵群众加入文艺队伍，掀起了"晋察冀一周""冀中一日"等具有深化性质的群众写作运动，以及"创造模范村剧团""穷人乐"等群众戏剧运动，为晋察冀文艺史添上了浓墨重彩的一笔。

说到这里，我想起2009年参加《北平学生移动剧团团体日记》捐赠仪式的一段往事。从1937年到1938年，在中国抗战史上唯一以大学生组成的"北平学生移动剧团"在长达一年半的时间里，历尽艰难，转辗于国民党第五战区的各个战场，演出话剧，创办报纸，宣传抗日，鼓舞斗志，谱写出响彻云霄的时代赞歌。移动剧团的成员每人一周轮流记述，用日记形式记录了那段不平凡的岁月，《北平学生移动剧团团体日记》就是这部历史的记录。它不是写给个人看的私密记录，也不是为将来面世扬名。作者完全出于一种历史责任，真实客观地记录了那段鲜为人知的历史，体现出强烈的史家意识。日记封面上有这样一段题记，"北平学生移动剧团·愿我永恒·中华民国二十七年二月二十三日始·璧华"。孤立地看这部日记，也许没有什么轰轰烈烈的战斗业绩，也没有什么感人肺腑的情感纠结。客观、平实是它的本色，正是这种本色，为那个历史年代留下一段真实。"北平学生移动剧团"的抗日活动，是文艺工作者投身抗日洪流中的一个历史缩影。

随着抗战的胜利，察哈尔省会张家口解放，晋察冀文协、晋察冀剧协、晋察冀音协、晋察冀美协、晋察冀通讯社、晋察冀边区剧社、晋察冀日报社、晋察冀画报社等文化团体随中共晋察冀中央局和军区领导先后开赴华北根据地，一大批文艺工作者也随之来到华北，开展丰富多彩的文艺活动。他们坚持毛泽东《在延安文艺座谈会上的讲话》中指出的方向，一手拿枪，一手拿笔，深入农村与抗战前线，既为切身体会工农兵的生活，也为深刻了解工农兵的需求，从而在根本上克服了自身相当普遍和严重的艺术至上主义思想倾向，为工农兵而创作，为工农兵所利用，以人民大众易于接受和欣赏的形式，普遍写人民大众的生产战斗故事。譬如左翼作家邵子南，于1938年10月随西战团到晋察冀，主持战地社日常工作，主编《诗建设》；1943年整风运动后，他到阜平任小学教员，在反"扫荡"中与群众、民兵一起转移、战斗，还直接在五丈湾跟随李勇的游击组对日寇展开地雷战；1944年5月随团回延安，在鲁艺任教，后调陕甘宁文协搞专业创作，开始大量创作反映晋察冀边区生活的小说。他以亲身体验为基础创作的短篇小说《李勇大摆地雷阵》（后改为《地雷阵》），运用阜平农民群众的语言，以口语化方式讲述了爆炸英雄李勇的抗日故事，明显吸取了民间说唱文学的优点，特别是在白话叙述中还插入不少快板式的韵白，更适合群众的喜好，因而在当时广为流传，家喻户晓，起到了很大的宣传鼓动作用。其他作品，如《荷花淀》《太阳照在桑干河上》《漳河水》《赶车传》《王九诉苦》《孟祥英翻身》《新儿女英雄传》《白求恩大夫》《我的两家房东》《穷人乐》《李殿冰》《戎冠秀》《没有共产党就没有中国》《团结就是力量》《没有土地的人们》《白毛女》等，都是成功的文艺典范，在现代中国文学史上占据比较重要的位置。

在华北抗日根据地及解放区的文艺创作成果中，还有数以万计的文艺作品和极具研究价值的文艺史料刊发在根据地及解放区所办的报刊上。很多作者，本身就是农民、战士或基层工作者。他们把自己的经历和熟悉的人和事，通过小说、戏剧、诗歌、报告文学、歌曲、绘画、舞蹈等文艺样式记录下来，语言通俗，富有生活气息。人民既是历史的创造者，也是历史的见证者；既是历史的"剧中人"，也是历史的"剧作者"。让故事中的人物自己编词、自己表演的创作方式，很好地反映出人民的心声，并让人民群众从生动活泼的艺术作品中得到教育，这确实是一个成功的尝试。

配合党的中心工作，"把艺术交给大众"，通过文艺唤醒大众，这已成为华北文艺工作者的自觉意识。他们积极响应伟大的民族抗战对文学艺术提出的时代要求，充分兼顾到广大人民群众的接受习惯和欣赏水平，创作了大量的作品，真实地反映了燕赵儿女火热的战斗与生产生活，起到了良好的宣传教育与鼓动激励效果。刘萧无编排新闻报道剧《李殿冰》，编剧与演员一起住到李殿冰家里，以便于熟悉主人公的生活，搜集真实生动的群众语言，还模仿他们的动作，理解他们的心理，甚至还让主人公李殿冰等直接参与剧本的修改和编排。描写群众的生活，邀请群众参与创作，这是当时文艺工作者走群众路线的生动体现。该剧演出后获得当地老百姓的极大赞赏，鲁中实验剧团还专门学习该剧的创作方法，创编了三幕五场话剧《过关》。艾思奇《前方文艺运动的新范例》更是誉其开创了前方文艺的新范例。抗敌剧社的《王老三减租小唱》、冀中火线剧社的话剧《我们的母亲》，也都具有这种特色。

这些文艺作品，可能略显仓促，有的甚至急就于战火中，所以在素材提炼、人物形象塑造以及语言的使用、细节的刻画等方面还有很多不足。但是，这不是一般意义上的创作，而是燕赵大地为争取民族独立、人民解放的集体记忆和行动号角，是中国革命事业的重要组成部分。华北抗日根据地及解放区的文艺，有很多这样未经沉淀的纪实作品，不管其艺术性如何，但在发动群众、组织群众、铸就抗击日寇和国民党反动派铜墙铁壁方面，发挥了无可替代的作用。20世纪五六十年代，河北地区涌现出大量的红色经典，便是华北抗日根据地及解放区文艺的传承和发展。

2017年6月，河北省社科院文学所郑恩兵所长来京与我们协商合作研究事宜。我根据所了解的信息，建议他们结合地方特色，做好地方红色文艺文献的搜集整理与编纂出版工作。"华北抗日根据地及解放区文艺大系"就是那次商讨的成果。全书由五个部分组成：第一部分为《晋察冀日报》文艺文献全编，第二部分为晋冀鲁豫《人民日报》文艺文献全编，第三部分为《晋察冀画报》文艺文献全编，第四部分为晋察冀日报社人物志，第五部分为河北红色文艺作品选。全书收录各种文体的作品六千余种，包括小说、诗歌、文艺评论、戏剧、报告文学、散文、文艺通讯、美术、书法和音乐、文艺史料，还有文艺信息、文艺广告，基本涵盖了华北抗日根据地及解放区的文艺创作情况，具有很高的研究价值。

时值中华人民共和国成立七十五周年之际，我们有机会阅读这部皇皇五十余册的"华北抗日根据地及解放区文艺大系"，更加深切地感受到新中国的建立真是来之不易，她是无数条战线的可歌可泣的人们不懈奋斗的结果。在这样一个特殊的日子里，我们感念当年那些有名无名的作者，感谢参与整理工作的学者，当然，更要感激我们这个伟大的时代。

目 录

延安全体通讯技术工作者致函慰问张市同业 …………………… 1

萧三同志致函美作家　呼吁立即撤退驻华美军 …………………… 2

《新察哈尔报》出版 ………………………………………………… 4

张家口清理敌伪文献的主要经验 …………………………………… 6

奄奄一息的北平新闻界 ……………………………………………… 9

浑源市关文联工作活跃 ……………………………………………… 11

八区时事学习加强　通讯工作即将开展 …………………………… 12

四区召开骨干通讯员座谈会　搞好通讯工作有信心 ……………… 14

中共晋察冀中央局宣传部关于全党办报新任务的指示 …………… 15

成仿吾、萧三、艾青等同志致电声援重庆文化界 ………………… 16

华北文工团、抗敌剧社赶排名剧《白毛女》……………………… 18

新华社召开通讯会议　对张市通讯工作有新布置 ………………… 18

新华社晋察冀总分社发表本市十二月份后半月报道重点 ………… 19

四个月来的本市通讯工作及对今后的意见 ………………………… 20

十一月冀察通讯工作概况 …………………………………………… 23

关于报道发动群众的几点意见 ……………………………………… 25

冀中火线剧社培养干部开设新生队 ………………………………… 28

莫斯科文化界欢迎郭沫若的盛会 …………………………………… 28

关于新旧年关文宣工作太行军区发布指示 ………………………… 31

工人通讯员的好朋友 ………………………………………………… 32

察北宣委会决定开展新年文娱宣传举行优抗劳军运动 …………… 34

怎样帮助工人通讯员 ………………………………………………… 35

为支援前线印刷工友出演话剧 ……………………………………… 37

从五个"W"说起 …… 37
延安文艺界召开盛大座谈会 …… 41
延安举行木刻展览会 …… 42
延安文艺团体纷纷准备新年文娱 …… 43
绥德文工团设计改进民间年画 …… 43
火光剧团声明 …… 44
本市同德戏院成立旧剧联四分会 …… 44
柯棣华大夫上银幕 …… 45
晋察冀边区行政委员会、各群众团体联合发出年节
　文艺工作指示 …… 46
胶东、冀鲁豫学联致函晋察冀边区学联提议成立
　解放区学联 …… 50
华中《新华日报》致函《新察哈尔报》祝贺 …… 51
名歌剧《白毛女》上演 …… 51
新华社与本报新年茶会　招待来张文艺工作者 …… 52
延市举行木刻展览会 …… 53
《新察哈尔报》复电华中《新华日报》 …… 54
延市娃娃秧歌队演出舞剧备受欢迎 …… 55
张市文艺界举行茶话会　欢迎延安文艺工作者 …… 56
晋察冀边区文艺界致政治协商会议电 …… 57
丁玲同志讲青年知识分子的修养 …… 60
黑板报要办好　必须配合实际工作 …… 61
张市六区、七区民校黑板报概况 …… 64
旧剧界联合会宣化第一分会成立 …… 66
承德文化界集会　筹备成立热河文联 …… 67
边区文艺界电慰德莱塞家属 …… 68
艺人龙铁山 …… 68

四区税司街自己编剧自己演 …… 72

戏剧家曹禺、老舍受聘赴美讲学 …… 72

政治协商会议前夕，陪都文化界的沉痛呼声 …… 73

对改造电影的一个提议 …… 77

肃清汉奸文化残余 …… 77

为人民服务　河间艺人成立剧团 …… 78

宣化市三区七、八街组织街剧团 …… 78

延安电台春节广播音乐剧曲 …… 79

太行庆祝和平春节　文娱团体赶排节目 …… 79

《新华日报》举行延安生活艺术展览 …… 80

《人民时代》《人民画报》同时发刊 …… 81

喊出自己的辛酸与欢乐　群众大量创作文艺 …… 82

黑板报作用大　高庙堡就是例子 …… 83

美记者包德盛赞《子弟兵和老百姓》 …… 84

介绍延安木刻展 …… 84

和读者见面（《每周增刊》副刊创刊号） …… 85

新华社重庆分社正式成立　开始发稿 …… 86

前卫剧社在古北口演出《邂落区》等剧 …… 87

民教馆昨日开始展览延安木刻 …… 87

联大举行劳军优抗晚会 …… 88

张市各机关举行团拜晚会 …… 88

张市七区检阅新年文娱活动 …… 89

文艺要为人民服务 …… 89

边委会编委会出版通俗读物多件 …… 90

新华社北平分社成立 …… 91

看了《子弟兵和老百姓》演出以后 …… 91

一九四五年的高街村剧团 …… 93

篇目	页码
巴黎的报纸	94
曹禺、老舍将于春初抵美	94
张市春节文娱活动中群众发挥创作天才	95
把新的内容加到秧歌、高跷里去多做些秧歌活动的报道	97
《冀中导报》将增辟文艺副刊	98
张市地方法院审讯文化汉奸	98
张市春节群众文娱活动的经验	99
太行行署颁发文艺创作奖金	101
《内蒙古周报》即将出版	101
不买票有座位　买了票坐不上	102
文化短讯	102
北平人民的喉舌——《解放报》出刊	104
张市文化界成立"北方文化社"　《北方文化》刊即将出版	104
人民剧院的答复	105
舞俑家吴晓邦在张私人教授舞俑	106
社教模范王尊三	107
本刊启事（《每周增刊》第5期）	111
冀中乡村剧运活跃	111
旧剧界讯	112
陈白尘新剧作《升官图》在渝上演	113
边区剧协函慰洪深教授	113
女作家丁玲电西外长　抗议佛朗哥杀害妇女领袖	114
假民主之名行反动之实　重庆出版《民主日报》	114
苏皖解放区文化卫生建设概况	115
介绍抗敌剧社	115
开创印刷事业新局面　新华印刷局昨告成立	120

为供应儿童读物 《新儿童丛书》征稿 122
加强地方宣教工作 涞源、涞水出版报纸 123
平绥路职工喉舌——《铁路工人》周刊出版 123
昌宛小龙门村剧团获奖 124
《冀中导报》增刊出版 124
承德中小学开学 文协创办艺术夜校 124
介绍内蒙古学院 125
察省文化界筹备成立文联 127
"霸王鞭"的一点介绍 127
晋察冀新音乐运动简述 129
涞源南城子村剧团又是生产大队 136
贯彻"全党办报"方针的苏克勤同志 137
《解放》三日刊出版前后 139
张市文艺界筹备成立全国文协张市分会 145
介绍华北联合大学文艺工作团 146
重要启事 148
中华文协北平分会成立 148
《解放》报、新华分社卅四人非法被捕 148
边区文化界、新闻出版界通电严重抗议 149
抗议非法搜捕北平《解放》报事件 151
《解放》报被搜捕事件 我被捕者达四十五人 153
平绥路员工首代大会抗议北平《解放》报事件 156
北平《解放》报被捕人员经警察局长道歉释放 157
滕代远将军公馆、新华社、《解放》报社遭非法搜查、
　　逮捕经过 158
慰问钱俊瑞诸同志 161
对北平军警非法暴行 滕代远将军谈话 163

解放日报社、新华总社电慰北平被释诸同志	164
我们被捕了	165
北平《解放》报、新华社被捕人员恢复自由始末	166
新华印刷局等致函慰问"四三"事件被捕同志	168
慰问北平《解放》报、新华社被捕同志	168
晋冀鲁豫各界慰问"四三"被捕同志	170
冀中二十四个团体抗议北平"四三"罪行	171
如此"检查户口"？	172
糊里糊涂地抓进来　明明白白地放出去	174
为人民争气	176
北方文化社启事	180
本市各旧剧院筹备旧联基金　自动唱义务戏	180
华北联大成立业余剧团　"五四"前后将活跃街头	180
北平文协召开第一届理监	181
晋冀鲁豫文联成立	182
中华全国文艺协会张家口分会成立	182
上海民主刊物抗议南通惨案	186
冀东军区文工团成立	187
全国文协张家口分会第一届理事会首次集会	187
上海大学教授无法生活　万人掀起自救运动	188
中原解放区文化界电慰陈瑾昆教授	190
华中建大、山东大学合并	190
张市文化界、青年界昨日欢度"五四"佳节	191
大生产运动中察省文教活跃	192
中华全国文艺协会张家口分会会章	193
冀中各领导机关积极布置抗战写作运动	195
解放后的长春文化事业欣欣向荣	197

条目	页码
新东北的新文化	197
山大开学	200
张市新开裕民戏院	200
西安国特绞杀新闻自由	200
郭沫若、茅盾等作家致函华中文化界	202
抗议西安新闻界血案	202
戎冠秀本事	203
本报稿约	205
鲁中工农文教成绩显著	206
边区发起创作运动	207
张家口市业余公学获显著成绩	208
本报邀集文化座谈会　讨论改进副刊	210
三区检讨通讯工作　决加强通讯小组多集体写稿	211
褚辅成、许德珩等组成九三学社	212
本刊紧要启事	213
在火线上	213
沪妇女界自动普选国代　许广平等三十五人当选	217
为支援四平街保卫战　张市剧影院将义务公演	218
张市文协分会将出月刊丛书	218
冀中通讯工作一年来有大进步	219
庆丰戏院创办小学	221
二区艺民小学成立	222
西北联大潮扩大	223
察南宣传会议深刻检讨通讯工作	224
张市剧影院昨义演	225
《王秀鸾》上演后，观众极为拥挤	226
张市学联决定改组	226

南国社名演员俞珊女士抵张	227
宣市教联决定纪念教师节办法	228
第一小学改进工作	228
人民剧院招待剧影界	230
二区召开通讯会议　广泛建立通讯小组	230
本报副刊征稿启事	231
电讯要简练	231
承德广播电台开始本市广播	235
联大新闻系开学	235
平定开展"李煦明运动"　推动全县通讯写作	236
沪当局颁布"艺员登记"　戏剧团体群起反对	237
创刊漫笔（《副刊》第1期）	238
"四三"谈屑	239
北方大学开课	240
赤峰文教日臻活跃	241
文协张家口分会要求立即释放金人	242
张垣文协举会庆贺柳亚子先生六旬寿辰	242
张市文协、旧剧联欢宴唐伯弢、俞珊两先生	243
东线剧运	244
冀南出版可观	246

延安全体通讯技术工作者致函慰问张市同业

"我们骄傲有这样一个光荣的职位，
我们应真正成为人民的耳目口舌。"

【新华社晋察冀分社廿九日讯】顷接延安全体通讯技术工作者致张家口全体通讯技术工作者慰问信一封，兹将全文发表如下：

张家口全体通讯技术工作同志们：

日寇宣布无条件投降后，由于我英勇善战的八路军大进军的结果，张家口这察南重镇，又返回了我祖国的怀抱。我们延安的通讯工作者们，谨向我坚持了八年抗战并解放了张家口的通讯战线的兄弟们致崇高的敬意，我们更热烈地庆贺在人民的通讯战线上获得了新的阵地与新的力量。我们特别向在张市解放后新参加通讯工作的同志们，表示热烈的欢呼。

同志们：让我们亲密地携起手来，在中国人民伟大的领袖毛泽东同志的旗帜下忠诚地为人民服务。我们的工作是科学的，我们的前途是光明的，因为中国人民和中国共产党爱护我们技术工作者像一个人爱护他的手臂一样，我们在中国人民及中国共产党的哺育培养下，将得到长足的发展。我们骄傲我们有这样一个光荣的职位，我们应坚强地站在我们的工作岗位上，发挥我们的技术专长，提高我们的政治修养，团结我们周围的同志，争取更广大的通讯技术工作者和我们共同工作，真正成为人民的耳目喉舌。

同志们！八年的抗战，我们已经创造了伟大的业绩，打垮了日本法西斯，赢得了中华民族的解放，今后展现在我们前面的是建设新的中国。同样的，像在抗战中一样，在和平建设时期，通讯技术工作也将起着重要的作用，我们就是这新中国的主人，因此我们的责任更加重大了，这就是不仅仅需要提高我们的技术，发挥我们的专长，更重要的是武装广大工农群众的技术，耐心地培养教育他们，因为新中国的建设，是需要千千万万的人民大众积极参加的。为了肩负起这伟大的担子，我们衷心地希望着能经常交换意见，互相学习，我们更热切地希望在不久的将来，也许在明天，会看到你们新的进步的姿态，听到你们新的成功的消息。

敬致

兄弟的敬礼！

延安全体通讯技术工作者上
十月十三日

（《晋察冀日报》1945年12月1日）

萧三同志致函美作家　呼吁立即撤退驻华美军

【新华社晋察冀分社一日讯】诗人萧三同志对美军武装干涉中国内政、帮助国民党反动派进行反共反人民内战极表愤慨，特致函美作家果尔德等，呼吁美国人民起来，保卫和平，要求政府立即撤退驻华美军。原函如下：

果尔德、休士、卡尔孟、史内德（M. Gold　L. Hughes　Carmon Schneider）诸同志！

我很荣幸，曾有机会认识了你们，而且共同工作过。已经多年不见了，但我时常怀念你们，现在请允许我给你们写这个信。

艰苦奋斗了十多年的我中华民族与中国人民，得反法西斯蒂的美英苏等同盟国的帮助，战胜了日本帝国主义，我们正计划着进行我们民主和平建国的事业。我们中国共产党及中国人民的领袖毛泽东同志曾亲自到过重庆和蒋介石国民党谈判。我们作了重大的让步，订了"双十协定"。全中国人民正为这个国共两党所作的协定而欢欣鼓舞。但是国民党玩弄两面派手段——一方面签订协定，同时，另一方面对他的军队下命令，向人民的民主的解放区大举进攻。多年以来，国民党消极抗战，坐待胜利，现在却要夺去人民用血肉换来的胜利的果实，企图恢复到中世纪的黑暗专制的统治。在这个战争中，国民党武装应该全部解除武装的、投降了的日本军队，利用他们来更加残酷地杀害中国人民。同时，美国驻华军事指挥部亦用全力帮助国民党来进行全中国与全世界人民所痛心疾首的内战。除空运国民党军队到各解放区外，美军指挥部更直接派遣各项人员帮助国民党军队向中国人民作战。

我现在中国北部，亲自看见中国人民起来自卫抵抗国民党军队进攻的战斗中所缴获的美国装备，亲自听了国民党军队逃来的军官说：进攻辽西的国民党部队，一律均有美军将校干部队参加指挥作战。该项□部，设有司令官，下分情报、作战、供给三组，并有其他炮兵、步兵、武器、运输等专门人员。美军干部队，国民党的军、师、团中均有组织，营亦派有美军官一人。统计每军中美军干部队人数达数百之多，实为一大部队之雏形。这些美军干部队统归在华美军总部指挥，名为顾问性质，实质上参加一切作战之计划及行动。该逃来的军官又说：在山海关战斗中，营级美军干部队人员曾有伤亡，因此目前营级干队人员均已集中在区部……

在别的区域（国民党动员了一百万军队向一切解放区进攻），中国人民自卫战斗中还缴获过不少的美国武装。

看了这些事实，你们知道，驻华美军参加国民党之反人民内战已经到了何种程度！你们想，这不是美国对中国人民的确确实实、不折不扣的武装干涉，又是什么?！

美国参加反德法西斯主义及反日本帝国主义的战争是光荣的。美国人民对世界及中国人民的这一帮助,我们是感谢的!但是在世界大战结束之后,在各国人民正极力要求和平团结,以期重新建设经济、繁荣文化的今天,为什么美国驻华军队不立即回到自己的邦家去,和自己的父母、妻子、朋友相聚,而仍要留在几万里的海外,帮助中国反动派来杀害渴求解放的中国人民呢?中国国民党反动派利用日本强盗来继续杀中国人民,已经太无耻了;为什么曾和日本强盗作过战的美军,现在又和他们手携手地共同来反对中国人民呢?你们想想这是一幅什么图画。

我请你们把中国人民这种愤慨的心情转告给全美国人民。美国人民应该要求自己的政府立即撤回驻华美军。绝对不能容许任何强国干涉中国内政!绝对不能容许美军帮助国民党进行反人民的内战——这是破坏中国国内、东亚乃至全世界民主和平团结的罪行!

我要向你们说的话还多,这次暂止于此。请你们将此意也转达给德莱塞尔、辛克莱、赛珍珠和一切先进的作家、诗人、艺术家、科学家,请他们起来讲讲公道话!

你们的忠实的

埃罗萧(Emi Siao)(萧三)

一九四五年十一月三十日

(《晋察冀日报》1945 年 12 月 2 日)

《新察哈尔报》出版

旦辉

【新华社冀察支社十二月一日讯】经过月余的积极筹备,为察省各界热烈关心的《新察哈尔报》已于本月一日创刊，宣化市民获悉该报诞生，均纷纷向书店订阅。

记者按：《新察哈尔报》为四开版，一、二版专载宣化及察省与冀境平西、二分区各地新闻通讯，第三版为国际国内时事及解放区新闻，第四版则载通讯、文艺、群众政治、文化教育材料及副刊等。关于其宗旨，该报创刊号发刊词中，首先沉痛地指出，过去在国民党军阀统治下，察哈尔人民"只能不声不响地过着牛马的生活"，在日寇统治八年中，"察哈尔人民所剩的只是饥饿与死亡"。继谓："在共产党领导之下，察哈尔人民与八路军在一起，不屈不挠地战斗了八年，终于战胜了日本帝国主义，消灭了伪蒙疆政权。"并盛赞察省人民代表会议及内蒙古自治运动联合会之伟大成功后，即严正指出"全察哈尔省党政军民将亲密、团结得像兄弟，对国民党反动派及任何的侵略者会给以致命的打击，同时我们更用全力进行政治的、经济的、文化的种种民主建设，医平长期战争的创伤，洗净多年落后的面容，建设和平、民主、自由繁华的新察哈尔"。并指出《新察哈尔报》"不是统治阶级的喇叭，而是群众的喉舌，他的使命在于反映察哈尔广大人民的精神生活、物质生活，与社会斗争、自然斗争，为察哈尔广大人民忠实服务"。《新察哈尔报》为察省广大群众自己的报纸，因而，该报发刊词中最后号召："要大家说话、大家办事、大家采访、大家写作，做到群众办、群众写、群众看，使它成为广大群众自己的报纸。"

（《晋察冀日报》1945年12月5日）

张家口清理敌伪文献的主要经验

敌伪文献清理处

【新华社晋察冀分社四日稿】自边区政府移驻张垣之后，即深感敌伪遗留文献有清理之必要，于是派出干部数人协助冀察行署进行清理，后因这一工作相当繁重，乃决定成立敌伪文献清理处，增加干部，有计划地进行清理工作。兹将数月来清理敌伪文献的初步经验介绍如下：

一、对敌伪文献应有足够的重视。敌寇侵略中国，目的在于奴役榨取我国人民、掠夺我国一切资源，以达其使中国完全沦为殖民地的阴谋。因之，其一切文献图书，大都是用以奴役、榨取、掠夺之工具，敌伪对中国文化是采取残酷的摧残办法，但是这些工具的许多部分如能为我们所掌握，则可便利我之对敌斗争，而敌人一切的资源、调查材料又可供我建设新民主主义的国家以不少的参考。因此对敌伪文献应有足够的重视。但是能够这样认识的同志，还是不够多的，一般人是看重物资、忽视敌伪文献，有的同志即使关心敌伪文献，常常是自己需用的、爱好的便拿起来，不需用的、不爱好的便又扔下去。由于许多机关干部对此认识不够，使敌伪文献散失不少，这是一点很重要的经验。

二、清理敌伪文献必须有一定步骤。从敌伪文献的种类来说，应先进行敌伪档案的清理，再进行图书的清理；从清理的地点来说，应先抓紧敌伪首脑机关，再及于各小机关及日人住宅；等等。敌伪文献一般分散于敌伪各大机关及日人住宅、工厂、学校，档案主要部分是在其最高级的领导机关，其分散概况应先做一调查而后进行。由于敌伪档案内有许多□写机密材料，故应集中力量先进行档案之清理，而且因档案分散不广，只要把几个大的机关档案掌握起来，便无大问题，但在清理大机关档案之际，即可顺便将其所存图书加以清理。在清理档案之时，并应派一部分干部进行他处□宗图书的清理。在档案已基本掌握之后，则可把重点转至清理敌伪图书，图书都是公开的，分散较广，凡敌人所住之处及每个大小机关都有一些，这是一个比较艰巨长期的工作。

三、在搜集图书过程中，必须动员一切可能动员之力量，协同进行，始能收效。第一，应当与地方区政权取得联系，必要时可通过旧牌甲，应与驻区的资产清理干部取得配合，使其在清理资产中能注意文献之发现，以便及时通知敌伪文献清理处干部前去清理。如一个区图书很多时，亦可在区临时设一二干部，以便专□清理。第二，动员一切文化机关学校，分城协同进行，这样一方面可以增加力量，一方面又便于统一分配各种图书。总之，必须使用各种力量，才能清理及时、深入。孤军作战，统制包办，是不会收到成绩的。

四、为防止敌伪文献图书之散失，必须采用多种办法。首先，要奖励人民报告或交出，这一方面我们做得还不多。其次，要用行政方式，禁止偷窃图书或烧毁图书，因为许多人因燃料缺乏，有用书做燃料的事情。再次，要出价收买图书，许多人抢了敌人的书后，卖给纸厂做原料，我们发现后，就定价收买旧书，所费无多，所获不少。

五、在清理敌伪文献之际，即应抽出一定干部进行整理分类，以应领导及时了解情况之要求。在整理工作中，我们可以看到：

（一）敌伪档案许多是属于事务手续的文牍，但在这些烦琐的文牍中，常夹有一些重要的调查统计材料及图表，如不细翻，则不容易发现。其属事务手续的，一般说用处不大，但不能因此而一扔了事，必须耐心地去翻，找出其重要部分。

（二）敌伪有系统地对我国特别是华北及所谓"蒙疆"地区的调

查是相当的多，有的是抗战前"满铁"调查的，有的是日本大使馆或"兴亚院"调查的，有的是伪蒙疆政府调查的，内容主要是关于地上地下□□、水利、牧畜、工矿等之调查。至其他□□□、文化、军事方面的材料则较少，□□有些是为了达到其"经济开发"目的而写作的。

(三) 敌伪文献图书如果要分类的话，属于政治、经济方面的，顶少也占二分之一，军事方面的很少，文化方面大部是为便利日人了解中文的语言读本，其余是小说。小说中大部是战争时间出版的，无非宣传发扬其"武士道"精神及"妇道"恋爱等小说。自然科学及应用科学的书籍也有一些，但很少。

由此可见，敌伪文献内容很多，必须耐心清理，才能找出重要部分。一般说，图表统计数字、调查材料、自然科学、应用科学书籍是比较有用的，其余只可做参考。但不能因一部分无用而不加以搜集，这一方面，因为有用的材料和书籍常夹杂在无用的里面，同时一般清理干部也不可能辨别哪些重要、哪些不重要，所以清理工作必须本着"片纸只字不能遗失"的精神去做。

六、关于敌伪文献的分配。经验是，一切重要档案图表交予各有关领导机关，既便分散保存，又便进一步整理，使各机关能借此直接了解敌伪一切设施及计划。至于图书的分配，除各机关学校已掌握者外，其余应归清理处集中起来，以便统一调剂，或成立比较大的图书馆。总之，这些书籍只能供领导上的参考之用，不能作为群众读物。同时，为了阅读方便，应有计划地进行翻译，这一工作尚需各有关机关共同研究，以便统一□□，集中力量。

(《晋察冀日报》1945 年 12 月 6 日)

奄奄一息的北平新闻界

【新华社晋察冀分社通讯】国民党统治下的北平新闻界正处在奄奄一息的危难情况之下,十一月十二日国民党中宣部平津区特派员张明炜更对虎口余生的北平新闻界下了最后的绞杀令六条:"(一)凡未经中央宣传部及内政部核准出版或复刊之报纸、通讯社、杂志一律限定十一月二十二日以前,由各报社等自动停刊,逾期不遵者即予勒令停止发行。(二)如系自备印刷机件,除勒令停止外,并将机件一并查封。(三)(四)从略。(五)全市印刷商店其有私自代印未经呈准者,一经查出,无论该出版品是否合法,各印刷商店应受停业查封之处分。(六)略。"紧接着,《平津晚报》《国光日报》《时代日报》《新平晚报》等一二十家报纸全部停刊。

十一月十八日《国民日报·为暂时休刊告读者》的社论中痛心地说:"从八月十八日到十一月十八日(今天)正为三个月,我们要暂时停刊了。……为什么要整顿内务呢?自然是因为内务有某种程度的'不良'。这不良倘容许继续下去,或者要损害我们,所以毋宁忍痛于出版的一时断折。然而不过是业务上的一时停顿,至于我们的行为那是没有停!"是的,中国人民争取自由的伟大行动是绝不会停止的!国民党反动派无耻地戕杀摧残,想绞杀争取和平团结的呼声是绝对办不到的,大家来看看该报副刊《长青树》的休刊词吧:

```
长青树讣闻（代休刊词）

不肖阔斧天书不丁点等罪孽深重
不自陨灭祸延显考长府君青树恸于中
华民国三十四年十一月十八日寅时寿
终正寝于本宅十六页平板机上距生于
民国三十四年八月十八日丑时享年三
个月整不肖阔斧天书不丁点等亲视含
殓遵礼成服谨择于当日辰刻开吊物价
太高恕不办事（倘若还魂诸君莫惊）
停□本宅听候还魂叨在

□ 闻

作 □□□□
译 □□□□
销 □□□□
其他

孤哀子  阔斧   泣血稽颡
孤哀女  天书   哀哀检衽
承重孙  不丁点 抆泪顿首

鼎惠恳辞          族繁不及备载
```

《长青树》对它的子孙并且做了遗嘱，其原文如下：

遗　嘱

本遗嘱订于中华民国三十四年十一月十七日上午十一时病危时。余倘不起，以此遗嘱为准。

（一）树之将死，其言也善。我绝不骂任何人，也不讽刺任何人——不过这也是不得已。

（二）我脾气耿直，在过去不免开罪于人，但完全出于善意，要记仇的人，尽管记。

（三）我一生没有拍过马屁，这是遗憾。

（四）说真的，我不想死。

（五）假使非死不可，我也想有一天还魂。

（六）还魂以后的我，保管不变脾气。

（七）没有什么了。

《长青树》手订

国民党的血爪窒息了人民的喉舌，且看《长青树》《阔斧》两个挽联与对读者的别词吧：

《阔斧》 大刀队

弹尽粮绝，光荣战死，绝不投降！

春蚕到死丝未尽，蜡烛成灰泪不干。

你莫□□□

月下花儿都入梦，只有那夜来香，吐露着芬芳！

流泪眼观流泪眼，断肠人送断肠人。

人之将丧斯文□□

欲言不尽，后会有期！

《长青树》挽联

耿耿丹心，荡四海。辨忠奸，咬牙瞪眼三个月，读者五万家。今夕撒手暂去，泪是婆娑，心是萧瑟，兀不闷煞人也么哥！

浓浓黑夜，乱五行。倒是非，水深火热四亿人，山河十万里。明朝天朗地清，日也昭明，月也清皎，端的不出版是鬼孙！

是的，欲言不尽，后会有期！天朗地清的明朝是不会远的，中国人民不能允许国民党反动派横行霸道下去的！

(《晋察冀日报》1945年12月7日)

浑源市关文联工作活跃

【新华社冀晋支社四日电】浑源市关文联成立后，自动报名参加该会的知识分子一百八十余人（内有妇女廿余人）。该会内分图书馆、黑板报、墙报、歌舞、戏剧、宣传等组，该会自成立到现在不到二十天，已出版黑板报七次、墙报一次，歌舞组学会舞蹈一个、歌子四个，戏剧组出演了《民兵捉汉奸》和《万年穷翻身》两个话剧，宣传组除刷写标语和读报外，又在音乐组配合下进行街头宣传一次。每天上午十时到下午五时，是图书馆阅读时间，馆内设有多种书籍、报章、杂志，读者非常踊跃。由于文联很好地团结了广大青年知识分子和旧文化人，所以工作极为活跃。

(《晋察冀日报》1945 年 12 月 8 日)

八区时事学习加强　通讯工作即将开展

鲁

【新华社晋察冀分社六日讯】十一月里，八区的宣教工作逐渐活跃起来，前在干部学习上收到不少成绩，最显著的是从思想上认识了学习的重要，学习自动性大大提高了。过去强调工作忙没时间，今天不少干部能挤时间进行学习了。如该区秘书张铮同志工作太忙时，自己晚睡也得将当天报纸看完。李健民等同志下乡时每天早上都能坚持学习。交谈、座谈的时候多了，渐渐造成学习热潮，特别是对时局的议论，随时随地都能听到。他们曾举行了一次测验，参加者十五人，平均分数七一点五七，大体上能答得上来，思想上的问题，也能逐步解决，因之工作积极性也提高了。今天尚存的缺点是：少数同志学习还差，早上起床晚，学习时间还抓得不紧。在社会教育方面，有重点地开办了宁远堡、沈家屯、老鸦庄工农民校，吉家房工人夜校，阎家屯妇女识字班。这几个学校一般地采用了先在村干部思想上进行耐心动员，联系他们的实际要求解决他们的问题，启发学习情绪，个别的动员积极分子，使这些积极分子真正从内心觉悟起来。再经过两种方式去动员学生，一种在动员大会上使他们起带头作用，会后经过他们酝酿；一种是个别进行动员，有了积极分子带头，绝不强迫，因之，现在各校学生均很经常按时上课。学员成分工人、农民共计一百九十六人，妇女二十六人，他们愿意听时事。为了普遍开展解决教员问题，现正在开办冬训班。阅报牌、黑板报全区各村都有了，共计阅报牌三十六处、黑板报四十五块，老乡还愿意看，内容也能经常换。黑板报除去时事消息外，还有本村的"实在事"，如沈家屯斗争恶霸张敏，当写在黑板报上时，群众都来看，拥挤不堪。小站村黑板报介绍了三区合作社办得好，也很愿看。宁远堡、吉家房、上小站，组织起来的读报小组作用很大，报纸一来，读报组就抢着去看，每次读报时均能到廿来人。如上小站二十四号街上有五摊读报的（三份《日报》，两份《工人报》），吉家房的老乡正读报时，有区干部走去，他们提出了些疑问，得到解答后，老乡满意地说："比我们读五回还强哩!"在宣传工作上也很注意，怕群众误工，进行时与各种工作结合着的，如在改造甲牌、统累税、发动群众，各种会议上进行宣传以外，还有小型集会宣传廿三次。关于通讯工作，首先认真地整理了通讯网，洗刷了个别长期的挂名通讯员，重从新进行了登记（共十二名），每个同志，进行自我批评。有的同志认识了"写通讯是负担"的思想是错误的，写通讯是每个干部的工作任务之一，并确定今后要学习"怎样写新闻通讯"。

（《晋察冀日报》1945年12月9日）

四区召开骨干通讯员座谈会　搞好通讯工作有信心

志光

【新华社晋察冀分社八日讯】本市三、四区，于本月初相继召开了骨干通讯员座谈会，出席者均系本区通讯工作中的积极分子，如三区江涛、代玲，四区新力、于金科等。代玲同志仅十一月份即投稿八九件。会议上，大家根据本区三月来的通讯工作，进行了深入检查。综合两个区所提缺点及困难有四：（一）一般通讯员文化程度低（大都是高小程度），对写稿信心不够，不会搜集与组织材料。（二）连写两次登不出来就灰心。（三）愿意写，不知道写什么材料。（四）通讯工作还没与学习很好结合起来，以致看成"额外负担"。但一致认为，自从报社印发《怎样写新闻通讯》小册子后，这些问题在通讯员思想中，已渐得到解决。会上除对以上问题进行讨论外，已确定了骨干通讯员的任务：（一）负责有计划地、全面地报道本区各种工作。（二）组织推动、耐心帮助其他同志写稿。（三）开始培养工农通讯员，吸取经验。为了加强本区通讯工作，在会上重新划分通讯小组，按部门为单位，本部门骨干通讯员任组长。三区通讯员十五人，四区通讯员十四人，各划分为三组，并定出通讯工作计划，保证每个通讯员每月投稿两篇以上。半月召开骨干通讯员检讨会议一次（实际亦是组长会），每月召开一次通讯员全体会，总结一月写稿成绩，进行表扬、批评，并择要地研究退稿及剪报。又，发言中大家一致有信心把这一工作搞好。最后还对报纸提出些意见。

（《晋察冀日报》1945 年 12 月 10 日）

中共晋察冀中央局宣传部
关于全党办报新任务的指示

> 此指示系一九四五年十月八日所发,为纪念本报创刊八周年,特发表于此。本报全体职工愿与全党同志共同努力,使此指示彻底实现,使本报更好地为人民的和平、民主、团结斗争服务,为晋察冀解放区的建设事业服务。
>
> ——编者

(一)反攻以来各地通讯报导工作大见减弱,完全不能适应飞速发展的形势。这说明了全党办报方针并未真正贯彻,无论思想上或组织上都没有根本解决问题。因此目前以大力加强极为必要。

(二)党委与报社的关系必须十分密切,党委的意图须尽最大可能使报社负责编辑工作干部了解,明确规定其参加某一级党委的某些会议,阅读党政军民的各种必要的文件材料,外出活动者与室内工作者力求其机会均等,这一切都根据一个原则,就是使党报干部及时了解各种实际工作的步骤、重点和领导意图。仅仅具体的组织问题与详细部署及其他特殊问题等我们工作上不必要知道的,可以除外。各级党政军民的工作指示、总结等一般地要寄给通讯社与报社。各报纸所在地的党委宣传部部长应参加报社编委(如冀察区党委与张家口市委宣传部部长均参加中央局之《晋察冀日报》编委会),不是挂名的,而是真正担负一定的职责,认真做到各级党政军民领导机关在布置检讨与总结各种工作时都以通讯工作列为重要一项,党委负责总的检查并按时报告上级。

(三)通讯组织在目前条件下,改新华社晋察冀分社为总分社,各区党委一级设分社,地委一级设支社。一律设立电台,地方通讯与军事报道统一由通讯社掌握，一切新闻材料须无遗漏地迅速及时地发交上级通讯社。各地须不断供给各方面材料，县级党委宣传部的通讯干事与城市内区级的通讯干事应普遍建立，加强下层通讯组织的领导，稿件之改写、审阅必须认真建立制度，坚持执行，提高质量，要善于利用电话、电报等通讯联络工具，密切注意时间性。对于大的军事行动或其他重大活动，力求集中使用力量，组织记者团配备电台，是必需的。在城市中的新闻工作如何适应城市环境，掌握新的工作规律，各地应特别注意研究，随时总结经验反映上来、推广出去。

（四）发行工作应改变过去按照行政区划与系统的发行方式，而根据目前的条件采取新的一套。各区城报纸可直接发到县，《晋察冀日报》在察哈尔及冀西、冀北均直发到县，增加发行速度。各地发行工作仍可统一于新华书店，各县设支店或书报派销处，发行干部及经费，尽量统筹自给，走上企业化。提高发行干部掌握工作的能力，使之适合于党报的新需要。

（五）各地收到这一指示后，应即进行检查，并布置新的工作，将结果报告中央局宣传部。

（《晋察冀日报》1945年12月11日）

成仿吾、萧三、艾青等同志致电声援重庆文化界

乞再接再厉制止内战危机

【新华社晋察冀分社讯】成仿吾、萧三、艾青等同志顷委托本社转发致重庆郭沫若、茅盾诸先生一电，原文如下：

重庆郭沫若、茅盾、老舍、洪深诸先生并转反内战协会诸先生：

日寇投降，抗日战争胜利结束，全国人民曾一度欢欣鼓舞，以为

八年来苦难牺牲所换来的，当是和平建国、安居乐业，国家从此不再受外族的侵略与压迫，人民从此可以伸腰、可以翻身了。谁知国内反动派竟丧心病狂，在抗战刚刚结束之际，为了一己的利益，突以百万大军向人民大张挞伐，所到之处，杀人放火，奸淫掳掠，较八年来敌伪所施，有过之无不及，吾民无辜，在抗战胜利之后又遭此涂炭！尤可耻者，昨日之死敌，成了他们今天合作残杀同胞之密友；昨日之奸伪，今天竟成了权贵——悉数加封为反人民的高官，而八年来抗战救民，功在国家民族之人民军队，八路军、新四军被视为"奸匪"，成为"扫荡"之对象。似此忠奸不分、黑白倒置，民族气节荡然无存。试问国将何在？正义何在？这能不言之痛心、思之切齿吗？弟等身在华北，亲见这批残杀我同胞八年之久的敌军伪军，今天仍原封不动地在国民党当局指挥下，和中央军一道，继续向我人民开刀；而昨天和中国人民共同抵抗日寇的盟军——美国驻华军队，竟不惜用全力（物力、人力）和国民党，和敌伪一道，共同进行这一可咒的内战，破坏中国、远东，乃至全世界民主、和平、团结大事业，真乃咄咄怪事！欣闻诸先生在重庆等地发起反内战求和平运动，成立反内战协会，诸先生为国为民之热心与毅力，弟等无任钦佩，特此电达，务乞再接再厉，以各种行动制止并彻底消灭内战危机，要求国民党政府立即撤退进攻各解放区的军队，严厉抗议美国驻华军队对中国人民的武装干涉，使我全国人民出水火而登衽席，幸甚，幸甚！

成仿吾、萧三、艾青、崔毓林（林子明）、江丰、马远、张汀、陈企霞、王朝闻、莫朴、彦涵、厂民、钟敬之、舒张、吴寻、杜矢甲、李焕之、张风、夏风、贺敬之

（《晋察冀日报》1945年12月11日）

华北文工团、抗敌剧社赶排名剧《白毛女》

【新华社晋察冀分社九日讯】华北文艺工作团和抗敌剧社,已于日前开始联合排演轰动延安的六幕新型歌剧——《白毛女》,现第一幕已赶排完毕,月底即可正式演出。按:《白毛女》系流传于晋察冀农村的一个民间传说,由延安鲁艺工作团编写成六幕二十场的新型歌剧。首次于中共七代大会时演出,即获得好评,后在延安连续演出三十余次,和《血泪仇》《周子山》同为抗战以来在延安上演次数最多的剧本。该剧借白毛女的身世,反映了新旧两个不同时代人民的生活,暴露了旧社会统治阶级丑恶面孔,描画了解放区人民翻身的图画,是一部富有教育意义的作品。

(《晋察冀日报》1945 年 12 月 11 日)

新华社召开通讯会议　对张市通讯工作有新布置

【新华社晋察冀分社十三日讯】为了检查本市前期通讯工作,十二日本社召开了本市扩大的通讯会议,除本社记者外,市级各机关及各区通讯干部均出席参加。会上对前期通讯工作作了检查,用具体事实指出四个月来本市通讯工作无论在对外宣传、交流经验、指导工作、反映情况的各方面都有不少成绩。在毫无通讯工作基础的条件下,保证了报纸稿件的需要。十一月份本市稿件已增至三百件以上,随着本市工作的进展,迅速地反映了本市人民翻身的斗争过程,并帮助了各项工作的进行,通讯组织亦开始建立并发现了工人店员中的通讯骨干。但同时也指出,目前通讯工作还存在着严重的缺点,主要是大家办报的思想没有贯彻通讯工作,还只是少数积极分子投稿,不少同志认为写稿是额外负担，互相推诿，依赖记者，以致许多该报道的没有报道。另外是缺乏城市通讯工作的经验，不能抓住城市的特点，具体而深刻地报道给读者。通讯组织、通讯领导还很紊乱，没有统一的计划；也没有建立起健全的制度，造成一种混乱现象。大会根据这种情况，提出了目前本市通讯工作的具体任务，并强调指出目前要进行的四个具体工作：一、大量发展通讯员，普遍建立通讯小组。二、加强通讯工作的具体指导。三、学习写通讯，改进新闻通讯的写作，用多样化的形式和内容反映城市建设。四、加强记者采访工作，并具体解决本市通讯工作的领导关系。经大家讨论后，市委孙明同志指出，全体同志一定要重视通讯工作，而且要实行首长负责、亲自动手的办法，号召主要干部积极投稿带动别人。此次会议决定现各区正分别传达中。

（《晋察冀日报》1945年12月16日）

新华社晋察冀总分社发表
本市十二月份后半月报道重点

一、迅速继续报道调查征收工作，要点着重在揭发敌伪的苛捐杂税，宣传民主政府所执行的公平合理的税收政策及人民拥护政府税收的高涨情绪。介绍调查及评议的办法和□□，动员群众早报实报，反映群众反假报的舆论，奖励真报实报，批评假报匿报。多做□□商户的征税调查，用具体事实来报道私人资本主义发展的"光明前途"。交流与总结经验，及时报道工作进度；开展革命的竞赛，批评工作中的缺点，纠正工作中的偏向，反映征收工作中之商会工作，推动征收工作的顺利完成。

二、在报道调查户口的工作中要加强对调查户口的宣传工作，说明调查户口保卫人民安全生产的意义和作用。报道在调查户口中军警与人民的亲切关系，介绍调查户口之优良方式，并指出我民主政府调查户口与敌伪任意搜查、统制、镇压人民有本质的不同。表扬调查户口中的模范，交流调查户口中的经验，反映在调查户口中了解情况为群众解决自己的范例，把调查户口与解决群众实际问题结合起来。对于那些破坏分子应造成群起反对的舆论和打击。

三、继续报道发动群众工作：

（一）完成工人、学联、商会代表大会的报道，反映各个代表大会的盛况，与为群众服务的精神，多多反映工人、学生、商人的实际要求和解决实际问题的模范。说明工、学、商各团体工人、学生、商人的亲切关系及各阶层群众对自己组织拥护与热爱。

（二）宣传时事教育，继续报道张市人民反对内战、支援前线的工作，报道新年文化□□话剧，民校、夜校、工人学校的学习情况，以及民众教育馆、群众俱乐部的活跃情形。

（三）加强对人民武装的报道，显出人民在翻身后的力量，说明群众武装为群众服务的事迹和人民对自己武装的热爱关系，总结城市群众武装的经验。

（四）反映冬季生产特别是合作社工作以及用合作生产救济灾难度过冬荒的情形，介绍合作社□□与做法，提高群众对合作社的认识，开展合作社工作。

（《晋察冀日报》1945年12月16日）

四个月来的本市通讯工作及对今后的意见

新华总分社通讯采访科

张家口市的通讯工作，随着本市工作的开展，四个月来一连串地

报道了救济灾难、增加工资、□□复仇、商业贸易、民主选举等各种群众运动，全面地反映了张市人民翻身的过程和城市的建设概况。上述各项的报道，不仅对老解放区的群众有着极大的鼓舞，对新解放区特别是新解放的城市工作有着不少的帮助，而且对国民党收复区的人民都有着□□的□□。他们在□□张市人民翻身后的□□□□□，□□加深了他们对国民党□□□□□□□与不满。本市新闻和本市读者□□□□，但在市外读者却是十分新鲜的。随着我们工作的开展，本市的通讯工作已逐步深入，我们已经在工人、店员、机关干部中发展了通讯组织而且涌现出许多优秀分子、工农通讯员。如一区□□□，四区店员工会主任郑维周，六区新选新华街街长李万全一类的通讯骨干与模范。由于通讯员的努力及全体同志的积极投稿，本市稿件在数量上从十一月份起平均每日能收到十件以上，最初的稿荒现象逐渐下降，在质量上特别在民主选举的报导中有显著的进步。二、六区选举经验的总结，七区选举运动连续报导，对交流经验、反映情况、指导工作上都发挥了应有的力量和作用。这些就是四个月来本市通讯工作的主要成绩和收获。

　　但是缺点与偏向还是严重地存在，最主要的是缺乏城市报道的经验，抓不住城市特点，从新闻通讯中不能明显地表现出城市与农村的不同之处。同是控诉复仇运动，在报道中不能把城市而且是这样大城市的控诉复仇运动与农村的不同之点反映出来；同是民主选举，我们也没有把城市而且是新解放城市的□□□□□有工作基础的农村选举的差异报道出来，不能够给读者对张家口有更深刻的印象。另外，新闻通讯多表面现象的罗列，缺乏深入的研究，对工作的指导作用不大，几个轰轰烈烈的斗争都没有组织社论短评，通讯工作亦未能根据本市工作发展的规律，进行有重点的而又是连续性的报道。新的问题、新的经验没有及时反映，常多落后于群众斗争，内容空洞枯燥，通讯与实际工作脱节。再加上通讯组织没有普遍建立，通讯领导不够统一，没有统一的报道计划，长期没有建立通讯制度，进行通讯指导，便形成谁想写谁写、想些什么就写什么的混乱现象。产生这些缺点的原因是，由于城市通讯工作初建，没有通讯工作基础，整个工作繁忙，写通讯者人少，但是缺乏大家办报的思想都是主要的原因。许多同志认为通讯工作是额外负担，怕写稿耽误工作，眼高手低，眼前生动的、具体的事实不写，而想写长篇的一般通讯，自己能写不写、互相推诿、依赖记者，以致许多该报道的没有报道，该反映的没有反映。

根据目前情况，贯彻大家办报的思想，大量发展通讯员，普遍建立组织，用多样化的方法与内容进行报道，加强对外宣传，提高通讯对工作的指导作用，克服通讯工作的混乱现象，就成为本市通讯工作努力的方向。党政军民必须贯彻大家办报的思想，重视通讯工作，为着加强本市通讯工作：

一、要大量发展通讯员，普遍建立通讯组织。各机关团体、工厂、学校的通讯小组要在十二月底全部建立起来，并且要认真登记、整编小组，以便更全面地反映本市各种工作。每个区要求发展三个到五个骨干通讯员，成为组织团结一般通讯员开展通讯工作的骨干，加强对骨干通讯员的领导，定期检查、定期开会，实行具体指导。这步工作完成后，即应在工人、店员、学生中开展大量发展通讯员的工作；各机关的通讯员应成为工厂、学校、商店通讯员的组织者、领导者。

二、加强通讯工作的领导和指导。本市一切通讯组织统一由市领导，新华社负责业务的指导。目前新华社已建立的退稿剪报复信制度要继续进行；同时为加强业务指导，每月进行通讯总结，分别优劣，实行鼓励、表扬，定期召开通讯员会议，研究通讯工作，提高报道质量。

三、努力改进报道技术。无论写任何一类稿件，要考虑到它在对外宣传、交流经验、指导工作、反映情况的作用和意义，要提出问题、说明问题，有头有尾；抓住工作的特点，多作典型报道，避免写空洞无物的新闻和通讯。根据工作的发展组织写稿，使通讯与实际工作进一步结合。通讯员中，可组织集体写稿，多看报纸，互相学习，以便提高写作技术和能力。

四、加强记者采访工作。一方面要克服大家单纯依赖记者的思想，一方面要扩大记者活动范围，创造城市采访法。记者不仅要做宣传工作，而且要做组织工作，善于组织别人报道，在活动方法上要跟随工作的开展，做有计划的采访，克服忙乱现象，真正发挥记者的主力作用。

解放区的群众、全国的民主人士都在关怀张家口的每一个动态，张市工作亦正在紧张地建设中，为加强对工作的指导与对外报道，我们的通讯工作一定要加强起来！

（《晋察冀日报》1945年12月16日）

十一月冀察通讯工作概况

新华社冀察分社

我们的通讯工作，在十一月中成绩是不很好的。如共收到的六百七十三份稿件中，在《晋察冀日报》上刊登的却只有一百一十一份（其中一分区一百五十二份登出二十二份，平西五十五份登出二份，平北九十四份登出七份，察南一百○二份登出二份，察北四十六份登出六份，宣化一百二十六份登出十一份，本社记者六十七份登出廿九份，察哈尔省各直属机关共二十六份登出四份）。我们单单从这一数字的比较上，就说明了我们稿件的质量还是很低的。在十月份曾提出的许多缺点，如零碎、一般化、千篇一律、有头无尾等等，但直到如今依然没有很好地加以克服，许多极生动的斗争与宝贵的经验，还都没有及时地反映与报道出来。我们在新闻战线上，是没有发挥了应有的威力的。

但在这一期间，也有许多通讯员与支社做得较好，值得提出学习表扬的：第一，各地负责同志亲自动手的已日渐增多，如十一分区专员臧伯平、实业科长苑鹤，良乡县委书记王漫，涿鹿县委张雷，昌宛县长曹建章，怀来县委郑英年，赤城县委任富，延庆县委王志宏，天镇县委魏明、白清，广灵县委书记李发奎，兴和县委周剑琴，康保县委晋拓东，多伦县委王汉昌，张北县抗联主任孙泽民等同志，这里尤以天镇魏明同志写稿数量较多。良乡王漫同志，对这一工作也抓得很紧，最近良乡的报道工作也比较活跃。他们的来稿中，已经能够部分地反映出良乡工作的动态。第二，最近我们收到一些稿件，上面没有负责人审阅的签字盖章，更没有对稿件提出意见，对于审稿工作很马虎。但十九分区地委苏克勤，一分区易县县委余乐夫、龙华县委唐勃等同志却相反，他们在审阅稿件之后，不但签字盖章，而且很认真地提出对该稿的意见，这种对党报负责的精神，我们认为是值得学习的。第三，我们有些通讯干事，因为对通讯工作认识不足，对工作不安心，不积极主动地推动通讯工作，影响了工作的开展。但易县的王滨、涞源的贾扬二同志，却对通讯工作非常认真努力，值得表扬。第四，在十一月里，各支社有一个普遍的缺点，就是不管稿件内容充实与否，大小零碎原封不动地转来分社，其分支社阅过的稿件上面，批下了"此稿空洞，缺乏内容""此稿极零散，需修改"，等等，也转来了，支社几乎成为稿件的转送站了。察北支社做得较好，他们将同类稿件加以综合，有充实内容而写得零乱的加以改写，这是值得各支社学习的。另外，平西支社为了加强对通讯员的指导，出版了《给通讯员的信》，这种办法是很好的。第五，宣化的工人通讯运动，已更进一步开展起来，新华铁工厂、电灯公司、新察哈尔报印刷厂等工人通讯小组，都建立了经常的会议制度，集体研究写稿子，因此他们的进步很快。就最近来稿不完全统计，在《日报》《新察哈尔报》《工人报》上登出的几乎占全部来稿的百分之八十，其中尤以田百方、郎宝祥、张敬乾、甄士义等工友最积极，他们写得多，而且积极推动了整个小组，实在是工人通讯员中的模范。以上这些，只是他们初步的努力结果，但它对于今后大规模开展通讯工作是打下了很好的基础的，我们希望冀察的全体通讯员与各支社多多向他们学习。前些时候，我们曾收到一些地区对通讯工作提出的意见，其中曾提到："希望分社在通讯工作上开展英模运动。那么，这次就作为我们开展通讯工作英模运动的一个准备吧！"

(《晋察冀日报》1945年12月16日)

关于报道发动群众的几点意见

新华社冀察分社

我们从九、十、十一三个月的来稿来看，其中占有最大比重的就是关于发动群众的报道，这是很好的现象，因为"深入地发动群众是目前工作的中心一环"，由此也说明了我们在通讯工作上是把握□与实际斗争的结合的。但是因为我们对于发动群众的报道方法还缺乏更好的研究，所以就产生了"千篇一律""有头无尾"（十月份冀察区的通讯工作中所提的）等缺点。为了要及时地转变这种现象，现特将关于发动群众的报道问题，提出以下意见，以备各地参考。

第一，通讯工作是建筑在实际工作的基础之上的，离开实际工作空谈通讯的提高就不能求得真正的收效。只有深入现实斗争当中，我们的通讯工作才能呈现新的气象，为此，我们还要着重地提出：采访必须和实际斗争紧密结合。在这里就希望各支社与各县通讯干事能有重点有计划地组织该地区的典型材料，并争取有重点地亲自参加各该地区之典型示范工作（典型村、镇、城市、学校、工厂等），并在此工作之全部过程中拟订全盘采访报道计划，将工作中各种问题详加报道。如在一典型村，可报道该村过去敌伪的压榨、群众的痛苦、迫切需要等情形，解放后如何发动斗争，斗争中群众的情绪、力量和创造，碰到什么问题，如何克服的，斗争胜利的成果，胜利后群众觉悟程度的提高，群众对共产党八路军的拥护与更进一步的认识，群众在这次斗争胜利的基础上又进行了什么的活动（如工人生产热忱的提高），对全部斗争的评价及其经验的总结等。但这并不是说对于每一个村、每一个地方都要求这样，像那些材料比较一般的零碎稿件则望各支社能综合改写一下，不要原封不动地转送来。

关于这一点，我们主要的精神是希望各支社能根据各该地区情况进行研究，如何使通讯工作与实际斗争结合得更好，而且在这当中，更要注意到典型报道、综合报道与连续报道等问题。

第二，我们知道在一个斗争的全部过程中，是充满了曲折、复杂、动人的事迹的，因此就需要我们采用多种多样的形式，才能将它活生生地写出来。但是从这三个月里发动群众的来稿来说，差不多所看到的都是什么地方开展了什么斗争会，把那些动人的斗争写得很平板、很一般，把原有的鲜明色彩都冲淡了。这的确是个很大的损失，我们希望各支社也要重视这点，并能常研究什么样的材料写成新闻甚至简讯才好，什么样的材料需要写通讯，什么样的需要采用叙述的手法，什么样的又需要描写。这里，张家口市回民斗争牛羊肉业组合的全部报道是个很好的范例，各支社可用来作为业务学习材料之一。（《晋察冀日报》第二版：十月三日，《张市回民展开清算复仇运动及回民斗争大会速写》；十月四日，《在敌牛羊肉业组合下一万八千人被迫失业》；十月五日，《张市回民清算复仇运动进入紧张阶段》；十月十日，《张市回民清算复仇运动坚持斗争获初步胜利》《敌牛羊肉业组合会的血腥业务》；十月二十四日，《回奸李郁周、郑世英案民争部分判赔偿回民回商全部损失》《摆脱了"屠宰场"的张市回民》。)

第三，生动的事实要能生动地报道出来。除了上面所提要注意研究写作方法外，它的基本关键还在于如何抓住事件的特点，透过现象深入到本质中去。缺了这些，要谈深刻真实、生动，那是很难说的。我们在工作中往往容易被一些片面现象迷乱视线。比如减租斗争中，有些地区看起来很热闹，开了这个会，也开了那个会，租子也减了不少，但实际上却是干部们在代替群众进行斗争的结果，租子减了，群众仍未发动起来。这样的情形很有一些，所以我们如不深入地研究，一定会被现象蒙蔽，我们所写出的东西也绝不会有力和生动。因此需要我们能虚心地到群众中去学习，向领导干部去学习，多用脑子思索研究，深入到现象的本质中去。只有这样，我们的通讯报道才能有严正的立场、尖锐的批判性，才能真正地总结出经验，达到指导工作的目的。

以上只是我们简单提出的几点，当然在实际的过程中还会碰到更多的问题，希望大家能随时随地地把它们提出来进行深入研究，把经验总结出来，以便在各支社间互相交流。我们相信，在全体通讯员同志的共同努力之下，我们的发动群众的报道一定会提高一步的。而这些意见，不仅适用于报道群众斗争，其他内容的报道，基本上亦能适合。

（《晋察冀日报》1945年12月16日）

冀中火线剧社培养干部开设新生队

并设儿童班培养儿童艺术天才

【新华社晋察冀总分社十六日讯】冀中十三日电：冀中军区火线剧社为开展新民主主义的文艺运动，培养为工农兵服务的文艺干部，决定开设新生队，招收有志从事文艺工作的青年，进行训练，并为培养儿童艺术天才，特设儿童班。现已开始招收学员，准备于明年元旦期间训练。这一工作之胜利完成，对于根据地的文化艺术工作，将增加一支新的力量。

(《晋察冀日报》1945 年 12 月 17 日)

莫斯科文化界欢迎郭沫若的盛会

在苏联宣布对日作战的同一天，莫斯科曾经开了一个欢迎正在访问苏联的郭沫若先生的盛会。主持会议的是苏联对外文化协会会长凯门诺夫。参与会议的有：苏联驻华大使彼得罗夫，艺术委员会主席克拉甫钦科，高等教育委员会副主席库兹明尼赫，科学院东方艺术研究所所长斯特鲁夫，科学院哲学研究所所长斯维特洛夫，作家联盟主席名诗人吉洪诺夫，名作家爱伦堡、莱昂诺夫、马尔沙克等多人。这是莫斯科近来文化界罕有的一个盛大集会。

会上，凯门诺夫说：

"今天我们在这儿聚首一堂，来欢迎中国文化界的要人——作家、历史家和哲学家郭沫若，他的活动成绩，对于当代民主中国文化的发展这么功绩卓著，在所有一切进步的国家中，特别是在苏联，被评价得这么高。

"我们向作为中国文化界代表的郭沫若致赞辞的时候,我们同时要特别强调我们对于英勇的、劳动的和有才能的中国人民,表示深切的尊敬和热爱,而中国人民在科学与艺术方面毫无愧色的代表人物——郭沫若教授——我们今天正怀着伟大的喜悦,把他当作我们亲爱的宾客在欢迎着他。

"郭沫若在他的工作方面转向中国的古代史,然而,并不在考古学博物馆中过隐居生活,使自己隔离同时代人的生存攸关的斗争,他却在中国人民的英勇的过去中,找到了富有生气的传统精神。这种传统精神,帮助今日的民主中国为国内的团结而战,为消灭外来侵略者——掠夺性的日本帝国主义者而战。"

席间,凯门诺夫详述郭沫若在历史、文学和文艺翻译方面的功劳,他继续说道:

"今天是意义重大的一个日子。由于苏联政府英明而正确的决定,由于我们对于这么刚勇地向日本法西斯蒂作战的爱好自由的中国人民怀抱着永恒的好感、同情与友谊,我们现在可以干杯,祝我们的共同斗争胜利,祝在东方的侵略的最后温床——帝国主义的法西斯的强盗国土——日本的最后败北!

"……日本使我们的友好邻邦中国,倍受蹂躏,已经多年了。伟大的俄罗斯哲学家普列哈诺夫,曾经简明陈述过一句合乎逻辑的古谚:'我的朋友的仇敌,是我的仇敌。'日本是我们朋友的仇敌,所以日本便是我们的仇敌。这句合乎逻辑程式的古谚,并且说:'我们的仇敌的朋友,便是我们的仇敌。'日本是希特勒德国的朋友,而且是仇视爱好自由的全人类的,因而日本便是苏联的仇敌了。"

最后,凯门诺夫高呼口号:

"爱好自由的各民主国家人民的战斗同盟万岁!"

"由天才感召的苏联各民族人民的领导斯大林元帅所统率的红军正在出力促成的我们的胜利万岁!"郭沫若先生致辞,感谢苏联对外文化协会会长凯门诺夫给予他一切机会能够详细考察莫斯科、彼得格勒、伏尔加格勒和塔什干各地的文化机关。

在对于苏联红军消灭日本法西斯强盗表示了明确的信心之后,郭沫若又说:"然而,对日本取得了战争的胜利以后,必须接着就进行猛烈的斗争,以灭绝所有种种法西斯的意识。只有在进步的民主的文化基础上,法西斯意识才能够斩草除根。"郭沫若表示确信说:"苏联作家们以及苏联文化界所有一切工作者们,必须帮助中国文化界的工作者们完成关于把法西斯意识打破的这种具有生存攸关的重要性的任务。"

郭沫若干杯祝苏联人民、红军及其领袖斯大林大元帅健康。

苏联驻华大使彼得罗夫,干杯祝苏联和中华民国的联合武装力量迅速战胜日本帝国主义的侵略,并祝斯大林大元帅和蒋委员长健康。

苏联政府直属艺术委员会主席克拉甫钦科,代表苏联艺术工作者向郭沫若致敬。他表示确信说:中苏两国人民在为反对日本侵略而作战中的战斗合作,必将引起中苏两国友好人民在文化与艺术方面发生更亲密的关系,而且更加互相熟识起来。

苏联科学院东方艺术与文化研究所所长、科学院会员斯特鲁夫,以及莫斯科东方艺术与文化研究所所长菲森科教授,盛赞郭沫若在精确研讨中国古代史复杂问题方面所表现的卓越贡献。

斯维特洛夫教授致辞时,阐明郭沫若作为中国哲学——全世界最古哲学的研究者的贡献。斯维特洛夫提起他所主持的苏联科学院哲学研究所,目前正在研讨中国哲学史中的若干问题,他希望郭沫若教授以及他的中国的同志们能够帮助苏联的哲学史家,使苏联读者们熟悉中国哲学思想中的要旨。

诗人尼古拉·吉洪诺夫代表苏联作家联盟，向郭沫若致敬。他使他的听众们想起：中国人民为争取独立而对日本帝国主义侵略者进行的英勇战斗，苏联人民一向表示深切的同情。"苏联作家们，"吉洪诺夫说，"和苏联举国人民，一同赞美中国人民的英雄主义，对于中国民主作家们，首先就是郭沫若，在促使共同敌人——法西斯日本败北的事业方面所起的显著作用，予以崇高的评价。"

名作家爱伦堡致辞时说："……就像两艘军舰在海上相遇而鸣礼炮一样，一个作家遇到了另一个作家时，也要向他敬礼。我向作为青年中国的代表的作家郭沫若致敬。因为在我的心里，中国不仅是一个古老的国土，还是青春的国土。我歌颂郭沫若的青春和中国的青春。"

著名诗人和儿童作家马沙尔克说："苏联人民不仅尊崇中国的伟大的过去，而且对于中国的伟大的将来，更抱着深切的信心。"他干杯祝中苏两国儿童健康，并说："中苏两国的儿童就要看见自己祖国的光辉灿烂的将来了！"

最后，郭沫若先生向会众致告别词，他说："苏联人民对他表示亲爱和尊敬的话，他把这些话作为对整个中国人民说的话而接受了。"他又说，"我请苏联人民捍卫中国人民，而且保护他们，就像老大哥保护小兄弟一样！"

举行盛宴时，始终洋溢着异常热烈而友好的气氛。

（《晋察冀日报》1945年12月19日）

关于新旧年关文宣工作太行军区发布指示

号召军民加强团结反战自卫

【新华社太行十九日电】太行军区政治部于本月十日颁布关于

新旧年关宣传与文化娱乐工作的指示,号召全区军民加强团结,发挥更高度的战斗自卫积极性,坚决地反对内战保卫解放区,在领导上,应使这一运动普遍深入到连队及群众中去。新年时,工作对象主要为部队、连队,通过时事讨论会、除夕同乐晚会、元旦团拜会餐、慰问伤病员、宣读新年祝词、清洁运动、回忆旧岁,造成部队活跃愉快的新气象以达到巩固部队的目的。旧历年关至元宵节,工作之主要对象为密切军民关系、军民同乐,继续进行拥政爱民的政治教育,检查群众纪律,向抗属群众政府拜年,召开座谈会,征求对军队的意见并帮助冬季民兵训练,向群众进行时事教育。

(《晋察冀日报》1945年12月21日)

工人通讯员的好朋友

介绍宣化工人通讯员星期训练班

蔡迪

宣化工友在进行各种斗争后,很想把他们的胜利登登报,可是"怎么写稿子,怎么去登报?"实在是个难题。当时,我们就想出个办法,开设工人通讯员星期训练班,下决心来帮助工友们写稿子。许多积极的工友都很拥护这个办法,在大家的努力下,这个训练班就成立起来,已经有两个月的光景了。工友们的进步很快,单就拿最近一个月的情形来说,寄出的二十一件稿子,在《晋察冀日报》《工人报》《新察哈尔报》上刊登的就有十七件之多。有一次介绍各厂通讯小组情形时,《新察哈尔报》工友甄士义,把他的经验谈了一下。

电灯公司工友杨祯祥也说:他们的通讯小组是很活跃的,因为每星期有两次夜班,大家就抓紧时间,开通讯小组会,讨论写稿的问题，总是越开越有劲的……参加训练班的工友们，听了他们的话就继续研究下去，这实际上就等于上了"怎样活跃通讯小组"的一课。又有一次，通讯社的同志把工友田百方写的《斗争王文章》的原稿读了，又把改写的读了，大家就研究，"为什么要这么改呢？"随后，通讯社同志又把他的《市场小感》读了，大家觉得不如第一篇写得好，又进行研究"为什么"。那时田百方说："因为那个斗争是我们工友亲身作的，比较熟悉，可是市场上只是走一趟看了看。"于是大家更明白了一个问题，就是"首先要写自己生活中最熟悉的事才会深刻"。可是，又有人提出，"一天生活上的事很多，比如，宿舍里两个小孩打架是不是也要写呢？"于是又研究出写稿一定要有目的。最后，通讯社同志再把大家谈的综合一下，也就上了"要写什么"这一课。从这两次课来看，一个工友当他把自己的经验谈给大家时，他就是先生；当他听取别人的东西时，他又是学生了。对于通讯社同志来说，他所研究工友的来稿中，找出中心问题作为讲课的材料，教给大家；当大家谈了实际的情形时，又教给了他们如何帮助工友学会写稿的办法。这样说，的确，大家都是学生，又都是先生。

正因为大家都是这样的关系，所以在一起都很亲切，像朋友一般，许多工友不光谈写稿中的问题，而且课后还滔滔不绝地谈他们的工会和工厂，通讯社的同志就从这当中，告诉大家哪些材料可以写成稿子。到第二个星期，果然这些稿子都交来了，工友们和训练班一天天的熟识，什么也欢喜来问了。比如瓷盆合作社的通讯小组，读报时有些名词不懂，就写信来问："这三个名词请采访通讯科指导指导吧！"有的工厂还没有通讯小组，当他们知道了这个训练班时，都写信来要求参加。工友们对这个训练班都关心和爱护，现在它已开始成为工人通讯员的好朋友了。

（《晋察冀日报》1945年12月21日）

察北宣委会决定开展新年文娱宣传
举行优抗劳军运动

【新华社晋察冀总分社十八日讯】察北讯：察北宣委会于十三日举行会议，讨论新年文化娱乐工作，决议以机关部队为重点，在新年广泛开展文化娱乐工作，由剧社帮助各机关部队，踩高跷、扭秧歌，戏院排演《李自成》，师范附小与市立小学打霸王鞭，召开娱乐晚会。并决定：一、利用年节放假期间，专区、分区、县、市所有党政军民机关团体，划区深入宣传。各机关住在街，分别召开户主及其他小型座谈会，除座谈目前时局外，并借以密切军民关系。二、进行优抗劳军，召开抗属座谈会，设抗属席，进行慰问团拜，各关系部队分别请住在街抗属吃饭，与之联欢。各机关发起募捐，于年节时慰劳前线将士。三、清除街道，彻底消灭敌伪遗迹，使市容焕然一新。（辛）

【新华社晋察冀总分社十八日讯】察北十七日电：张北各机关团体于十四日举行联席会议，筹备庆祝新年。经热烈讨论后决定：（一）开展拥军优抗运动，于年节时发动儿童给抗属拜年，送光荣匾，由政府制抗属证，见了抗属要尊敬，并发动商号及机关捐款慰劳前线将士。（二）广泛开展群众及机关文化娱乐工作，改造旧有的武会、高跷、秧歌等艺术形式，并推举七人专门负责，组织编写文化娱乐材料。（景春）

（《晋察冀日报》1945 年 12 月 21 日）

怎样帮助工人通讯员

——冀察分社介绍经验

蔡迪

【新华社晋察冀总分社十七日讯】察哈尔分社十一日讯：最近一个多月里，宣化（宣化城关及下花园）的工人通讯运动已开展起来了。许多工人通讯小组的工友们，开始用他们自己的笔写出他们自己的感想、生活、工作以及各种各样的问题。他们想起过去那么被敌人和统治阶级轻视，今天翻了身，而且还能自己写稿，自己办报，所以对于通讯工作都非常认真、努力。如新华铁工厂、电灯公司、新华炼铁厂、新察哈尔报社印刷厂等八个厂的通讯小组所写的二十一篇稿件里，在《晋察冀日报》《工人报》《新察哈尔报》上登出的，就有十七件。有许多工友过去总认为："我们工人是老粗，没有文化，怎么能写稿子呢？"可是，现在大家都有信心了。

宣化工人通讯运动的开展，在工友这方面说来，主要的就是毅力和决心的问题。据工人通讯员田百方、郎宝祥、王经、张敬乾、甄士义等同志谈：他们在几次斗争胜利、政治地位提高以后，心里面便有了写稿的要求，但开始要写稿子的时候，总是有些不敢。心里都想得很好了，拿起笔来，就是不知怎么下笔，这时，不会写就硬要写，写不好也偏写，实在没办法时，就大家来集体商量，并且拿报纸来读，研究人家是怎样写的。这样写了一篇又一篇，慢慢地就摸着门路，对写稿也就大胆了。从他们所谈的这些，很清楚地告诉我们，谁要是在开始时能够坚忍地突过去，谁就在通讯工作上会获得成功的。这一点，对于每个工人通讯员都是极宝贵的经验。

另外，在这一时期，我们通讯社在帮助工人通讯员当中，也获得一些初步的经验：第一，工人通讯员们最迫切需要什么，我们就帮助他们什么。根据这个精神，我们采用了"集体帮助集体"的办法，开办了工人通讯员星期训练班。这个训练班是用一种座谈会的形式来进行的，所谈的内容，主要是根据一周来稿的中心问题，综合研究出的材料，因此它还很适合工友们的口味与需要。而且，每个通讯小组，在每次的集会上，都能很好地互相学习和交流经验，这比单纯讲课是易于收效的。同时在每次会上，他们还研究与拟定了下周报道的内容，这也使得我们进行具体帮助时，有了许多便利的条件。第二，利用"复信"积极与通讯员联系，通过他再带起全体通讯员。比如新察哈尔报印刷厂的工友甄士义同志，当他参加了工人通讯员星期训练班之后，就很积极地写稿子，第一次寄来一篇关于印刷厂厂务会议的报道，内容上是比较空洞的，我们在这时马上给他"复信"，提出对该稿的意见，并着重地鼓励他，"失败是成功之母"，千万不要灰心。当他刚看到退稿时心里难受，及至见到信上所提"失败是成功之母"时，又鼓起勇气更努力地写稿了。当他第三篇稿子在《新察哈尔报》登出后，他就把自己这些具体事实去和工友们宣传，结果大家也都踊跃地写稿了。第三，通讯小组活跃之后，必须建立经常的通讯会议制度，才能求得巩固与发展。对于这点，各工厂的通讯小组是充分地发扬了工人阶级特有的精神的。他们在通讯工作活跃之后，马上就自动地建立了经常的会议制度。如电灯公司的通讯小组，在每周的两次夜班中，抓取时间，开会讨论通讯工作中的各种问题，因此他们的情绪总是很饱满——这一点也是很重要的。

（《晋察冀日报》1945 年 12 月 23 日）

为支援前线印刷工友出演话剧

解民

边区政府财政处印刷局工友同志,为支援前线,特于工余赶排《五个鸡蛋》和《王瑞堂》话剧两个,定于二十四日至二十六日在张家口剧场公演三天,所收票费全部支援前线。该厂工友们日夜排练,不辞疲劳,令人钦佩。按,该两剧为边区上演数次之剧本,内容动人,富有教育意义。

(《晋察冀日报》1945 年 12 月 24 日)

从五个"W"说起

新华社

通 知

新华总社所发此稿,把反攻以来新闻报道中最基本的经验作了概括的总结。各分社、各地党报编辑、记者、通讯员,都应详加研究,联系当地情况,检查工作,反省自己,改进工作。

《晋察冀日报》编辑委员会
新华社晋察冀总分社

新闻必须有五个"W":When(时间)、Where(地点)、Who(人物)、What(事情)、Why(为什么),如犹之一人之头脸必须有耳目口鼻一样,缺少了一件就会不成样子。

这道理早就有人说过,凡动笔写写新闻的也都晓得,该是不成问题的问题。然而一到实际报道新闻的时候却往往难能尽如人意,有时还距离很大。说到时间,就常常可以看到"不久以前""上旬""日前""同时"这类笼统的话头,有时甚至连这些"大概"的日期都没有一个,如冀鲁豫收复某一很大城市就没有报道日期。说到地址,许多村庄小据点属于何县,居何方位,不加标明;有的虽然标了一下,但范围很大,在一连串的小地名下注上一个"以上均在某某解放区"之类,打开地图不知从何查起,弄得人头昏眼花、望图兴叹。说到人名,往往有名无姓、有姓无名、有头衔无姓名、有姓名无履历,如□副司令员、于市长、丁主任、一个上士、一个侍奉官、一个折了腿的荣誉军人、一个老头儿等等,五花八门,不一而足。至于报道之有头无尾、有尾无头,或有头尾无经过,更是司空见惯。不知道有多少新闻通讯稿,就因为缺少五个"W"的新闻要素,而不得不忍痛割爱,作者、编者、抄者、译者枉费许多人力,结果还是不能与读者见面。

　　为什么会这样?一个较普遍的原因是"马虎"。一则新闻寥寥二三百字,道听途说,信笔撰写,可以不花多大力气。但如果要把它写得确切翔实,内幕底细、经过曲折交代得一清二白,却大非易事。不说别的,光把人、地、时三者打听清楚,比如主角是谁、哪里人、多大年纪,过去在社会上做过些什么事情,家里有些什么人;这件事出在哪一省、哪一县、哪一村,这个村庄情形怎样;事情是某月某日几点儿分发生;等等,这样恐怕多跑不知多少路,多费不知多少口舌,在访问的时候有时甚至还会发生相互矛盾的说法。要你自己去考查对证,简直要像侦探和检察官一样,要怕麻烦,贪图省事,自然只好凭自己的主观予以"大概"估计,来个"差不多",什么"日前一个小孩子""某某解放区"之类也就在所难免了。可是新闻的确实程度却因此而大大打了折扣,它的价值也就降低好多,有时几等于零,乃至引起相反的结果,与作者初愿相违,岂非老大的冤枉。

　　据说延安曾发生这样一件事:一位工程师请一个水泥司务打窑

洞，工程师言明窑高一丈二，水泥司务只打了一丈一尺五。两人争吵起来。工程师说："我要你打一丈二，你为什么打一丈一尺五？"水泥司务坦率地回答："一丈一尺五还不是与一丈二差不多。"的确，农村对于计算并不那样严格，老乡们习惯于三四个、十来里那样的概算和约数，一丈一尺五和一丈二在他们看来是差不了好多，我们在农村住久了，或许多少沾染了那样"差不多"的风气，习惯成自然，也就不当作回事。但是报纸是近代化的宣传工具，它要与广大读者见面，最讲究迅速、真确、翔实，尽管你处在农村，要时刻照顾农村环境，但却绝不能用手艺方式来报道新闻，我们要学的不是手艺匠的差不多，而是工程师科学的测量考核和计算。

大家都知道，我们的报纸是为人民服务的，也就是说，是对人民负了责任的。它的责任之一是，以新闻事实来教育人民，那么怎么使报纸成为好的教本，对读者更有帮助，便应是时刻关心和研究的问题。比如报道敌机轰炸，目的在激起读者同仇敌忾，你说还是用"血肉横飞""目不忍睹"等空调字眼来形容的效果大呢？还是老老实实地报道某日某时敌机轰炸某县某村，炸倒一个几岁小孩，炸在什么地方，炸成什么样子，小孩死后家庭发生了什么事故……更能打动人心呢？抽象的笼统的话头只能给人以模糊的概念，只有事实具体确切的事实，方能予读者以经久不磨的印象，真正生动地教育读者。新闻报道的具体化和形象化是和确切、翔实不可分的，愈是具体确切感人愈深，说服力愈大，往往千百篇一般性的报道效果还顶不上一件具体确切的实地纪实，其道理就在这里。

现在时局开展了，读者更广大了，我们新闻工作的任务也更复杂了，如果我们的新闻仅仅是写给当地读者读的，写给自己人或同情者看的，这倒比较好办，因为这些人对当地的地理、历史、人物、环境都比较熟识，而且本来就相信我们，容易理解接受。你说张主任，他便知道是谁,你说李家庄,他或者也知道在什么地方,你说美机某日扫射王镇,他能够相信,因为他那天已经看到美机在王镇上空出现,并且听到机枪的声音。但是现在的情形不是这样,我们的事业范围很大,新闻不仅要在当地报纸上发表,还要广播出去,不仅要广播中文,广播到全中国,还要广播英文,广播到全世界;读我们新闻的不只是少数进步分子,了解我们的读者,而且有中间人士,有对我们解放区一无所知的,有向来对一切事情都打上一个疑问号的,甚至还有根本反对我们的。这样在报道一件新闻的时候,不但不能潦草马虎,倒应当十分郑重、仔细、周到,要时刻照顾各种不同的对象。设想读者在阅读时的困难,预见必然会引起的种种反响,并预为去却,该说明的,加以说明,该注释的,加以注释,关节之处先作交代,易生疑问的地方,从各方面给予确证,做到把事情客观地呈现在读者面前,使不了解的了解,怀疑者无所怀疑,就是那些以吹毛求疵为职业的"宣传专家"也无所逞其狡计。

经验证明,世界上最有效的宣传莫过于事实,"事实胜于雄辩",这是颠扑不破的真理。你说一百句一千句"反对国民党进攻解放区",他可以胡赖不认账,反诬你先放第一枪,但当你把《剿匪手本》介绍出来时,巧言诡辩如吴国桢先生,也不能不"噤若寒蝉"。而要做好事实宣传,就要实事求是,注意绝对确实,五个"W"是把事实弄得清楚的最起码条件,是走向精确的初步阶梯。以五个"W"为题,问题实际不只是五个"W",而是说明新闻要怎样报道得确实,具有强大的说服力,使读者信服。可惜我们过去在这方面做得很差,需要以极大的努力来求得改进,办法是大家提倡、大家注意、大家负责,记者通讯员们在采访中要有穷根究底的精神,不怕多费些血汗,定把事情调查得明明白白;编辑工作同志在编辑新闻时,要抱定审核与鉴定的态度,把新闻的每一细节考校清楚,真正正确无误、事迹分明、无可非议，才发表出去。这在开始作时或者会遇到许多困难，但这种困难是可以逐渐克服的，无论如何我们总不能因困难停止前进。

（《晋察冀日报》1945年12月26日）

延安文艺界召开盛大座谈会

乔木同志报告国民党统治区文艺界为和平民主而斗争情形

【新华社延安廿五日电】中华全国文艺界协会延安分会暨陕甘宁边区文化协会于本月廿三日在交际处召开盛大的座谈会，并请乔木同志报告国民党统治区文艺界争取和平民主及文艺自由的斗争情形。到会柯仲平、姚尔觉、李伯钊、胡蛮、柳湜、艾思奇、赵伯平、曹葆华、江隆基及延安文艺工作者一百五十余人。乔木同志在报告国民党统治区文艺界所受的压迫时，称："国民党统治区文艺界遭受的不只是严格的检查，而且遭受国民党对印刷所、剧场等统治的限制，以致要出版不能印刷，要演剧没有剧场。日寇投降后，国民党在所谓'收复区'把各种出版机关及电影剧场加以'占领'，压迫进步的文艺活动，许多曾与敌人有勾结的汉奸文艺人以所谓'地下军'的姿态摇身一变而成为国民党的文化人。抗战以来在大后方千辛万苦坚持抗日民主的文艺活动的作家，这时却陷于不能工作的苦境。"乔木同志继称："虽然处境是这种艰难，但国民党统治区的进步文艺界仍是始终一贯地坚持了拥护民主、反对独裁的主张，团结了一切有正义感的作家，进行不屈不挠的斗争，这是文艺界的光荣。"柯仲平同志接着报告分会会务与组织文艺工作团、通讯队赴华北解放区工作的情形。继后张继纯、欧阳山尊、王亚凡、金紫光、张寒晖、罗合如、姚尔觉等相继发言，痛斥国民党一方面进行和平谈判，同时却布置大军进攻解放区；一方面声称废检，同时又采取种种办法压迫文艺界的进步活动。一致声援国民党统治区文艺界为争取和平民主与文艺自由所进行的斗争，并提议延安各文艺部门应总结经验与国民党统治区文艺界朋友取得交流。山东省文协主任姚尔觉先生更提出在各解放区相互间亦应多交流文艺创作及工作经验，特别指出许多年来没有解决，现在在国民党统治区进步文艺界仍在争论的文艺面向工农兵的问题，现在解放区已得到解决，此点经验更值得向外介绍。最后一致通过：（一）寄信慰问艰苦奋斗了八年的中华全国文艺界协会总会同仁并致敬意。（二）致电声援国民党统治区大后方文艺界发起的反对内战、反对美国干涉中国内政的运动。（三）宣布中华文艺界抗敌协会重庆总会在抗战胜利后已更名为"中华文艺界协会"，延安分会现已跟着改名。

（《晋察冀日报》1945年12月27日）

延安举行木刻展览会

【新华社延安二十五日电】延安文艺界协会暨边区文协举行之木刻展览会于二十三日在边区大礼堂开幕。陈列有中国木刻作家协会重庆会员王琦、陈烟桥、梁永泰、正献、刃锋、陆地诸先生的单色及套色木刻九十五幅，另有木刻画展纪念册亦同时展出。闻文协拟于最近举行扩大木刻展览会，将所搜藏的国民党统治区木刻作家的作品暨解放区木刻家的作品同时展出。

（《晋察冀日报》1945年12月27日）

延安文艺团体纷纷准备新年文娱

【新华社延安二十五日电】延安各文艺团体正以辛勤的努力迎接一九四六年——全世界反法西斯战争胜利后第一个新年,平剧院新编的《武松》正加工赶排,拟在新年演出。茅盾先生的《清明前后》正由西工团排演中。民众剧团准备演出寒晖同志新作的反映八路军优待俘虏政策的大曲子剧。以反对内战、争取和平、保卫边区、加紧生产、贯彻民主建设为题材的秧歌剧,正在赶印,准备很快发到各地去。为使今年春节延市机关文化娱乐生活更为活跃和普遍,及利用春节继续执行使文艺更深入群众的方针,西北局宣传部再于本月十八日召集春节宣传座谈会。到文协、联政宣传部、延属地委宣传部及各机关俱乐部主任、各剧团负责同志等三十余人,会议由李卓然同志主持,经讨论后确定:春节宣传主要着重旧历年间各主要机关工厂在春节期间组织秧歌队,除在本机关活动外,并在附近群众中进行宣传活动;阳历年主要是活跃各机关文化娱乐生活,除由平剧院、民众剧团、西工团分别准备晚会节目外,各机关可多组织小型晚会、音乐晚会。

(《晋察冀日报》1945 年 12 月 27 日)

绥德文工团设计改进民间年画

【新华社延安二十五日电】绥德分区文工团美术股于上月二十三日召开民间年画艺人座谈会,到有绥市年画匠及年画商人杨家驹等七人及美术工作者李乘罗同志、文工团美术股全体同志。会场壁上挂着去年的新年画以供参考。文工团汪占非同志说明年画艺人及美术工作者对群众教育的主要意义，并提出愿向他们学习。年画匠梁应晋说，过去我们搞旧的年画就是前三皇后五代，我们只管赚钱，不管老百姓懂不懂，现在老百姓认识提高了，去年旧年画卖不出去，存下的不少，而新年画都卖完了，但是我们不会刻新年画。杨家驹即提议，新年画可请文工团同志帮助刻年画。刘高升说，新年画要画得稀些，意思明白，老百姓最喜欢。最后，大家一致同意今年一律不刻印旧年画，要以新年画来代替。又，李又罘及文工团美术股同志近已创作新年画十五幅，内容计分四种：苏联红军解放东北，八路军的胜利，四季乐包括春耕、夏锄、纺织、掏谷槎，修水利、冬学、自卫军冬训。

（《晋察冀日报》1945年12月27日）

火光剧团声明

因《王瑞堂》剧不适合在张市出演，故停止公演。所卖票费五千元已交晋察冀日报社转前方。

（《晋察冀日报》1945年12月27日）

本市同德戏院成立旧剧联四分会

许一峰

【新华社晋察冀总分社二十二日讯】张市同德戏院，今天正式成立旧剧界联合会第四分会。该院敌人在时，被迫停业，我军解放张市后，协助开业，但因地处偏僻，营业不如其他剧院的好，幸有三分

会赵主任的太太,亲来帮助,又有名角刘宝山来领导(现任分会副主任),再加以大伙努力,才撑起来。今天来宾们,都诚挚地给以兄弟般的亲切勉励,愿尽一切力量,帮助小弟弟——四分会,使之发展,第三分会(新新戏院)特以伪蒙币三万元相赠。有位来宾说的对:"敌人在时,限制咱们营业,使大家互相仇视、排斥嫉妒,今天共产党八路军来了,帮助咱们发展,咱们要互相帮忙,四个分会好像一家亲兄弟分四处住一样,有困难大伙帮助,大家来编新剧,改造旧剧。"会中一致通过分会规则章程。

(《晋察冀日报》1945年12月30日)

柯棣华大夫上银幕

D

前我晋察冀伤病军民的救星印度柯棣华大夫,他的尸体静静躺在我晋察冀高原,而他的精神却已被他的印度兄弟摄上了银幕。该片即名《柯医生》,孟买一家全印最大制片公司摄制,最有名的山太浪为导演兼主角,四三年秋回印的巴素华大夫是摄制顾问。费资本二百万盾之多。已摄制八个月,本月完成。柯大夫的富有戏剧性的伟大生平,已被实写于片中:他如何为我解放区军民生死不渝地工作,如何跟着我八路军一起战斗、生活。片中背景是我华北高原,音乐是我华北民间小调,主题歌是《游击队》(我们都是神枪手……)。有游击战,也有跳秧歌,都很逼真。这些布景,都是靠巴大夫的回忆和带回去的六百多张照片安排的。片中人物除柯大夫本人外,有日本强盗的面影,有我解放区军民的面影,还有他的同道白求恩大夫、巴大夫(他没有亲身上银幕)和他的家属——一个中国妻子和初生婴孩的面影。片中放映出来这样的场面:柯大夫在白求恩大夫墓上献花,而不久他自己埋葬在同一墓地上。片中反映出来:女主角——柯大夫的中国夫人(她作着农家妇女装扮)为悲痛柯大夫的牺牲而哭泣着,但当老百姓去劝慰她时,她站起来坚决地表白道:"我还是很快乐,我应该继续他的希望!"

(《晋察冀日报》1945年12月30日)

晋察冀边区行政委员会、各群众团体联合发出年节文艺工作指示

【新华社晋察冀总分社三十日讯】顷接晋察冀边区行政委员会各群众团体关于年节文艺工作的联合指示,兹将原文发表如次:

阳历新年来到,旧历新年也在转眼之间。阳历年节的文艺工作重点在机关部队,但旧历年节的文艺工作,却主要的在我广大乡村、城市的群众,使之成为一个广泛热烈的群众运动。今特就旧历年节中群众文艺工作,提供以下意见,望研究执行:

一、宣传中心

今年是抗战胜利的头一个新年,我们应发动群众比抗战时期更广泛热烈的庆祝。在庆祝当中,应贯彻政治攻势的宣传方针,围绕以下两个中心,通过文艺武器,从思想上深入地动员群众:

(一)反对国民党反动派进攻解放区,反对美帝国主义分子干涉中国内政;武装起来,防奸防特,支援前线,保卫我们自己的利益,坚定为和平、民主、团结而斗争的情绪及胜利信心。

(二)减租生产,拥军优抗,拥政爱民,以及城市与乡村的各种

建设工作。

二、具体工作

（一）广泛发动群众性的创作演出运动，样式越多越好，大大发挥创造性；抓住典型，尽量反映我解放区军民八年来的英勇斗争和各种建设，尖锐揭露敌伪及特务分子对人民的罪恶行为，一方面作为斗争的文艺活动材料，一方面整理这些人民文化建设事业的光辉创造，以更推进今后的文化建设事业。这一运动，暂由各战属区专门负责计划、组织与掌握（应派专门干部切实负责）。

（二）与各方面结合，大量准备年画、春联、日历等材料，广泛散发，以刷新我各新老解放区的城市和乡村。今天我们已有较好的印刷出版条件，各地应有计划地切实做到，要了解这并非单纯形式的布置，而是文化建设事业的一部分，必须真正加以重视。

（三）各地可视具体情况，组织各种形式的大会、小会、游行示威、比赛检阅等，从旧年元旦到元宵前后，应选择一定日期，大大活跃，锣鼓喧天，以显示我解放区人民的力量。自然，当前工作及防奸防特，并不能因闹烘火而有所懈弛。

（四）各地固然要扩大庆祝，但切不可丝毫忽视前线与广大的农村。我们必须与各方面配合，于年节前后组织大规模的前线慰问、宣传，派得力干部下乡工作，并应当计划进行前后方城乡活动的互相观摩，使前后方密切结合，使乡村城市紧密交流。

（五）拥爱工作今年特别有其重大意义，必须作出计划，普遍开展。这一工作，除各战略区具体掌握外，我们将另有布置。

三、关于城市乡村文艺运动的几个意见

（一）从去年冬季到今天，边区的乡艺运动在边区是一个划时代

的阶段，规模之大、范围之广、影响之深、群众创造天才之发挥，均超过过去任何一年。特别自《穷人乐》出现，不但影响巨大，而且解决了好多过去在乡艺运动中未能全部解决的问题，而领导上也起了显著变化：

1. 把乡艺运动当作思想问题对待，提到群众观点上来检查，真正贯彻文艺为工农兵服务的方针。

2. 各级干部亲自下手，走群众路线，领导剧团。特别是区村干部，不再把剧团及文艺单纯看成"闹玩意"，而当作重要工作，甚至亲自下手演唱。

3. 对旧艺人及旧艺术不再是单纯的限制，而是从积极方面的帮助，从向旧艺人学习当中提高他们。

4. 广大群众及领导上均从现实条件及实际效果上来看文艺，而不光从"花哨""漂亮"上来"闹玩意"。群众一有一点创造，就奖励、帮助，并且想各种办法，把群众文艺当作发动群众问题而深入贯彻。

5. 过去干部、材料经费等困难，也在领导重视下、在广大群众发动起来的情况下，迎刃而解。

(二) 因而乡艺运动就在下面的情况下蓬勃展开：

1. 劳动人民自己拿起艺术武器歌咏表演自己，为自己的斗争、生产建设服务，在《穷人乐》的方向下，群众自编自演，在好多地区成为热潮。

2. 劳动人民斗争翻身的故事，成为群众自己掌握的最主要、最尖锐的主题，而劳动人民又划时代地成为乡艺运动中的骨干，代替了旧知识分子的地位，因而创作、演出的政治意义非常强烈，与本村、本地斗争结合也很密切，给政治任务的影响也就更大，给人民的教育也就更深。

3. 新旧形式的各种各样的发展创造，显露了群众丰富的艺术天才。

（三）在今年我们要继续去年经验，更进而提高一步：

1. 领导上要深切踏实地接受以上所述各点，对乡艺加以重视，把发动群众文艺运动提高到发动群众的认识上来看，并作为实际发动群众的一个武器，打通思想，切实抓紧。

2. 在广大老解放区，在群众充分发动的地方，要大放手，发动群众的文艺创作演出，注意山沟小道，以典型指导竞赛方法等，尽量求得平衡发展，要用大力帮助，只要群众有一点创造和成绩就鼓励、奖励，以便使劳动人民真正普遍地掌握文艺。这些地区，"穷人乐"的艺术思想和创作方法，是需要普遍推动学习的，并沿着这一方向更提高一步。

3. 在新解放区，应与发动群众结合，在发动群众中，创作群众发动的典型，从而推动发动群众。这里，《穷人乐》的方向应实验推动。这些地区，群众新文艺基础还差，要注意大量发动群众，利用各种群众熟悉的形式，制作政治内容尖锐的作品，闹烘火、闹元宵、庆祝胜利、反对内战，以反映八年多来群众从来没有的喜悦，而不应马上作太严格的艺术创作、技巧等各方面的要求。但中心应放在发动劳动人民起来闹烘火，从而启发其政治斗争情绪，并注意防止封建淫荡，提高政治警惕。

4. 城市主要是发动工人、苦力、学生，用文艺的、体育方面的，各种不同风俗方面的，民众教育馆范围等各方面，各式各样的形式，街头的、广场的、戏院的、工厂的、学校的各种场合，集中的、分散的各种办法，创作人民翻身、城市建设等各方面的作品。中心也应放在组织基本群众上面，由于条件不同，发动应比新解放乡村更广泛些，但同样，对封建淫荡的防止及政治警惕，更应注意。

5. 年节活动中，要整理与组织街村、学校、工厂及各单位的剧团、宣传队、歌咏队、俱乐部等群众组织，不必固定形式，以适合各地具体条件，以基本群众自己掌握，并以干部亲自下手领导为一般要求的方向。

6. 要切实防止可能发生与已经发生的偏向，如过分铺张浪费物力财力，收买蟒袍玉带演唱旧戏，等等，都是不对的。

（四）抗战八年中，我们的乡艺运动成绩很大、创造很多；但系统经验很少，群众天才创作，汇集很少，这是我根据地建设史上很巨大的一点损失。今年我们要尽可能多想办法，注意这些，与各方面联系，求得领导上统一的掌握，以便能够真正切实地总结出一定成绩，搜集与整理出一部分群众天才的创作。这个任务很重大，望我各级领导，统一计划，具体分工，在可能条件下，适当完成。

（《晋察冀日报》1945年12月31日）

胶东、冀鲁豫学联致函晋察冀边区学联提议成立解放区学联

【新华社晋察冀总分社三十一日讯】晋察冀边区学联，顷接胶东学联及冀鲁豫学联代表来信，以充满青年学生热情的字句，介绍了他们自己，和他们两个学联所做过的工作，并要求晋察冀边区学联与他们加强工作上的联系，以便互相砥砺，不断进步。来信中心，是提议成立中国解放区学联，以统一各解放区学生运动，并与全国青年同学携起手来，为革命事业，为争取联合政府的实现，拥护真理而共同奋斗。

（《晋察冀日报》1946年1月1日）

华中《新华日报》致函《新察哈尔报》祝贺

【新华社晋察冀总分社三十一日讯】华中《新华日报》顷致电《新察哈尔省报》，信内充满兄弟报之关怀和祝贺，原函如下：

分社转《察哈尔省报》全体工作同志钧鉴：

我们都是新解放城市中新出版的人民的报纸，我们几乎同时出版，在广大而连接着解放区的两端，我们都是全心全力为人民服务。在祝贺你们创刊的欢欣之外，希望你们能时将塞外工作经验与胜利消息告诉我们。

华中《新华日报》全体工作人员叩
十二月二十四日

(《晋察冀日报》1946年1月1日)

名歌剧《白毛女》上演

旧社会把人变成鬼　新社会把鬼变成人

肖白

【新华社晋察冀总分社一日讯】经过月余的排演，轰动延安的名歌剧《白毛女》，本日已由华北文工团和抗敌剧社联合于人民剧院正式演出。该剧共分六幕二十场，一般说，前三幕是描写旧社会怎样将人变成鬼；后三幕是表现新社会怎样将鬼变成人，变成新社会的主人。第一幕，主要是叙写大地主恶霸黄世仁和他的狗腿子穆仁智怎样逼死贫农杨白劳，大年初一光天化日之下抢走杨白劳女儿喜儿。第二幕写喜儿在黄家挨打受骂，及黄世仁三番五次想强奸喜儿都未达到目的，但最后终被他强奸，喜儿自尽又被女仆张二婶子救了。第三幕写喜儿怀了孕，黄世仁要娶亲。为着灭喜儿的口，安下狠心要把喜儿卖入妓院，喜儿又二次被张二婶子救了，逃入深山。第四幕写喜儿生下小孩后，过着非人的山洞生活。第五幕写喜儿逃入山中两年后，喜儿因长年不见天日，头发白了，被人当成了"白毛鬼"。七七事变起了，国民党夹着尾巴跑了，丢下老百姓死活不管，以致谣言四起，人心更是惶惶。幸亏八路军来了，救了他们。第六幕写八路军来后穷人大翻身，救出了受苦受难的喜儿，在老百姓的愤怒下，枪毙了恶霸黄世仁，并判处了狗腿子穆仁智三年徒刑，半年苦工。至此，全剧终。该剧曾于延安演出三十余次。各界人士特别是工人、农民看了，无不落泪，甚至有一种铁石心肠的人看了后也不得不滴下一些热泪。在延安中共七代大会上演出后即得各代表好评，称之为"'极合时宜'的，富有教育意义的，真正是农民的东西"。在《解放日报》副刊上，专辟一栏"书面座谈"，连续讨论《白毛女》的主题思想、时代性、人物个性等问题，至为热烈。此次于张市人民剧院演出，其布景灯光等各种条件均较延安为佳，所以演出效果更好。每至精彩处，掌声雷动，经久不息；每至悲哀处，台下总是一片唏嘘声，有人甚至从第一幕至第六幕，眼泪始终未干，剧本和演出的感染力，不说也可想而知了。散场后，人们无不交相称赞。

（《晋察冀日报》1946年1月3日）

新华社与本报新年茶会　　招待来张文艺工作者

仓夷

【新华社晋察冀总分社四日讯】今日本社与晋察冀日报社，假日报社会议厅开茶话会，招待在张市的诗人、作家、记者，以及延安文艺通讯团、华北文艺工作团写作组诸同志。向诗人、作家、记者、各文化工作者庆贺新年，并预祝在新的年份中，各位文化工作者在和平民主的斗争中，能有更重大的贡献。萧三、丁玲、陈企霞、杨朔、严石诸同志，都在茶话会上表示愿以衷心的努力，来迎接新的年份。萧三同志勉励全体文化工作者，更多地写作。他说："八路军的名将王震说过：'刺刀刺不到的，笔可以刺到。'这正说明他是认识到文化工作是怎样的重要。我们这支笔还做得太少太少。我们得到老百姓的好处许多许多，而我们给老百姓只写了一点点东西。我们的工作还没有做好，我自己很惭愧。今后当抓紧每一个机会更多地写作。"丁玲同志以她多年从事文学创作的丰富经验，来鼓励大家多写短文。她说："要写好短文，就要更多地丰富自己的知识，丰富自己工作和生活各方面的常识，要好好用功，经常注意报纸，保存材料，研究材料，加强自己的政治修养与政治锐敏性。文字的风采上也要好好改进，不能老一套，大家要努力学会善于掌握文字。会上各来宾对于日报的取材与编排上，对于张市的文化工作上，都有许多重要的批评与建议。"全体到会的文化工作者都一致表示：今后要更密切地在一起研究写作战略，步调一致地在文化战线上为反对内战、实现和平民主的新中国尽一切的努力。

（《晋察冀日报》1946年1月6日）

延市举行木刻展览会

规模之大超过三五年平沪木展

【新华社延安五日电】全国文协延安分会，边区文协暨鲁艺主办之木刻展览会于元旦在延市开幕。当日到会参观者三百人以上，在签名处旁，首先看到一幅可珍贵的木刻文献上的放大照片，"鲁迅先生于一九三六年九月十九日在上海参观木刻展览会与招待者谈话时的摄影"。展品大部分是抗战八年全国木刻作品,其中以鲁艺作品为最多,一百八十余幅。展品作者包括古元、彦涵、马达、沃渣等卅四人,内容多为反映边区民主生活及抗战之作品。重庆木刻计九十四幅,作者为王琦、光锋、梁永×等六人,多为描写大后方人民的苦难生活,恰和解放区木刻成一对比。陕甘宁边区、晋绥、晋东南、晋察冀、华中和山东各解放区都有木刻作品展出。抗战以来,大后方出版之木刻刊物亦一并陈列,计有全国木刻工作者野夫、赖少其、张慧、李桦、新波等一百余人之作品。此次木刻展览会规模之大,超过一九三五年在北平—上海所举行者,即在延市亦属首次,参观者盛赞中国新木刻之进步迅速。

(《晋察冀日报》1946 年 1 月 7 日)

《新察哈尔报》复电华中《新华日报》

【新华社晋察冀总分社一月七日讯】察哈尔报社致华中《新华日报》回电。原文如下:

总分社转华中《新华日报》全体工作同志钧鉴:

值兹伟大一九四六年开始之际,遥接贺电,本报全体工作同志,莫不振奋异常,并益感自身责任之重大。我们将以全心全意为人民服务、为人民的报纸新闻事业服务的精神,来回答兄弟报热诚的关怀与祝贺。同样,我们也希望你们能及时将工作经验经常介绍给我们。

《新察哈尔报》全体工作人员暨全体工友叩

一月五日

(《晋察冀日报》1946 年 1 月 8 日)

延市娃娃秧歌队演出舞剧备受欢迎

【新华社延安六日电】本市抗属子弟学校的娃娃秧歌队已连续在杨家岭、中央党校、总卫生处、联政等处演出四天，观众五六千人，有连续看三四次者，并闻联司、中央医院等机关均欢迎该秧歌队巡演。当十四岁学生贾光祖写的《博物馆》秧歌剧演完时，很多观众将扮演王二宝角色的三年级学生林从吉举抱起来。在杨家岭演出时，徐老知悉这极生动的《博物馆》剧本未经教员修改，特别赞誉儿童本身极富有创造力，并殷殷鼓励。当秧歌队在联政院子里作招待外宾演出时，美国友人的许多只照相机的镜头都对准了这极富农村色调的"生产舞"剧。演完时，一个美国友人从汽车上急忙跳下来，走到乐器组前去学习怎样使用中国乐器。这次抗小的秧歌队的演出所以能获得许多好评的主要一个原因，在于导演未拘束演员，使学生在演出过程中添进了许多自己创造的新东西，丰富了台词。延属分区干部子弟学校秧歌队在副长官司令部演出《表演唱歌》《毛主席到重庆》《对话》《保卫家乡》四节目。给毛主席拜年时，毛主席和每个小孩都亲切地握了手。幼年学生李小荔说："毛主席可和气哩，不摆架子，还和我们小学生还礼哩。"他又兴奋地告诉记者，他怎样和毛主席一见面握了一次，转回身又握了一次，到要回家时又偷偷地握了一下。他伸出三个小手指头说："一共握了三次手，毛主席老是对我们笑着哩。"

（《晋察冀日报》1946年1月8日）

张市文艺界举行茶话会　欢迎延安文艺工作者

作家、诗人、艺术家济济一堂　交流前后方经验互相学习

肖白

【新华社晋察冀总分社八日讯】延安文艺工作者到此已有多日，张市文艺界特于本日上午十一时假联大礼堂举行欢迎延安文艺工作者茶话会。到会有：文艺界老前辈华北联合大学校长成仿吾、于副议长、延安大学校长周扬，作家丁玲、萧军、杨朔等，诗人艾青、厂民等，翻译家沙可夫，音乐家吕骥、向隅、周巍峙、杜矢甲、唐荣枚等，舞蹈专家吴晓邦，戏剧工作者张庚、丁里、汪洋等，著名美术家古元、江丰、沃渣、马达、王朝闻、彦涵等及晋察冀文艺工作者六十余人。有的是分别多年的文艺战线上的老朋友，有的是闻名而未见面的新相识，济济一堂，为张市解放以来文艺界第一次有极大意义的盛会。

此次茶话会，正如成校长致欢迎辞所说："一方面是欢迎长途跋涉来此的延安文艺工作者，一方面又是交流工作经验。"成校长在欢迎辞中以"功在国家"四个字有力地概括了延安鲁艺及文艺工作者在抗战八年间给祖国的贡献，给为工农兵服务的新文艺运动的贡献。成校长讲话后，请于副议长讲话。于副议长首先代表参议会向远道来此的延安文艺工作者表示慰问，最后他带着勉励的口气说道："延安文艺界工作同志们有极高的修养，前方文艺工作的同志们有丰富的经验，今天来交换经验，互相学习是特别有意义的一件事。"继于副议长讲话后，周校长谦虚地致了答词。丁玲同志也被大家邀请讲了话。之后，康濯同志报告晋察冀乡村文艺工作的一些经验，继着张明如同志报告《穷人乐》的创作和演出过程，何迟同志介绍团结张市旧艺

人的经验。会至晚上八时尚未开完,实在,八年来前后方文艺工作的经验是够丰富的。最后决定将会议再延长两天,最后一天由延安鲁艺同志报告延安秧歌运动经验。

又讯:政治协商会议即将召开,张市文艺界极为关切。会间,成仿吾同志首先提议用文艺界名义向全国发出通电,表示张市文艺界对国是的主张,当经全场讨论通过,并推丁玲同志、于副议长、艾青同志三人共同起草。晚饭前起草毕,即由到会诸同志签名,和张市文艺团体签名联名发表。

(《晋察冀日报》1946年1月10日)

晋察冀边区文艺界致政治协商会议电

【新华社晋察冀总分社八日讯】晋察冀边区各文化团体及文艺工作者于今日致电政治协商会议。原电如下:

新华社转政治协商会议诸先生暨全国同胞公鉴:

一再为国民党所拖延的政治协商会议,就要在一月十日开幕了,我们表示衷心的欢迎。

《双十协定》公布之际,我们曾经欢喜过一阵。因为那上边确定了"和平、团结、民主、统一"的建国方针。但国民党却背弃了这个庄严的协定,点起了进攻解放区的战火。当长江流域的新四军依照协定北撤的时候,沿路遭到国民党军队有计划地、大规模地围攻,国民党军队从重庆打到我们晋察冀和冀热辽。在河北、山西、绥远、察哈尔、热河、山东以及东北,到处闯入了携带美国□□武器和收编了日伪军□□来的国民党军队,烧杀抢掠,不减于日寇。他们走不到的地方,则从头上飞来飞机,投掷炸弹,射放达姆弹,这些都是我们在晋察冀边区亲眼见到，和从被难者的口中听到的。人民闻国军将来，即四散奔走，从"剿匪"前线归来的士兵痛哭流涕，誓不愿做内战的冤魂。四野黎民，莫不高呼"反对内战！"但国民党大军依然□□北上，群集各路，扩大战祸。当此之际，政治协商会议在全中国人民、各党派人士期盼和督促之下开幕，有各党派领袖及无党无派的学者专家参加。我们愿提出几点衷心的希望：

第一，应该接受共产党提出的立即无条件停止内战的建议，立即停止借口恢复交通运兵进攻解放区。如果不打仗，这里的交通是很好的，老百姓老早可以自由来往，破坏了交通的正是国民党军队。

第二，我们欢送那些曾经和我们中国人民并肩作战的美国军队。现在日寇打倒了，我们希望我们的盟友即刻重归故里，乐叙天伦，不再妻离子散，滞留海外。

第三，我们要求切实收缴日寇武装，严惩战犯。忠奸不分，是非□□，如此，如何立国？

第四，八年来在抗日战争中壮大起来的人民武装八路军、新四军、华南纵队等坚持敌后作战，牵制了百分之六十五的敌军和几乎百分之百的伪军，英勇牺牲，功在国家，他们就是国家的军队，民族的长城，应该得到政府的承认，应该公平划定他们受降的区域。

第五，承认解放区民选的自治政府，这些政府为解放区各阶级各阶层人士所拥护，推行经济文化的建设，卓有成效，堪为全国民主建设的楷模。

第六，立即成立联合政府，容纳各党各派及无党无派的民主人士，建立独立、自由、民主、统一、富强的新中国。

第七，真正开放言论出版结社的自由，废除一切检查、送审制度。现在国民党区域除了御用的几个报纸以外，人民丝毫没有办报章、杂志的自由，代表人民意见的《新华日报》竟不准在上海等地出版。文艺界先辈郭沫若先生主持的《建国日报》亦被勒令停刊，此种违反民主的悖行，应即切实纠正。

第八，文艺界不乏政治远见与治国能力的人士，如现在重庆的郭沫若、茅盾、陶行知诸先生等。我们要求文艺界应有人参加各级联合政府。晋察冀边区参议会议长成仿吾先生与副议长于力（董鲁安）先生都是文艺界的先进，他们参加领导晋察冀边区的民主建设得到各方人士的推崇。

以上数点，望即采纳实现，并与全国同胞共图之。

晋察冀边区文化界联合会、华北联合大学、华北文艺工作团、延安文艺通讯团、鲁迅艺术文学院、晋察冀军区政治部抗敌剧社、冀晋军区政治部前卫剧社、冀中军区政治部火线剧社、前哨剧社、察哈尔省群众剧社、晋察冀日报社、晋察冀边区工人报社、中华全国文艺界协会晋察冀文音美剧分会、张家口旧剧联合会、张家口艺曲联合会、中国民间音乐研究会、于力（董鲁安）、成仿吾、周扬、萧三、萧军、丁玲、吴晓邦、沙可夫、艾青、吕骥、马达、张庚、沃渣、蔡若虹、田间、江丰、草明、古元、向隅、周巍峙、丁里、王曼硕、李焕之、钟敬之、汪洋、胡一川、舒强、韩塞、周峰、贾克、厂民、晏甬、张非、马可、唐荣枚、张水华、瞿维、何迟、邓拓、张春桥、杜峰、吴手平、盛婕、白晓光、康濯、吴劳、王朝闻、程钧昌、夏风、杜矢甲、陈企霞、卜一、莫朴、陶然、郑红羽、冯宿海、杨平月、汪明征、陈强、王莘、王血波、张望、刘箎、李元庆、彦涵、胡旭、侯金镜、郑岩、凌风、鲁盛、贺敬之、邨力、张付、那也、贾文儒、孙福田、徐明、陈明

一月八日

（《晋察冀日报》1946年1月10日）

青年讲座第五次

丁玲同志讲青年知识分子的修养

王真

【新华社晋察冀总分社十日讯】本月六日下午一时，假华北联大礼堂举行第五次青年讲座。特请作家丁玲同志报告"青年知识分子的修养"问题，到会者一千三百余人。丁玲同志以亲切的口吻，说明中国知识青年有优良的历史传统与光荣的史实，尤其在帝国主义与封建势力的双重压迫下，特别敏感与富有革命性，但长期处在半殖民地半封建的中国社会里，在思想上也受到相当大的坏影响，如存在有升官发财、专制、个人主义、英雄主义、清高、颓废、虚无主义、计较小事……坏思想。讲到主题如何的修养时，丁玲同志给大家提出一条道路"我们知识青年，只有为人民大众服务，站在人民的立场上，不怕流血牺牲，不怕任何艰苦困难，才能永远站在革命阵线上"。并告给大家要在实际中分别是非，要学习实际，参加实际斗争，才能逐渐地改正错误思想，她又强调要虚心向群众学习。丁玲同志刚刚讲演完毕，许多同学都围上前去，提出一些问题，丁玲同志都一一给以答复。

另讯：丁玲同志的讲演全文，将在《民主青年》第三期上发表。

（《晋察冀日报》1946年1月11日）

黑板报要办好　必须配合实际工作

——满城、定易涞办报经验

金钢

【新华社晋察冀总分社六日讯】察哈尔讯：满城六区刘家庄的黑板报，是前年建立起来的。办黑板报的是小学教员，内容只是从报纸上摘录一些时事消息。村里老乡对黑板报都不感兴趣。去年十一月，县区干部到该村发动群众，对恶霸高占鳌（过去的村长）和贪污分子刘仁展开清算斗争，当时决定由该村小学校教员负责利用黑板报和屋顶广播来配合宣传，结果在斗争中起了极大的作用。在斗争的前一天，黑板报就发出了这样的稿件：

"老乡们，要记清，土皇恶霸逞过凶，敌人在时当村长，仗着敌伪欺侮咱们老百姓。不说理，太豪横，咱们不敢抬头，有冤没处诉！"

"如今日本鬼子已完蛋，老乡们，起来吧！该看咱们翻身啦！有冤有仇说说吧！有咱政府给做主，咱们还有啥可怕！"

这样连续登了两天，很受老乡们欢迎。黑板报一出来，大家就围着看。冯洛起听过报以后，气愤地说："我得说说，高占鳌当村长，硬叫我当财政，我不识字，他叫我拿钱，叫刘仁拿账，账亏了，硬挖我三百多块钱！"当时，干部们马上抓住这个材料，叫教员登在黑板报上，启发大家发言。报上写着：

"冯洛起，真是行，不识字儿当财政。洛起本来不想干，可是村长太豪横。代笔人，偷写账，闹得洛起发了蒙。"

"冯洛起，光存钱，不拿账本真可怜，大事不敢问，小事不敢管，账亏了，叫他添，当这个财政多么冤！"

稿子登出以后，冯洛起更积极起来，群众提的意见也多了。当时搜集群众的意见，完全登在黑板报上，例如：

"贪污分子刘仁给敌人送好小米,又拿发了的绿豆换了八斗公粮,老百姓大远地过封锁沟,送到县,结果交不上,他不光贪污,还欺骗上级。"

"高占鳌领着伪三分所警察,打刘景春的母亲,……"

结果,把老百姓的斗争热潮掀起来,供给黑板报的材料也多起来了。如贪污分子刘仁的妻子威胁学生,不让学生喊口号,学生就告诉教员,马上写到黑板报上,引起大家的注意。在召开控诉大会时,黑板报上又表扬了积极分子,打击不坦白的坏蛋。例如:

"冯洛起,真模范,大会发言起骨干,带起大家来诉冤。"

"刘志奎,太不沾,不坦白,当坏蛋,今天大家来救你,你反倒往泥里钻,不醒悟,太危险。"

在清算斗争之后,又将村里未解决的问题一一登在报上,对工作开展起了很大作用。现在刘家庄的黑板报,已经成为大家关心的报,而且也成为大家自己办的报了。(陈宝柱)

【新华社晋察冀总分社一月七日讯】察哈尔讯:定易涞县究室村的黑板报,办得很有成绩。该村黑板报是由模范工作者王洛太和村干部共同主持,每隔两三天出版一期,他们做活歇着的时候就写,晚上就登出来。在整个工作中,王洛太是积极的骨干。他们的黑板报有几个特点,就是能与实际工作相结合,发扬优点,批评缺点,采用能朗诵的韵文形式。所以每期黑板报都是一写出就围着一大堆人去看,大人小孩都能背过,对教育群众推动工作都有很大帮助。例如在秋收种麦的时候,王洛太为了督促全村种麦,就在黑板报上写道:

"南河有水多种麦

种麦多了吃饽饽,

前天下一阵雨,

米年收成定不错。

夏天缺吃又缺烧,

种上麦，

什么问题都能解决了。"

一次，牲口拨工组发生了问题，他们又把发生的问题登在黑板报上：

"某某人，不应当，

穷人使牲口，

好容易预备下吃的和干粮。

耕出地来不是'混子'就是'坑'。

四斤米，他嫌少，

不喂粮，食喂青草，

喂青草，没有劲，

给别人耕地瞎胡混。"

该村一家因娶了个小老婆，经常吵架，他们就在黑板报上写道：

"某某人，真不好，

弄个妇女做了小，

做了小，还不算，

因为这事，他家常常滚屎蛋。

滚屎蛋，没人劝，

你看难看不难看！"

征收公粮的时候，黑板报上又登出一篇稿：

"村干部，来开会，

开会为了统累税，

今天开会要商量，

大家一起交公粮。

征收公粮抓得紧，

我们大家一起负责任。"

公粮征收起来以后，有一个好搞破鞋的老乡，不愿保存公粮，他们就又把这个材料登在黑板报上：

"某人做事太出奇，

提起搞破鞋来属第一。

叫村长，不用忙，

我下决心，不存公粮。

不存公粮，真不该，

抗日的工作为啥不做来？"

因为他们的黑板报能反映本村实事，表扬好的，批评坏的，所以老乡们不但能从黑板报上知道很多事，而且在为人做事上受到很大的教育。

(《晋察冀日报》1946年1月11日)

张市六区、七区民校黑板报概况

【新华社晋察冀总分社七日讯】张市六区最近黑板报和民校发展情形，经统计如下：黑板报已建立四十四块，计小校九块、工厂五块、合作社十块、街公所十八块、区公所二块；最多者为西沙河街，共五块，最少者一块。内容方面，各街公所办者，偏重时事新闻，只有一少部分登载本街新闻和中心工作；合作社办者，着重公布本社营业情形；小学所办者，挂在街头的，多登载时事新闻；挂在校内的，着重公布学生活动、学业成绩和校务。许多群众看了黑板报，都说："这倒不错，不买报也可以知道报上的事。"但也有少数因为不能按期换稿，群众看了说："还是那一个。"以后再看就不起劲了。

民校已建立二十三处（包括工人夜校十个、店员读报组二个、高跷队一个、洋车工人夜校二个、妇女识字班三个、普通夜校六个），学员一千多名。其中经常上课比较巩固的共十个。尤以普丰工人夜校和北瓦盆窑妇女识字班为最好，自成立到现在已二月多，每天自六点至八点进行学习，从未间断。目前，有的学员已识字三百多个，最少的也学了七八十个字。因为进步很快，所以学员情绪都很高涨。例如，北瓦盆窑模范学员苏桂兰的婆婆，有好几次阻止她，吓唬她说："识了字要拔兵。"但是苏桂兰知道学习是对自己有好处的，丝毫不动摇，学习更加积极了。

六区民校和黑板报，在数量上已有相当发展，为了进一步健全和充实内容，根据教育局指示，在上月三十日召开了一个教育委员会议，针对目前缺点，讨论出以下改进办法。

健全黑板报，要注意以下几点：第一，地点应选择向阳处，群众自然集合场所，或来往多的三岔路口。第二，文字应力求简明，避免长篇大论；字迹要清楚，不写简笔字与草字。第三，教委应主动向各部门收集材料；各部门的稿子最好交村公所修改以后再登载。第四，坚持按时换稿，一街如有二块以上时，内容要避免重复。第五，每个街公所亲自负责办好一二块，其余可找附近的知识分子或店铺里的先生负责书写，教委经常注意检查。

关于民校，已建立者，主要是继续根据学员意见，逐渐充实内容，并在这个基础上，抓紧积极分子，进行扩大。在未组织的地方，要配合武委会逐渐进行组织。在新旧年节期间，应利用文娱工作来活跃与扩大民校。据悉：各街已互相挑战，争取模范。（郭光）

【新华社晋察冀总分社七日讯】张市七区民校，经过深入宣传与动员，现已普遍开展起来，东窑子、花巷街、朝阳洞街、营城子街、旗杆院街都相继建立了妇女识字班，花巷街和营城子街识字班并已开学十天，到校学员四十名。营城子街的一位四十岁的妇女，学习非常积极，每天一早便拉着七八岁的一个小姑娘上学去，十天当中她已认识七八十个字，学会了两个歌子。同时，根据她的要求，教员还给她组织了一个算子组（三人），现在她已学会了打九翻九。她说："过去我们一家子都不识字，因为上不起学，现在不花钱白识字，还不是好事吗？"（刘显彬　王静贤）

（《晋察冀日报》1946年1月12日）

旧剧界联合会宣化第一分会成立

吕朗

【新华社晋察冀总分社十一日讯】察哈尔九日讯：本日上午九时，旧剧界联合会宣化第一分会，假宣化戏院召开成立大会。到会会员及来宾五十余人。会开时，首由该会主任周自然代表主席团致开会辞，他用过去与现在的生活对比，来说明今天成立旧剧联合会的重要意义。他说："以前唱戏的是下等人，没有人瞧得起我们，我们是供人玩笑的娱乐品。挨打受气，生活受困难，更是家常便饭。现在共产党、八路军来了，我们的地位提高了，解决我们的生活困难，又帮助我们排新戏，每天卖座很多，生活改善了，也没有人打骂我们了。现在我们旧剧人要换一换脑筋，以后不再为唱戏而唱戏，要实行宣传任务，要为人民服务！"

剧协代表讲话中，着重提出旧剧界同仁要加强学习，改进旧戏和内部团结。省府教育厅代表则号召大家努力排新戏，加强宣传工作。新察哈尔报社代表要求大家开展回忆运动，并为支援前线服务。

来宾讲话毕，由该会代表致答词，继之宣布会约：第一，遵守政府法令；第二，不唱有害社会的戏，创造替老百姓说话的剧本；第三，不贪污、不浪费，提倡节约。

会毕聚餐，宾主尽欢而散。

（《晋察冀日报》1946年1月12日）

承德文化界集会　筹备成立热河文联

【新华社承德十二日电】为团结全热河文化界人士从事民主文化建设，承德大众日报社及胜利剧社特于日前发起召集当地文化界人士及来自老解放区的文化工作者百余人，在大众日报社大楼举行座谈会。会期原定一天，因发言踊跃乃延至三天。由老解放区文化界报告老解放区人民在中国共产党领导下，因物质生活改善，因而文化生活也逐渐提高了。许多文化工作者因忠实执行了毛主席的文艺为人民大众服务的方针，深入到群众中去，受到人民的爱护，自己的创作生活也丰富了。当他们提出很多实例时，使到会者很受感动。在当地文化人发言中，一致痛诉敌人对东北文化的摧残，并表示愿在为人民服务的新方针下团结一致，奋斗前进。当场由当地文化界提出成立一文化团体欢迎外来文化工作者，帮助他们积极建设热河的新文化，要多多出版科学和文艺的书籍及毛泽东著作，并设立图书馆，组织各种研究会，以治疗他们十三年来得不到精神食粮的贫血病。最后一致决议成立热河文化界联合会，推举塞克、徐懋庸、施维民、黄先涛、方纪、安波、薛英奋、白凤桐、李仲三等十九人为筹备委员。文联章程草案已由筹备委员会通过、公布，现正征收会员，不久即可正式成立。

（《晋察冀日报》1946年1月14日）

边区文艺界电慰德莱塞家属

【新华社晋察冀总分社十四日讯】晋察冀边区文艺界获悉世界名作家德莱塞同志逝世消息后，深感哀悼。除代表边区文艺界特电吊唁，向其家属慰问外，并愿今后在其遗作影响教育下求得中国的民主团结，巩固世界的永久和平，以纪念此伟大先驱者。

(《晋察冀日报》1946年1月15日)

艺人龙铁山

王世贻

太阳和煦照耀着，成百的人群，水流般地涌进了民众教育馆，楼下的阅览室、展览室显得异常狭窄，拥挤着，肩背摩擦着，每走一步都要喊一声："同志借光！"

楼上响起了弦鼓声，"走，听解放大鼓去！"许多人传递着消息，大家互相推动着，挤上了楼，一会儿俱乐部坐满，连两旁的过道也都被站着的观众挤塞了。

瘦长的艺人龙铁山轻轻地敲起鼓，两张梨花片，一把三弦，吸引着观众，随着肃静便统治了全场。

他开始以低沉的语调控诉着敌伪凶残的暴行，描绘出一幅张市未经解放前的凄惨景象。许多人低下头去默默地用手在椅背上、在腿上乱画着，一个穿着古铜色春绸棉袍的店员，用手绢揩着红红的眼睛，另一个戴黄皮帽子的观众昂起头，任泪水流过他那枯削的饱经风霜的面颊。

他像一个广播员真切地传述了观众心里的话，播送出群众的呼声。

当唱到八路军解放了张家口，大家不禁鼓起掌来。这时阳光透过玻璃窗，晒到人们的脸上，都泛出红润的微笑。他唱出的事情很熟悉，而大家又不知道怎样才能传达出来的，他像一块磁石吸引着观众，他的喜怒又是不可抗拒地感染着观众。大家频频地点着头说："是的，事实是那样，他说的一点也不差！"

★★★★★★

艺人龙铁山一九〇六年生在北平西四牌楼，一个正黄汉旗的家庭。祖先曾做过御前散伺大臣等，是满清时代世袭的贵族，因挥花无度，家境衰落，祖父经营鲜果局又赔本。父亲在西安市场开设龙泉居茶馆，一面召讲说书的演唱以维持营业。

龙铁山九岁时便失去了慈母，又因生活鞭子的驱使，初小毕业后，就回到这嘈杂纷乱的茶馆中当一名小跑堂。除了终日忙碌工作以外，还要装作一副和气笑脸接待主顾，然而另一面鼓曲的熏陶，又使得幼小的心灵活泼起来，寻找着自己的小天地，偷偷地躲进另一个世界里。

曾经几次向家庭请求学艺，祖父不允许，他说："这是下等人学的玩意，不要败坏门风啊！"十六岁时祖父死去，才开始拜师侯武德学习乐亭大鼓，全盘模仿着陈古旧套。龙铁山很聪明，进步非常快，一年后便能登台演唱，随师傅走遍了北平、天津的大小舞台。在这六年半的学徒期间，所有的收入都装进师傅的腰包。

一九二七年西单商场成立，茶馆营业一落千丈。随将茶馆的房屋用具以每月四元的代价租予百姓，偕父亲、妻子、继母别离故土转来了张家口谋生卖艺。一九二九年因劳咯血，辗转卧床一年，债台高筑，生活更形艰难，只有强打起精神来演唱。从此便吸上鸦片烟，预支着明日的精神，日积月累又负载着精神的债务。

七七事变后，日机狂炸张垣，全家逃难到柴沟堡。可是不久，日本鬼子又追踪赶来，龙被拉去背子弹，走了九十里地到天镇。一路上受尽了鞭打脚踢，还亲眼看见日寇的兽行，以杀人做游戏，随便抓住一个老百姓就把他一刀一刀地凌迟了。夜间被赶到羊圈里，天明又叫大家推火车（因为机器坏了不能开动）到张家口，并且还说："回来，回来的有！"当时他盘算着把火车再推回来一定累死，像这样绵羊一样地等死，倒不如大家一齐逃走。暗暗地和众人商议妥当，趁火车走下坡路的时候，他一声呐喊，大家逃散，不顾敌人的机枪从背后扫射，他滚到一座桥底下，逃脱了死亡。

为饥寒所迫，翌年又搬回张市。这时小市场的生意更是冷落，如遇天阴下雨、狂风飞雪，便又失业。父亲、妻子都在贫困中相继死去，遗下卧病经年的继母和他两岁的幼女。

他曾被一个日本军官在清河桥口光天化日下拿着刺刀抢劫去三块五毛钱，夜间被醉鬼子踢打追赶，再加上敌伪的苛捐杂税更无法生活，比如"献铜"，连家中的铜盘、铜勺全都收尽，还得出钱买铜来支付，日寇逃走时还拿一百多元的民夫费。

★★★★★

解放后的龙铁山站立起来了，挺直了腰，昂起头张开喉咙，用他的武器控诉日寇的罪恶，用他的鼓曲赞美着解放，歌赞着有了民主的生活。

他说："我亲眼看了日本鬼子的杀人作恶，我亲自受到他们的毒害，要不，日本鬼子一提'中日亲善'我就冒火呢！他不把中国人当人看待，连猪狗都不如，随便就杀人、打骂，用尽了各种手段压迫，完了还不许你哼一声！""八路军解放了张家口，我才有了自由发展，现在生活也安定了，我没有什么忧虑的事情，两个时期的张家口完全相反，两方面的对比感动了我，我才开始创作，连编唱鼓词也是自由的，大家对我提供很多很好的建议，使我的作品更完全了。"

十二月初，民教馆聘龙铁山为职员，每天下午在楼上俱乐部演唱。馆长王诚同志鼓励他编唱一些新内容的鼓词。他诚恳地说："过去，我从来没编唱过新玩意，咱们这回先试试看吧。"他愉快地接受了任务，两天后就编好了《解放张家口》。他一面控诉了敌人的罪恶，充满了憎恨，一面又唱出了拥护八路军民主政府与人民解放的赞歌。一经演出，博得观众热烈的欢迎和拥护，因而更提高了他的创作热情。又继续编唱了《枪毙杨小脚》《高树勋将军起义》《枪毙汉奸于品卿》《李自成》《糊涂人》等。（注）

十二月中，艺曲界同业联合会成立，他被选为审查委员，领导编唱新的创作。

龙铁山的名字传播开来，每天除了在民教馆和群众游艺社演唱以外，电台以及各机关都来请他演唱，全是不收费的服务。他自己也向来没提出来要钱，每天早晨还到游艺社教四个青年艺员说唱新词大鼓，在家里就做饭、服侍卧病的母亲，煎汤熬药，给五岁的幼女缝补鞋袜。

纠缠了他十六年的鸦片毒，使他的身体一天天败坏下去。上个月他自动地跑到区政府登记戒烟。

最近因感冒咳嗽很厉害，一连几夜都不能睡觉，但他还是毫不放松地读一些新鼓词，编撰新鼓词（他自己还不能书写），大家劝他休息，他还不肯听。

他叹息着说："现在一切都如心如意，只可惜身体不争气。……"

注：《解放张家口》已由军区政治部印成小册子。其余都在整理中，不久可发表。

一九四六年一月二日

（《晋察冀日报》1946年1月15日）

四区税司街自己编剧自己演

本市四区税司街合作社与大众合作社，于本月六日晚在新华电影院演出了三幕话剧《王老五的家》，这是描写洋车夫王老五翻身的故事。王老五在事变前是商店经理，张垣被敌占后，买卖倒闭，全家失业，老五无奈遂拉洋车。张垣解放后，王老五在民主政府领导下提高了地位，改善了生活。从前妻离子散，现在才能骨肉团聚，这充分刻画出群众翻身的过程，因为是他们亲身经历的事情，所以演出很受观众欢迎。

在演出过程中有几点值得其他村剧团学习：（一）剧本是他们集体创造的，大家讨论好了剧情，由会计、主任执笔，写好后再集体讨论修改。（二）演员都是工作干部，白天工作，晚上抽空排演，往往到深夜始睡，既不误工作，又能演出。

(《晋察冀日报》1946 年 1 月 17 日)

戏剧家曹禺、老舍受聘赴美讲学

【新华社延安十五日电】据"中央社"上海电：美国务院近决定聘请我戏剧界巨子曹禺（万家宝）与老舍（舒舍予）二氏赴美讲学。闻二氏已接受聘约，将于近期内出国。

(《晋察冀日报》1946 年 1 月 19 日)

政治协商会议前夕,陪都文化界的沉痛呼声

【新华社延安二十一日电】政治协商会议的前夕,重庆文化界文艺界人士座谈会、出版界学术工作联谊会、杂志联谊会、中国电影戏剧界等七个团体,于一月九日下午二时假白象街西南实业大厦招待出席政治协商会议的代表,到有政治协商会议代表与文化界人士五百余人,会上主席团为陶行知、茅盾、邓初民、侯外庐、马寅初、曹靖华、洪深、阳翰笙、李公朴、黄洛峰、叶浅予、倪贻德等。临时推选陶行知主席为该会的主持人,他首先说明这七个团体合在一起招待政治协商会议代表,是因为这七个文化团体的生活工作困难和希望都大致相同。他用他自己所写的四句诗来说明文化界共同遭遇到的命运,这四句诗是这样的:"人人呼我老夫子,生活不如老妈子,同样是带小孩子,吃不饱来饿不死!"他说:"过去文化工作者的手是被绑起来的,眼是闭着的,口是被封着的,就是因为没有民主,使作家不能创造出艺术品来,即使作家被左删右改,曲曲折折地写出一些残缺的东西来,但读者买书看还要受到恐吓。"最后,他提出两点对政治协商会议代表的希望:第一,盼望代表站在人民立场,为人民说话,抛开成见,找出大家可以生活的路来;第二,把人民的力量拿出来做代表,倾听人民的意见,这样政治协商会议才能开得好。

接着,沈钧儒老先生被推为第一个发言,他说:"文化界所提的基本要求和民主同盟一样,限制自由的法令都应一律取消。民主同盟现正在搜集这些法令,认为要废止的已经有二十八种了,还有许多没有收集,希望文化界多研究、多帮助。"代表邵力子先生说,他盛赞文化界的团结一致和对抗战工作的努力,他希望在和平建国时期文化界更团结、更努力,他认为要做到政治上团结,"互让"比"争"更重要,政治协商会议的成功也在互让。他建议招待的主人要监督代表

到政治协商会议里去"争"的话,不如监督他们去"让",这样政治协商会议才能开得成功。

罗隆基先生也提前讲话,他说:"对邵力子先生的话有一点感想,邵先生提到文化界对抗战的贡献,我也认为文化界在抗战中尽的力量最大,而生活最苦,所受压迫也最大。今天文化界所要争的也更为重要,有自由才有伟大的作品产生。邵力子先生说要监督代表去互让,我认为有的要监督去让,有的要监督他去争,假如都互让的话,不是什么都没有了吗?文化界所提出的基本要求还要让的话,那不就成了半自由了吗?人类的进步不是靠枪杆,而是靠笔杆,从来就是笔杆战胜,没有枪杆战胜的。一支笔抵得十万支毛瑟枪,尽管靠什么原子弹、美国装备都是无用的。一个国家没有唱歌的自由,还成什么国家呢?可是我们能互让到只唱一半歌吗?"他说完之后,大家为罗先生这种一针见血的话爆发出一阵雷雨似的大笑与热烈的鼓掌。邵力子先生又做了一次解释,说他说的"互让"不是说不让言论自由,不是要言论自由变成半自由,而是不要"滥用自由"。

青年党的代表陈启天先生认为,要解除文化界的精神与物质的不自由与困难,只有实行民主政治。文化界的侯外庐、曹靖华、洪深、邓初民、倪贻德、叶浅予、林声翕、黄洛峰都相继起立讲话,讲得最多的,也是最令人悲痛的,是目前文化界所蒙受的痛苦,许多人听了洪深先生和邓初民先生的讲话都流下眼泪来。洪深先生忍不住一腔悲愤,激动地说:"我们做戏剧工作的人没有被当作一个人来看待,我们要争取做一个人,以下我讲的都是事实,假如不对的话,我愿负法律上的责任。抗战初期武汉失守时期,我们跟着政府跑到大后方来,有的在前方服务,有的在后方努力,可是政府对我们怎样呢?第一,捐税奇重,商业捐税才有百分之四,可是戏剧、电影却是百分之十,冬令救济捐了好几年了,一年收多少?收去做什么?电影界一点不知道。可是我们知道冬令捐只有三分之一用于冬令救济,其他的都是酬劳弄捐的人。再有看白戏，曾有公安局负责人亲自跑到后台去要票子，而且还要在前排留两个位子，说要检查戏剧。抗战胜利了，上海接收了许多的戏院和器材，我们不能接收，组织了一个什么中央电影服务处，主持人大部都是中宣部、中央摄影厂里的身份不明的特务。这样几个人就可以把戏剧、电影都统统握在手里，一切非经过他们不可。有些人还是落过水，给敌人做过事的，可是现在也在上海负起戏剧方面的责任来了。我们千辛万苦熬过了抗战八年，将来还要到汉奸下面去找一碗饭吃。"

最后，洪深先生一字一泪地说："希望政治协商会议代表救救我们，救救戏剧、电影界，救救中国。"雷鸣似的掌声中夹着饮泣之声。

满头白发的邓初民老先生说话，他眼里带着眼泪，疾声地说："什么需要争，什么需要让，这要弄清楚。我觉得文化界是没有什么可让的了。洪深先生说的情形已经够苦了，乡下的老百姓还要苦，再要叫老百姓让的话，只有把命让出去，老百姓不是争别的，而是争生存。今天所有一切都在政府手里，向政府争，并不等于反对政府，相反的，是拥护政府，那些说不要争了，表面上是拥护政府，其实是害了政府。再不争，老百姓的心都跑光了，政府还是要垮的。"说到这里，邓初民老先生声泪俱下，不能一句连着一句说下去。四座都为这位老者的这颗燃热的爱国心所慑服、所震动。全场似乎都沸腾起来了，掌声中夹着呼声好久都不能停止。

曹靖华先生说："中国政府对文化人的种种黑暗压迫比俄国沙皇还要厉害，不但有直接检查，而且有间接的限制、扣留，有些明里不检查，却在暗里检查，中央不检查①，地方检查，外国可以出的，中国不能出，这样下去，中国只有变成沙漠了。"

吴玉章同志接着被邀讲话，他略述对于文化界受的痛苦深受感动

---

① 按，"中央不检查"五字原阙，据1946年1月17日《解放日报》补。

之后，就说目前的中国是一个否极泰来的时候，应不重复过去四十年中悲欢离合的惨痛历史，这次政治协商会议只许成功，不许失败，要靠全国人民努力，文化界要负起这个责任来。

胡政之先生对于文化界的痛苦也深受感动，他说他自己参加报界工作以来，看到中国人民所受的痛苦是太多了，生存与自由是人民的基本权利，人民到现在还没有得到，真是中国的耻辱。不过，中国一定要进步的，不管道路怎样艰难。工业界代表李烛尘先生在大家讲话的时候哭了好几次，他说，基本自由一定要争取。郭沫若先生诙谐地说，他要向邵力子先生作揖，谢谢邵先生的"指示"，他说，老百姓实在没有什么可让了，要争的是生存。

冯玉祥将军讲话时虽然会已经开到了五点钟，但大家的情绪依然很高。冯先生说："我虽然是政府的人，现在却是作为一个文化界的小朋友来说话，现在已经是民国三十五年了，今天人民还得不到基本自由，这是为什么？"他又说，他有一次和于右任先生去参观苏联一个作家的别墅，那里作家的生活像天堂一样，中国呢？人死了找他们去作讣闻和祭文，吃饭就没有他们的份，一个国家倒不倒就看这上面。

丁晓先生和刘清扬先生也相继讲话，丁先生希望代表不要当调解人，而要站在人民方面说话，否则就是帮助抢人民自由的人说话。其次，他希望报纸上一片和谐之声少一点，免得被那些人把老百姓瞒住，以谋得其私愿的成功。

最后，茅盾先生等提议组织全国人民政治协商会议协进会，大家一致通过，并推定此次茶会主席团为筹备人。李公朴最后呼吁重庆新闻界不要顾前虑后，要做人民喉舌，为人民讲话。至此，大会在歌声中结束。

(《晋察冀日报》1946年1月23日)

对改造电影的一个提议

凯文

来到张家口后,我看了两次电影。在开映之前,照例加演一个"笑剧",但内容非常庸俗,趣味恶劣而低级,(什么《傻少爷抢亲》《美女拉才郎》之类)这些东西都是有害无益,应该急速取消。如果目的是为拉生意,也应该将这类内容加以适当的改造。电影院及戏院,本为市民的娱乐场所,不仅是观众精神生活调剂的场所,同时也必须是教育的场所。因此,戏剧内容应当是积极的、有教育意义的,不应该为了迁就某些观者的爱好,而随意编演。在这方面庆丰剧院做得非常好,他们不仅将过去敌人在时所演的一些愚民与奴化教育的东西取消了,并且为配合现实斗争,改造了不少新内容的旧剧,而且都得到了相当的成绩。我以为电影院里的笑剧也应该加以积极的改造。以上仅我的一点建议并希各电影院、各剧院及社会教育有关机关多加注意。

一月二十五日

(《晋察冀日报》1946 年 1 月 26 日)

肃清汉奸文化残余

刘亦农

我在张市几处旧书摊上看了一趟,发现那上面大部分是专谈风花雪月、神鬼剑仙以及谈情谈爱的投机"文人"的商品;而特别值得指出的是,像张资平、周作人等文化汉奸的臭"作品"也罗列其中。

因此，我建议政府想法灭绝此类汉奸书籍，使其不致毒害我们。（政府可以派人劝告各书店、书摊，自动将该项书籍收拾送交敌伪文献清理处。或由政府以适当价钱收买起来，加以消灭。）

今后应加紧翻印大众通俗读物，以供广大群众阅读。

(《晋察冀日报》1946年1月27日)

为人民服务　河间艺人成立剧团

【新华社晋察冀总分社二十八日讯】冀中电：本月十三日河间县艺人成立人民剧团，并在人民戏院做首次出演。自去年五月河间城解放后，人民生活得到改善，市面日趋繁荣，群众迫切需要文化生活。久已散居在附近农会的五十多艺人，自动组织起来，成立人民剧团，并经我民主政府和各团体的帮助，及艺人们的积极努力，现已将为敌人所破坏的城内第一大戏院（光明戏院）修理竣工，改名为"人民大戏院"，于本月十三日召开成立大会。到会各机关团体代表及干部共四五百人，首由分区徐代司令员讲话，他勉励旧剧工作者要向着为人民服务的方向努力。分区文联潘之一同志说明，在民主社会中旧艺人的社会地位，与过去显然不同，并提供文联对改造旧剧的具体意见。后由人民剧团做首次公演，演出旧剧《空城计》等。

(《晋察冀日报》1946年1月30日)

宣化市三区七、八街组织街剧团

张敏

【新华社晋察冀总分社二十九日讯】察哈尔讯：宣化市三区七、

八街群众,在这春节将要来临之际,及庆祝和平实现,特于本月二十三日成立了剧团。现有自愿参加的团员卅余人,并选出王德源、李艳汝(女)任正、副主任,导演李炳南,下设设备股、化妆股,全团分为三组。该剧团于成立之日,即开始排演《拜新年》(秧歌剧)并组织专人创作一短剧《母老虎》,准备在春节公演。

(《晋察冀日报》1946年1月30日)

延安电台春节广播音乐剧曲

【新华社延安二十九日电】延安广播电台定于旧历元旦(二月二日)中午十二时(上海时间)开始播送音乐与平剧,音乐节目由鲁迅艺术文学院戏剧音乐系担任,有对唱《打花鼓》、秧歌《夫妻劳军》、民歌《夸女婿》、信天游《秋收划船》等节目;平剧节目由延安平剧院担任,有《长亭》、延安新编历史剧《逼上梁山》之一的《石秀探庄》、延安新编历史剧《三打祝家庄》之一剧《珠帘寨》(旧剧)等节目。延安广播电台呼号(Xncr),波长四二点五米、七零四八千周,希各界届时收听。

(《晋察冀日报》1946年1月31日)

太行庆祝和平春节　文娱团体赶排节目

【新华社太行二十七日电】太行区各界正积极筹备于春节中举行大规模的娱乐活动,以庆祝和平到来。全区著名剧团、农村剧团及各机关团体、学校俱乐部均在赶排新戏,军区警卫团战士已排好许多街头剧、秧歌、高跷,准备届时粉墨登场。长治市宣传联合会决定通过春节娱乐宣传,开展生产运动,打下今年大生产运动的思想基础。市政府已发动各界进行创作竞赛。偏城各村都成立了春节娱乐委员会，提倡利用各种民间形式表演抗战中的各种英勇模范事迹，并于元宵节举行全县文娱竞赛。武乡强调春节娱乐要普及于各个山庄、窝铺。内邱城内南街新组成之妇女剧团正排演她们自己创作的《好消息》及《拥政爱民》等独幕剧准备演出。

(《晋察冀日报》1946年1月31日)

《新华日报》举行延安生活艺术展览

群众一致予以好评

【新华社延安三十日电】重庆讯：《新华日报》八周年纪念日（一月十一日），曾将新从延安送至重庆的木刻品和生活照片多幅，以及农业、工业生产品多种，在化龙新村该报馆址举行展览，各界参观人士极为赞许，并提议公开展览。乃于二十四日开始假中苏文化协会举行展览一周，观众拥挤异常。

【本报讯】据重庆《新华日报》载称：该报主办的延安生活艺术展览，于二十三日下午二时假中苏文化协会举行预展，招待重庆文化新闻界，前往参观的人非常多，有马寅初、曹禺、鹿地亘、池田幸子、阳翰笙、廖承志、邓颖超、胡风、侯外庐及文化界新闻界三百余人。看的人最喜爱站在解放区地图统计表前仔细地端详，有的发出这样的惊叹来"从日本人手里夺回了这样多的地方，真不容易！"重庆的人看延安的生产品却还是第一次，某报记者把延安出产的洋火看了好久，一面向主人要求，一面就放到口袋里去了，其他的新闻记者见了颇有后悔没有先下手为强的样子。因为交通不便，这次展览会的农产品很少，只能在照片中看到一些，但从此也可看出边区人民的生产，把整个的荒山变成了良田。曹禺先生看完后这样写道："赤手空拳的中国老百姓逐渐显出自己的伟大的力量。"杨卫玉先生的评语也写着："是人造的奇迹。"廖承志同志前天刚从狱里出来，这天也赶来看展览，他虽然要时时被新闻记者围住问这问那，可是还很过细地一件一件地看。他笑着说："好几年没有看见了。"

在正式展览的第三天（二十六日），到场参观的有民主战士谭平山先生、经济学家孟宪章先生、妇女界领袖李德全先生，还有盟邦人士，成千的学生和公务人员，甚至有佛教徒。谭平山先生在浏览全场之后，兴致勃勃，随即在批评薄上题五言诗一首，内中有"拓荒坚抗战，辛苦卫疆封""打开民主路，敲响自由钟"等句。李德全先生参观之后，批道："只有真的解放才能使人民如此活跃起来。"一位佛教徒徐耀远先生批评说："全民政治之模范，进化世界之先锋。"足证真理始终是不会被恶意的宣传模糊掉的。

（《晋察冀日报》1946年2月1日）

《人民时代》《人民画报》同时发刊

【新华社晋绥三十日电】晋绥边区文艺工作团奔走于晋中平原，随军艰辛工作数月，已于日前返抵兴县，现正积极整理材料，努力写作。为供应广大新解放区人士的文化食粮，《人民时代》创刊号已于新年出版，为一综合性半月刊，以巨大篇幅刊载国内外政治形势的评论及地方通讯、报告等。与此同时，《人民画报》已于一月五日出刊。

（《晋察冀日报》1946年2月1日）

喊出自己的辛酸与欢乐　群众大量创作文艺

张市一区文娱活动热烈

岳森

【新华社晋察冀总分社三十一日讯】在张市一区抗联会"痛痛快快过个和平年"的号召下，所发动的创作运动已造成群众性热潮，计创作有五个剧本、九个太平歌词快板、二十七个歌词、十五种文娱形式。其中除几个歌词而外，都是工人、小学生、农民自己的作品。工人李荫堂因连夜写剧本而睡在桌子上，汽车工人汪春荣白天工作、夜晚赶写，铁路学院学生赵录广、郝春起牺牲休假、连夜突击两个剧本，工会办事处老葛也写了四个歌词，妇会办事处小袁也写了妇女歌词两个，清道夫也创作了快板……

在这些群众创作中全无旧的内容，反映出敌人统治下七十二行的疾苦，喊出对八路军民主政府感激的欢呼声，流露着挚热的感情。工人们在创作之前羞怯地说："这真是大姑娘坐轿……"

但是，大胆地拿起笔来以后，他们的成绩都是很好的。

现各工厂、学校、机关，昼夜赶排节目，厂方和工人配合得很好，特别是汽车厂厂长、工会主任从时间、物资、经费各方面予以帮助，估计春节可演出者：男女大秧歌队各一个，汽车厂有《和平花鼓》《报仇翻身》（秧歌）舞蹈，《解放前后》（话剧），铁路学院的《拥军优抗》（快板剧），及各处霸王鞭、高跷等十五种。每个演员的热情都很感动人。东窑村的农民说："我们老辈传下来的红火秧歌，在日本占着的这几年，可给闷坏了，今年可得像模像样地闹一家伙……"

他们为从事各种准备演出工作，各宣传队都组织有演出委员会，讨论队员纪律：（一）不中途退出。（二）听从指挥，准时归队。（三）不得超越剧情添词加句。（四）爱护服装道具。他们强调：搞群众文娱工作，不单是技术指导问题，更重要的在于细密组织工作，才能把春节文娱活动搞得好。

(《晋察冀日报》1946年2月1日)

黑板报作用大　高庙堡就是例子

李林

【新华社晋察冀总分社三十一日讯】九区高庙堡村，本来是一较复杂而工作又不好搞的村，自从十月间建立起黑板报以后，起了很大的推动作用，工作大有转变，各种工作完成都很顺利。该村黑板报三尺宽、五尺长，挂在最向阳，而且平时村民集会最多的地方，内容除去村里的中心工作以外，还有村合作社的活动（买国货、要分红等），村民在工作学习中表现好的和坏的例子，等等。一般的，材料都很具体生动，办报的青年温调元工作非常积极，一日不缺，不管刮风下雪，他都能坚持下去，并经常给村民讲解报上的事。现在这个黑板报已经成为全村的小学校，人人都关心、爱护它。它还存在的缺点是：偶然还出现新名词，群众看不懂，具体的好、坏例子还不够多，今后办报人员还需要加多。

(《晋察冀日报》1946年2月1日)

美记者包德盛赞《子弟兵和老百姓》

车沄

【新华社晋察冀总分社三日讯】美国《巴提摩尔太阳报》记者包德先生在人民剧院看了《子弟兵和老百姓》一剧后,曾著文盛赞该剧的成功和八路军的伟大对敌斗争,其原文翻译如下:

"我不是个戏剧评论家,但深自喜好戏剧作品,在巴提摩尔和纽约也看过许多大戏。然而我可以极其诚恳地说,很少有几次会像那天晚上人民剧院《子弟兵和老百姓》一剧演得那样使我感动。

"我认为舞台布景与灯光是壮丽的,掌握数达二十人的大批角色的排演手法是高妙的,全剧妙极,竟使我这不懂中国话的克服了语言的隔阂而宛如身临其境。

"此剧使我洞悉中国人民在日寇侵略下遭受的苦难,而这种苦难从无任何报章会予以充分描述。(编者按,解放区各地报纸,曾有不少描述与介绍,但因重重封锁,致使外界未能充分了解。)同时此剧使我体会到八路军对侵略者所进行的伟大斗争。"

一月二十六日

(《晋察冀日报》1946年2月4日)

介绍延安木刻展

江丰

我很高兴,中国的新兴木刻经过了十五年的苦斗,终于长大了、成熟了,并且在美术部门中取得了很重要的地位。这次在张家口展出的延安木刻,便是一个证明。

陈列在我们眼前的将近二百幅的作品，技巧虽有高下，画幅也有大小，但作者的态度却都是严肃的、认真的，在创作过程中是用了功夫的。取巧和偷懒的弊病，在这里是少见了。尤其可贵的，向来为大家所忽略的中国固有木刻的长处，在展出的许多作品里被吸收并且得到了发扬。因此，作品就显得朴实简洁、富有民族的特色。我以为只有这样，中国的新兴木刻才能够跨过依傍和模仿西洋的阶段，开辟一条崭新的道路。

人民的生活是艺术最丰富的泉源，也是使艺术前进的主要动力，延安的木刻作者，其所以有成绩、进步快，是由于他们了解了这一真理，不仅是了解，而且已深刻地体验到了；否则，他们的作品不可能如此广阔地反映人民的生活。这里面的人物和事件，不是虚构，不是空想，是从现实中取来的，因此使我们感到真实、亲切、富有生气；也因此给现实主义的艺术打下了坚实的基础。

我希望看过这个展览会的人，不但能够见到新民主主义社会的艺术的成绩，对于新民主主义社会里的人民是怎样生活着的，以及武装了的人民又怎样和敌人战斗着的实况，也能够借此得到一些了解，这就是举行此次展览会的意义。（最近在本市展览。）

（《晋察冀日报》1946年2月4日，《每周增刊》副刊创刊号）

和读者见面（《每周增刊》副刊创刊号）

编者

我们的增刊是给读者服务的，我们希望它能够成为大家所喜闻见乐的东西。一篇文字、一首诗、一个故事、一篇评论，都能够给读者一点好处。它能否坚持与发展下去，首先决定于作者和读者的亲密联系，打成一片。因此，希望大家尽量发言、尽量来稿。

我们需要的稿件是很广泛的：我们准备登载一些生动的、充满战斗力的杂文，我们欢迎歌颂人民翻身的小说，我们也欢迎朴素的散文、好的诗歌、结构完整的剧本、生动的报告文学、人物特写、有时间性的通讯、漫画与木刻、歌曲、工农兵自己的创作。此外，我们也准备登一些理论性的文章，政治论文、文艺论文、批评介绍以及翻译的文字。

凡是寄来的稿子，我们都要仔细地看过，尽快地处理。如果不能用的话，我们给作者回信，并提出我们对于作品的意见。被刊登的文章，在每月底可以领取稿费。我们希望投来稿件，越简练、压缩、通俗、短小有力越好（特殊的长篇创作例外）。字体不要潦草、马虎，这是最低限度的要求。

（《晋察冀日报》1946年2月4日）

新华社重庆分社正式成立　开始发稿

【新华社重庆四日电】本社重庆分社，业于本月一日在渝正式成立，并已开始发稿。第一次发稿，计二千五百字，内容为《中共代表团招待中外记者》《平绥路筹划全线通车》《察省长途电话通话》等。

本社重庆分社，于上月份初旬即开始筹备，曾于上月二十三日招待重庆新闻界，介绍本社之历史与目前工作情况，并阐明重庆分社成立之目的，在于将解放区的民主建设、经济建设、文化建设等情况介绍予大后方，同时将大后方动态报道给解放区，以资沟通全国情况。

（《晋察冀日报》1946年2月6日）

前卫剧社在古北口演出《邂落区》等剧

春节文娱大为活跃

【新华社晋察冀总分社五日讯】本社记者古北口电：此间春节文艺活动极其活跃。前卫剧社出版街头报，并举行木刻、画、摄影展览，反映战斗生产和军民关系。该社自一月三十日起，除二月一号休息外，将连续演戏八天，招待战士和附近居民。演出之节目，以新编《邂落区》一剧最为生动。此剧系描绘八路军经过新解放区时，目睹该地群众在伪满长期压榨下，大人、小孩均无衣穿，我战士们立即把自己身上的衣服脱下，送给老乡们，群众感激、拥护我军的情景，对战士及群众教育意义均很大。此外，当地驻军各团队亦自行组织秧歌队及其他文娱活动，在新年到新开岭一带演出。在此解放后的第一个春节里，充分表现了军民的团结和欢乐。

（《晋察冀日报》1946年2月6日）

民教馆昨日开始展览延安木刻

【新华社晋察冀总分社五日讯】筹备已久之延安木刻展览会，于今日上午假民众教育馆正式揭幕，展览作品三百余幅，包括国际闻名的青年木刻家、延安鲁艺文学院学生古元的作品《减租斗争》《马锡五审判》《秋收》（该作品一九四二年在重庆展览时，名画家徐悲鸿先生赞之为"中国画史上应大书特书的杰作"）；昔鲁迅先生领导下的木刻研究会老木刻家马达的《莫待天时误农时》《改造二流子》，力群的《丰衣足食》，沃渣的《战斗》，胡一川的近作《攻城》，和新进木刻家夏风、施展、严涵、赵兴和、戚单、吴劳、王流秋、张望、计桂生等同志的作品。内容都是反映陕甘宁边区群众的民主生活、生产文化教育及部分前线的战斗作品。参观者络绎不绝，今日参观人数仅下午即有千余人，莫不连声赞美。

(《晋察冀日报》1946年2月6日)

联大举行劳军优抗晚会

竹俭　炎军

【新华社晋察冀总分社五日讯】华北联合大学本日夜晚在该校大礼堂举行劳军优抗晚会。几日前，该校即将慰劳子弟兵入场券五百张，优待抗属入场券二百张，交予司令部预先分发。到会子弟兵、抗属们均戴着红花，喜气洋洋。联大教职学员代表杨同志，向子弟兵及抗属讲话后，即进行娱乐节目。警卫班演过《兄弟问话》后，即有法政学院二班的哑剧《解放》出演，座位两旁、后面，都挤满了人。教育学院的《生产舞》，用舞蹈表演了解放区在八年斗争中的生产、打游击、空室清野、军民合作打敌人。接着进行了文学院的《兄妹开荒》《夫妻识字》《打得好》《文件》《□天》《游击队的母亲》《看看再说》《粮食》等话剧，至夜十一点始尽欢而散。

(《晋察冀日报》1946年2月6日)

张市各机关举行团拜晚会

【新华社晋察冀总分社五日讯】午后六点钟，张市各机关在庆丰戏院举行盛大的团拜晚会，到全市党政军民干部一千二百余人。开会后，中共张家口市委刘秀峰同志满面笑容走上台去，向全市人民、全体干部及全体指战员拜年祝贺，并致祝贺演词。后由庆丰戏院同人演剧助兴，至十一时，尽欢而散。

(《晋察冀日报》1946年2月6日)

张市七区检阅新年文娱活动

【新华社晋察冀总分社五日讯】今日上午七区举行全区文化娱乐大竞赛，参加检阅者计有机关、学校、部队及街村秧歌队十个单位，三百余人，最惊人的是妇女参加检阅者竟占七十四人。由此，足以显露出解放了的广大妇女是空前的欢腾和活跃。上午十时，开阔的公共体育场便挤满了密密层层的人群，演员们特别地卖力，每到精彩处，群众均报以雷动的掌声。据群众及区评判委员会的意见，以营城子街的秧歌队为最好：他们在内容上反映了人民新生活的典型，在技术上亦显露十分熟练、紧凑。区里决定赠予"艺术先锋"大旗一面。此外，十一小学的霸王鞭，元宝山的高跷，朝阳街、花巷街的太平车、旱船，也都博得好评。在个人方面，陈素梅、陈素英以身作则，不怕艰苦，为秧歌队工作，堪称模范。花巷街年近六十的康大头也亲自参加跑旱船，尤为群众热烈欢迎。

(《晋察冀日报》1946年2月6日)

冀中改造旧文艺

文艺要为人民服务

【新华社晋察冀总分社五日讯】冀中电：冀中各县现正着手改造

旧文艺，向《穷人乐》方向发展。安新文联于一月十六日召开艺人座谈会，首先以旧剧《李闯王造反》进行研究。最初，大家发言□指谪李自成是聚兵屯粮、欺压朝廷的叛逆，但经主席提出"李自成为什么造反？崇祯为什么失败？"，到会诸民间艺人方从讨论中认识到"李自成是为人民翻身而造反，崇祯因不得民心而失败"，丁是他们□觉悟到旧文艺大多是为君主专制而服务，是违反人民利益的，从此解决了新文艺的方向应该是为人民服务。大家深深痛悔自己以往的无知，决定今后在民主政府领导下，努力改造旧形式，积极为人民服务。雄县于一月十二日召开全县乡村艺人座谈会，到会四十□人，首由大河村剧团演出旧形式新内容的《反特务》，大会便根据该剧进行检讨研究。定新县四区亦于一月十一日召开艺人座谈会，各村高跷、旱船、武艺、大鼓及音乐会代表三十余人出席，除报告各村目前文艺活动情况、讨论春节文艺活动的具体计划外，并着重介绍《穷人乐》，帮助他们积极改造旧文艺，朝着新方向前进。

(《晋察冀日报》1946年2月7日)

边委会编委会出版通俗读物多件

项伯仁

【新华社晋察冀总分社四日讯】边区人民在得到了民主、初步改造了生活之后，都在要求适合于群众的通俗读物，为此，边委会编审委员会特聘边区党政军民各方面的同志，着手编写群众读物、群众歌集、群众书丛，并发动各地文化工作者普遍创作。冀晋区的创作运动现已开始形成热潮。据悉：群众读物现已出版者，有《时事参考材料》《复仇》《老百姓打仗的故事》《群众歌集第一集》《群众画册》

《葛存的故事》等,由各地新华书店发行;《抗战期中大后方人民的生活》《母亲们和年青的子弟兵》《日本强盗的法律》《眼睛亮了》《富德荣还乡》《劳动英雄胡顺义》等,不日即可印出。这些读物内容丰富,文字通俗,适合于初小毕业程度的水平,实是边区人民的福音。但因为它是初次出版,各方面的缺点都还不少,编委会要求广大读者与各界人士给予批评和指导,并望大家多多投稿。

(《晋察冀日报》1946 年 2 月 7 日)

新华社北平分社成立

【新华社北平七日电】本社北平分社业已成立,并于一月二十五日起开始发稿,至本日(七日)已发出十三号,每日三千余字,内容除报道执行部工作外,并有来平各解放区军事首长关于解放区军队忠实执行停战命令情形等的谈话。此外,解放区建设与大后方情况,亦均有报道。

(《晋察冀日报》1946 年 2 月 9 日)

看了《子弟兵和老百姓》演出以后

杨晓风

我看《子弟兵和老百姓》算是第二次了,第一次是在根据地,那时远不如现在,由于物质条件的限制,在布景、灯光方面都不如这次的演出,的确在这次晚上看了,打动了我的心。

从第一幕里,可以清楚地看到子弟兵和老百姓和睦的一家人,帮助老乡抢收、抢种，也深深告诉了我们八年来的抗战中，人民自己的军队——子弟兵，每时每刻地没有忘记帮助群众生产，也正如毛主席教导我们，要用百分之九十力量帮助群众生产。的确，子弟兵不仅战斗、学习，还会生产，军民关系真正如鱼和水。

在第二幕里，暴露了日本法西斯的兽行。的确，在八年抗日战争中，在几次反"扫荡"斗争中，边区群众也不知牺牲和被敌残害了多少无辜的群众，造成无数的惨案。从这幕剧里，也反映了边区的群众，虽然敌人这样残暴，并没屈服、在敌人面前低头，真是宁做枪下鬼、不做屈膝人。这种坚强而高尚的民族气节，像三妮这女孩子，也还深深记得军民誓约"不泄露军事秘密"，拷打利诱，不能屈服。边区人民不是羔羊，中队长高呼"中华民族解放万岁"的口号是多么雄伟，三妮的爷爷还记得子弟兵里的"歪把子"，要替他报仇。从敌人架起枪来，群众向着这些野兽们示威，从这里我又联想到八年抗战过程中的许多大惨案，完县野场惨案、柳陀村惨案、四三年反"扫荡"的平阳惨案、平山岗南……也同样出现了许多可歌可泣的英勇事迹。无数的像剧中的中队长、三妮和他爷爷，他们是好汉、中国的优秀子孙，告诉了敌人，边区的老百姓，鬼子是不能征服，更不能在敌人面前低下头来。

在最后一幕里，子弟兵执行任务回来之后，群众的房子烧了，粮食抢光，敌人清剿实行着"三光"政策，他们是痛心群众这些痛苦，仇恨敌人。但是只仇恨无济于事，只有斗争来消除这些仇恨。见到了子弟兵像是小孩见了娘，他们热爱子弟兵。正如剧中受伤的老乡说："子弟兵是救老百姓的，鬼子是害咱们的。"军爱民、民爱军是多么亲切，更反映了子弟兵在这八年来，与老百姓同生死共患难，度过了八年抗战才得到了今天。

(《晋察冀日报》1946年2月9日)

一九四五年的高街村剧团

王朝纲　谷惠

【新华社晋察冀总分社九日讯】高街村剧团是在一九三八年成立起来的，七年来，演出了不少的节目，配合了每年的中心工作。尤其是自去年《穷人乐》演出之后，村剧团真正成了全村群众自己的文化娱乐组织，成了高街村推动与指导各种工作的有力武器之一。如在正月进行拥军优抗时，他们演出了《优待抗属》一剧，表扬了本村优抗模范刘如琴和邢门荣（捐款六千优抗）。该剧演出后，很多群众说："咱们可得向人家学习哩，也争取个模范上上戏。"之后，群众自动给抗属打柴好几千斤。在大生产运动开始的时候，村剧团演出了《全家忙》和《本村的耕三余一》。这个剧演出后，不但推动了本村的大生产，而且连懒汉张凤旗看了剧后，也自动地参加了拨工组，积极地生产了。在春天天旱不雨的时候，他们及时地演出了《不能靠天吃饭》，打破了群众"听命由天"的落后思想，鼓励和提高了群众和自然作斗争的勇气；全村男女实行了大拨工，不多几天，三百八十亩岗地就全部完成了播种。在七天宣传时，他们演出了《幸福是谁给的》一剧。群众看了剧之后，普遍地展开了回忆运动，都一致地说："要不是八路军和共产党，咱们凭什么能得到今天的生活呢？""跟着共产党毛主席走吧，没有差。"日本投降的消息传到高街村后，合作英雄陈福全马上集合了团员到村进行宣传，一早晨又演两个街头剧，连饭也没顾得吃就到十五里地以外的龙门、沙土一带进行宣传，使抗战胜利的消息很快就被全二区的群众知道了。他们不是演了剧即算完事，而更重要的是，团员还得在实际工作中起模范作用。如在防旱备荒时团员演了剧之后，第二天就担水播种，群众看见团员们担水播种，全村男女也都跟着干起来了。剧团一九四五年共演出三十二次，创作剧本十五个。

（《晋察冀日报》1946 年 2 月 10 日）

巴黎的报纸

截至今年春天，巴黎出版的报纸，有二十几种之多。这些报纸，不论其在政治上倾向如何，都有一个共同的特点，即：其中没有一种报纸是在敌人占领期间公开发刊过的。远在法国临时政府尚在阿尔及尔时，就曾颁布过一项法令，规定凡在德寇占领期间曾经发刊过的报纸、杂志，解放后一律禁止出版。因此，在巴黎，过去曾经附逆的及曾与敌人"合作"过的一切报纸，都被严令停刊了；代之而起的，是那些曾经在地下出版的，对抗敌运动有功的报纸。战前的法国，在街道上听到卖报儿童喊叫的是：《时报》《小巴黎人报》《巴黎晚报》……现在，听到的是：《人道报》《今晚报》《解放晚报》《抗敌报》……

（《晋察冀日报》1946 年 2 月 10 日）

曹禺、老舍将于春初抵美

【新华社延安十日电】美新闻处华盛顿讯：美国务院宣布，中国著名剧作家万家宝（即曹禺），及作家舒舍予（即老舍），已接受该院之聘，将于春初抵美视察一年。曹禺先生一九三四年毕业于清华大学，后即开始从事戏剧工作。曹禺所著《雷雨》《日出》《北京人》

等剧为中国广大读者所称颂，并已被译成英文，畅销海外。曹氏至美后，将从事研究美国舞台电影及无线电艺术，并将应各界之请，就中国现代戏剧公开讲学。老舍先生曾于一九二四—二九年在伦敦大学东方研究院教授中国语言与文学，返国后任齐鲁大学中国文学教授四年。自一九三八至一九四五年任中国作家全国抗敌协会秘书长。老舍赴美后，将协力从事加强美人对中国现代写作之认识。

（《晋察冀日报》1946年2月12日）

张市春节文娱活动中群众发挥创作天才

自己编、自己演，自由愉快

刘漠　贾风　徐　韦立　谷军　袁若愚

【新华社晋察冀总分社十二日讯】今年春节，张市各种群众文娱闹得非常红火，不论是民间旧形式的高跷、旱船、秧歌、小车会，或是新型话剧、歌剧，都将群众翻身后的自由愉快情绪尽情表达出来。群众自己编，群众演，充分表现了劳动人民对艺术的伟大创造天才。西沙河街是这次文娱中认为最好的，他们先是有计划地组织起西沙河街联合群众游艺社，社员都是该区店员、铁工厂工人、小商贩、手工业者及小学生，他们是采取了高跷形式，充实以新内容，一扫过去《青蛇白蛇》《扑蝴蝶》老一套庸俗作风。歌词方面，都是以切身的感受，亲自动手编出歌颂八路军、共产党的小调及快板剧，并穿插了秧歌舞的变队形和扭的花样。最受群众热烈称赞的是他们匠心创造的高跷毛驴，借骑毛驴的老婆婆和牵驴的老汉对词，反映解放后张市群众的喜悦心情。在排演和演出过程中，每个人都非常热心积极，有时竟排练到深夜。在装扮角色上非常严肃认真。当他们首次露演，由政治部回来时，沿途商号、住户都点起鞭炮来迎住去路。

电业公司的工友们，也是同样发挥了他们的积极性和创造性。工友李占祥在该公司起了骨干作用，旱船《保卫和平》的脚本就是他自己起稿的，演出表情很真切。共有张如屏创作了《工人苦乐记》和太平调《解放歌词》，感情质朴，用词生动，音韵也非常自然，博得观众好评。话剧《陈大林翻身》内容着重描写解放前张市工人的苦痛，工人有技能无处使用，改行做买卖，都要遭特务欺诈陷害。正因为这些是工友亲身的经历，演出特别生动逼真，感人极深。场面中的工厂打铁一幕，工人熟练的动作越发显得精彩。还有一点应该提出的，就是他们从开始到演出，只用了十天的业余活动时间，并没有耽误生产。

七区营城子街的妇女秧歌队，不仅是群众认为最新鲜的，还是这次文娱中最富有教育意义的。这一秧歌队是由妇联会领导，区公所帮助，和全街妇女积极参加搞成的。她们的演出，不但打破了轻视妇女的旧观点，并由此激发了妇女参加各种活动的积极性。她们的话剧《识字班》真实地反映了张市民校情况，在进行这一活动时是与妇女识字班结合的，一面教育一面组织。区干部刘显彬、韩峰，街妇女识字班校长陈素英、教员陈素梅、富岫岩，都以身作则，亲自参加，因之消除了妇女开始活动"怕羞"的心理。在时间支配上，利用休息时间排演，或一面工作一面背诵唱词，并且发动竞赛，互相监督，所以能很快地熟练、红火起来，因而也影响了该区其他三个街妇女秧歌队的成立。

汽车工厂的工友们，更能利用条件，自出心裁，以两辆汽车拼成临时舞台，晚间装饰电灯，不分昼夜各处活动，他们的节目也都是自编自演的。《穷人翻身》中的伪警和鬼子出现时，敌工部过去在伪军中的一个士兵羞惭地说："一模一样，做过坏事的人知道。"他们在两天中演出十一场,该厂卢厂长亲自动手解决困难,使工友们热情更加提高。同时,工友们由这次文娱活动了解到,闹玩意不仅要红火还要有意义。一个工友说:"这次闹玩意才知道,演新事新物才能教育人,要是搞个王八背在身上,花好多钱笑一场,一回头脑子里什么也没了。"

其他,如二区火柴公司和瓦匠工会的作风朴素,瓦匠工会与橡皮工厂通过文娱活动加强了工人阶级的团结。五区五街的《翻身》小调通俗真实,三、四街采用报纸上短小精悍的剧本,也都在这次文娱中获得群众的赞赏。

(《晋察冀日报》1946 年 2 月 13 日)

把新的内容加到秧歌、高跷里去 多做些秧歌活动的报道

今年新年张市的秧歌是八九年来第一次红火热闹,人民都是兴高采烈地庆祝自己的解放,搞得很热闹,尤以高跷特别多。但它们的内容多半是老一套的,甚至常常是以调情为表演中心,很为遗憾!我希望春节宣传运动中,领导文娱工作的同志,多多帮助他们编排一些新内容的秧歌——如表演一些敌人压迫下与被解放后的工人生活的对比,敌人在时对商人的任意敲诈,或介绍陕甘宁边区发展生产运动后的丰衣足食的生活……那是多么生动的史诗啊!那些除秧歌本身提高外,对张市人民与八路军之认识也会是收到更多的效果的。

其次是今年秧歌、高跷活动情形,报纸上很少有这类文章的报道,我觉得应该发动戏剧界及各个参加领导这次工作的同志,多写一些秧歌活动的情形,或者介绍陕甘宁的秧歌活动。报社放松了这点是

很可惜的，但现在做，还赶得上。

（《晋察冀日报》1946年2月14日）

《冀中导报》将增辟文艺副刊

【新华社晋察冀总分社十四日讯】冀中电：为加强和平时期的文化工作及适应冀中人民的需要，《冀中导报》即将增添文艺副刊。为此，冀中导报社特于旧历正月初五、六日召开冀中文艺作者座谈会，到会有火线剧社、前线报社、冀中文联、新华社冀中分社等代表四十余人。大家一致同意，该副刊的对象为区村干部、中小学生、小学教员及农村知识分子，性质是多样综合性的刊物，采取为群众所乐于接受的形式。因此，稿件的来源必须走群众路线，发动群众写自己的事，并从中培养群众中的文艺工作者。当场推孙犁、崔嵬等九人为文艺副刊编委。编委首次会议已于七日召开，决定该副刊名为《平原》，篇幅为两版，约一万二千字，暂定为每周增刊一期。创刊号将在二月二十五日前出版。

（《晋察冀日报》1946年2月15日）

张市地方法院审讯文化汉奸

【新华社晋察冀总分社十六日讯】张市地方法院于十五日下午第二次审讯文化汉奸王逆子扬及刘逆见周。"二逆"自九一八事变后即投身事敌，王逆在敌伪《奉天日报》《察哈尔新报》"蒙疆新闻社"由校对、编辑升任到编辑部部长及编辑局副局长等职，昧尽天良，利

用报纸给敌人做帮凶。刘逆见周，在日寇所办之《大连关东报》任日文翻译，抗战后在伪"蒙疆新闻社"做翻译、通讯员，以后升任取材部（采访部）、文化部及编辑部部长，参加过敌伪组织的"蒙疆新闻记者华北华中参观团"，在敌人召集之"中日记者联谊会"上，鼓吹"反共"。他强迫人民"储蓄"，依势敲诈商会与华春饭馆。张市人民提起这两个十几年的老文化汉奸，均咬牙切齿，要和他们算老账。但今日法庭上"二逆"仍用尽狡计，对过去所作罪行，支吾抵赖，地方法院将继续进行审判。

（《晋察冀日报》1946年2月17日）

张市春节群众文娱活动的经验

贾风　朱敏　边

【新华社晋察冀总分社十六日讯】张市各区在春节文化娱乐工作中的经验，可综合为下面几点：一、首先要调查清楚群众文化娱乐原有的基础，了解群众对这一工作的认识，根据具体情况，提出要求。如群众一般的对"闹烘火"在习惯上认为必须调情、逗趣，成双配对。不管是什么人物，甚至八路军也要拉上个妇女，扭扭捏捏凑成一对，借此以吸引观众，就是说，文化娱乐工作是纯粹为了娱乐。这当然是不符合进步要求的，但首先不要打去群众的高兴，在没有群众接受的可以代替的新东西时，应当准许其出演。但另一方面，要用生动实际的例子说服教育群众，如《枪毙杨小脚》《穷人乐》等，提高群众逐渐抛去低的趣味的内容，加上新的有意义的内容。二、在形式上，群众可以尽量创造，领导上不应丝毫加以限制。事实证明，群众艺术中有很多东西是很完整的，虽然它不一定有政治意义。例如耍狮子、舞龙灯等等，是有相当技术的，这些不必死板生硬地加什么内容进去。但有某些形式，如小车会上妇女非得装上一对"三寸金莲"不可，或现代人穿上清代服装、戴红缨帽等，则可说服去掉。因为这些腐朽的东西令人看了只有"恶心"之感，毫无欣赏它的要求。三、在"夫旧换新"时，不能操之过急，而应耐心的、苦口婆心地说明教育群众。七区发动了街干部和文化娱乐工作的积极分子，进行批判，使他们在思想上彻底搞通，是个好办法。四、发扬群众高度的创造性。这次春节娱乐，群众表现了高度的创造性，而且表现在多方面，有不少的节目是循着《穷人乐》的方面前进的，如四区《何大妈拥军》等即是。但是，群众的创造性必须在正确的指导下才能逐步提高。现在，各区街普遍感到文娱指导人才的恐慌，要求职业剧团下乡帮助的呼声颇广，是值得注意解决的。五、城市居民集中，各街不一定单独成立剧团，倒可以集中力量，由民教馆负责，几个区、街共同成立一质量较好的业余剧团，除自己进行活动外，随时可以帮助各工厂、各街市民组织小型分散的活动。如此，在质和量的发展上可以兼顾。六、经费开支上，一般的仍有浪费现象，有×团体演戏演员大吃其饭馆的事实，这是亟待克服的。解决经费问题，应该走群众路线，由群众讨论应否开支，演员不应不适当地要求特殊待遇。所以也就必须对演员进行文化娱乐工作为人民服务的教育。七、各区、街演出时，竞争心理甚烈，甚至发生不团结现象，这也是领导上应该注意的。发扬友善的竞争心，必须与互相帮助、互尊互敬联系起来，而不应该排挤、嫉妒、讽刺、讥笑人家。

（《晋察冀日报》1946年2月17日）

太行行署颁发文艺创作奖金

【新华社太行十九日电】行署颁发二十三万元的巨额文艺创作奖金，其中十一万元用以奖励春节娱乐中各地之优秀农村剧团；以三万元征求真正能正确、生动地反映我当前现实斗争，或抗战生动场面的剧本、歌曲、小说各一种；以九万元为全年优秀文艺美术作品之奖金。

又讯：本区筹备已久之《文艺杂志》（月刊）将于三月一日创刊。该杂志系太行区文协主编，为十六开本，六万至十万字之中型刊物。写稿的有小说家高沐鸿、黑丁、曹克，诗人袁勃等，以及大批抗战中从群众中产生之青年文艺作家。

(《晋察冀日报》1946年2月20日)

《内蒙古周报》即将出版

程

【新华社晋察冀总分社二十一日讯】内蒙古自治运动联合会拟出版之《内蒙古周报》，现已筹备就绪，决定于三月十号左右出版第一期，系十六开综合性刊物。其编辑方针，为宣传民主、自治、民族平等、蒙汉团结等，三分之二是蒙文，其余为汉文。内容有政治常识、科学、卫生、文艺、内蒙古人民活动报道等。由勇夫任社长，编辑部亦大多为内蒙古人担任。闻现在由于各方条件还不完备，暂出周刊，将来改成三日刊或日刊，大量发行，以满足广大蒙古人民的要求。该报社址设于明德北大街九十九号安且居内。在筹备过程中，张市各方皆予以积极帮助,该社同人深表感激云。

(《晋察冀日报》1946年2月22日)

不买票有座位　买了票坐不上

请备痰盂

在人民剧院里,见有不少带小孩的女人,母子二人买一张票占两人的座位,同时有不少买了票的观众而没有座位,在里面直直地站着,有时妨碍了他人观戏就要受到他人的唤叫和讽刺,这是很不讲道理的,人民剧院多加注意。

还有,公共卫生还不大好,有不少的人在里面随地吐痰或排泄鼻内分泌物。

因此,希人民剧院规定一制度,如购置痰盂、插牌示等等,以达到观众的要求,并利公共卫生。

(《晋察冀日报》1946年2月22日)

文 化 短 讯

一、苏联将扩大出版外国作家作品

一九四六年,苏联将扩大出版外国作家作品,总数将达三百万册。其中将包括外国古典作家巴尔扎克、狄德罗、莫泊桑、斯坦达尔的全集。这是战争结束以来,首次恢复外国作家的全集的出版。出版家们正在准备出版在苏联常见的莎士比亚的戏剧约十五万册;苏联青年极喜爱的大仲马的小说《基度山恩仇记》将出版五万册。一九四六年的出版计划,也包括英国的新小说,如普利斯特莱的小说。美国的文学将以欧·亨利、斯坦贝克等人的作品为代表。《十九世纪的美国文学》与《二十世纪的美国文学》即将出版。新的翻译作品中,有波兰古典作家亚丹·米基夫兹的作品和斯罗瓦基的选集。法国作家亚拉贡的新诗,保加利亚作家的《红色马丁》,奥斯拉克游击队诗人纳奇的《游击队的日记》也将出版。

二、苏联少女与儿童读物

专供少年及儿童阅读之报纸、杂志,已在苏联大批印行,并将在乌克兰、白俄罗斯、摩兰达维亚、佐治亚、爱沙尼亚、拉脱维亚、立陶宛、加芬诸共和国,以各共和国文字印行。为儿童阅读之报纸《列宁火花》最近于彼得格勒首次出现。所有这些报纸均集中注意力于儿童及少年之生活与学习,并以大众化语言向读者解释世界时事、科学发现、艺术消息等。在一九四六年,儿童文艺杂志之数量,亦将大量增加。新杂志如《向日葵》《德涅泊》《长春花》等,已在乌克兰印行。在白俄罗斯,有杂志《小桦树》;在高尔基城,有为少年阅读的杂志《伏尔加之光》等。国家印厂之分厂设于每一个共和国与大城市中。苏联一九四五年儿童读物之发行总数,超过一千万份,儿童最好读物的竞赛,已于去年在苏联诸共和国的许多大城市中举行。头奖获得者为《联队的儿子》的作者卡泰耶夫,他的作品叙述一个男孩子过继给一个联队,并参加了爱国战争;《人怎样变成巨人》的作者伊林与西加尔,以及《过去的故事》的作者雅克夫列夫,他是社会主义劳动英雄,著名的"雅克"战斗机的设计者。

(《晋察冀日报》1946年2月23日)

北平人民的喉舌——《解放报》出刊

【新华社北平二十二日电】筹备多日之《解放报》,已于今日出版。该报发刊词中称:我们愿意本着全心全意为人民服务的宗旨,作为人民喉舌,来和各界共同努力建设和平、民主、团结的新中国的神圣事业。该报创刊号中所载消息,有中共中央发言人对东北问题的谈话及陪都"二·一〇"血案真相等。该报为四开小型报纸,暂定三日刊。

(《晋察冀日报》1946年2月24日)

张市文化界成立"北方文化社" 《北方文化》刊即将出版

【新华社晋察冀总分社廿三日讯】解放区的文化运动正在蓬勃地发展,广大人民热烈参加各种文化活动,今后各种刊物杂志的供给,因此更为迫切。为适应此种需要,张市文化界特发起成立"北方文化社",社长为中国新文化前辈成仿吾同志。本月上旬,该社假华北联大召开会议,决定先行出版综合性的《北方文化》半月刊。该刊编委为成仿吾、邓拓、刘皑风、周扬、沙可夫、何幹之、萧军、丁玲、萧三、艾青、吕骥、张如心、冯宿海等同志。由成仿吾同志为主编,张如心同志为副主编。现悉:《北方文化》半月刊创刊号已定于三月初出版,由各地新华书店代售云。

(《晋察冀日报》1946年2月25日)

人民剧院的答复

编辑同志：

连日见到报纸"批评与建议"栏对我们提出了许多宝贵的意见，这些都是各界同志对我们爱护和关心的表示，我们除了衷心地感谢以外，愿意在可能条件下，本着为人民服务之方针，逐步作工作上之改进。以下是我们对今后工作的几点新的规定，有的已经付诸实行，有的即将实行，希望你能分别转达给批评与建议的各同志，并望他们能继续给我们提供意见：

一、为了照顾部队、机关团体及市民群众普遍地看戏，我们把票的数额分配了一下：部队、机关团体共占每场总票数的百分之三十，市民群众占百分之七十，定额售完即行停售。

二、一日数场时，或将采取分场看戏的办法（如早场部队看，中场群众看，晚场机关团体看），以资调剂。

三、为了避免拥挤，群众及部队、机关售票处分开两边，入场也分两个门。

四、以前往往有各机关、部队写信来要求事先买票，或大批订票，以致到售票时间，票已所余无几，许多群众翘首等待，失望而返。今后如有提前订票或托本院职员代买者一律谢绝（部队集体性质，由领导机关集体买票，组织看戏，每天可提前由规定之部队票额内，售出一定数目，以便及早分发）。

五、为了防止小孩占座位，规定小孩一律整票（怀抱者除外）。

六、一般情形下禁止用绳子拦座位，但有时为了招待外宾及国际友人，在情理上亦在所难免，唯当尽量减少。

七、有的同志提议减低票价，或纯为宣传免费招待观众，这一点很难办到。当今百物昂贵之际，剧院开支浩大，亏空甚多，若再减低票价或全部免费，势难维持。况本院售票初衷，还希望各界同志原谅。

八、卖水问题日内即可实现。

九、公共卫生当尽量改造，设置痰盂困难尚多，目前恐难实现。

人民剧院为各界人民的娱乐场所，需各界爱护、培植，本院职员愿尽绵薄，为人民服务于万一，工作缺陷除检讨、改进外，尚希望不吝赐教，专此即祝。

撰安

人民剧院

二月二十四日

（《晋察冀日报》1946年2月25日）

舞俑家吴晓邦在张私人教授舞俑

舞俑家吴晓邦现任教于联大文艺学院，拟利用课余时间在张家口征求私人学生。吴氏提倡舞俑艺术已二十余年，在抗战中遍历中国之东南、西南及西北各省城市尽抗战宣传工作。其作品大小计二百以上，而个人代表作《傀儡》《丑表功》《传递情报者》《饥火》《思凡》等尤得全国文艺界所高度评价。现在私人教授办法：（一）未成年者可入儿童舞俑课。（二）有志民间舞俑着，不拘年龄、性别、个人或团体，可入民间舞俑课。（三）爱好社交舞俑，或因身体衰弱多病者，可入社交舞俑课及体育舞俑课。（四）学校舞俑课限于团体学习，如单为理论及创作法学习者，个人亦可上课。（五）从事戏剧表演，者可学习吴氏自己体系上的"一般人体上的自然法则运动"。（六）凡希望将来做吴氏弟子者可入舞台。艺术舞俑课课内分近代的技术和古典的技术、理论、创作、研究诸要领。报名者可径向联大文艺学院教员宿舍吴氏本人接洽。

(《晋察冀日报》1946年2月26日)

社教模范王尊三

王世贻

王尊三同志过去就是一个老说书匠，抗战的那年，村里建立民主政权，他被选为村副。为了协助，动员子弟兵，他编唱了《扩军》，群众很爱听，连八十里外的人也赶来，大家□说着《扩军》《子弟兵》，便激起来参军的热潮。边区政府知道了，就把《扩军》选为抗战创作第三名，又叫他到教育处工作。初次创作尝试，便受到群众的热烈拥护和政府的鼓励，王尊三同志也更有了劲儿，配合着抗战政策，新的鼓词也不断地涌现出来了。

救国公粮布置下来，开始的时候，有些妇女不了解，不愿意交公粮，还打村长、骂丈夫，谁也惹不了。他用了王二毛老婆顽固，丈夫怕老婆，遭到众人反对的故事，他编唱了《救国公粮》。第一场刚唱完，有几个妇女就说："别看我是个娘们家，可不是盆子糨子呀，抗战要咱们拿点公粮，怕什么呢！""咱们可不能学王二毛家两口子。"后来有几个顽固妇女也转变好了。

八路军在杨庄岭打死了一百多个鬼子，他根据这次大胜利，唱出来《杨庄岭》，这是当地实事，大家听起来也特别高兴。皖南事变发生了，即时就变成了他的鼓词，新四军奉命调防，老百姓相送，依依不舍的情景，听众也跟着落下泪；但当新四军被残忍地袭击，又使群众愤慨起来，"那些家伙们太狠了，真叫人气炸了肺！"

县选开始，他变成了一个竞选的宣传家，每到一个区就搜集候选人的材料，即时编成鼓词演唱。有一回，到了一个村子，离敌人的炮楼，隔着一道小河，只有一里多地，他怕鼓声太大，惊动了敌人，他把一块布蒙在鼓上，听书的人愈来愈多了，聚集拢来足有五六百，简直是赶集上庙一样。大家愈听愈有味儿，这会儿就是觉得鼓不响，有几个人走上前，七手八脚地干脆把蒙鼓的布拉下来。说书的人也上了劲儿，加油地敲着，大鼓咚咚地响，对面的炮楼振动得发出萧萧的回声。为什么炮楼上那么安静呢？原来几个伪军呆呆地在那偷看，也想下来听书呢！

王尊三同志的熟练的技艺、丰富的语言和抗战民主的政策结合起来了，大家欢迎他，爱听他说书，因为他说的是自己的事，自己的话，"他说的都是实事呀，就像咱们亲眼看见的一样！"

他又是一个实际工作者，在民主政权下，他连续被选为唐县优抗会主任、区秘书等。工作丰富地帮助了他的创作，又由于他的特长技艺使工作更能顺利开展，凡是有他在的地方，人们都高兴和他在一起。他的公正与威信又帮助了问题的处理。有一次，河滩闹纠纷，大家特请他去调解。原来唐河两旁的东西两村以河为界，这年河床向东移动，无形中东村的土地就变成西村的，经过王尊三同志一面说书，一面又解决了纠纷，决定把现在西村的土地划出一部分给了东村。这样公平合理的解决，两村的人都很满意。

提起王尊三同志过去的历史，那么丰富，那么长，正像他的胡须一样。他生在河北省唐县东岳村，家庭是一个富裕的中农，七岁上私塾，因为记性好，到十四岁的时候已经能背诵完全部"四书"、《诗经》《易经》，还学会了对对子，老师很喜欢，又鼓励他去县考。第三年（光绪三十二年）科举制度废除了，私塾变成了学堂，家里不许念洋书，他便在家种了庄稼。

他青年的时候就爱唱玩意，爱烘火，十八岁上跟着房英魁学习西河大鼓，供给老师的吃穿住，花了不少的钱。一年以后，遭到家庭严厉地反对，再也不能继续下去，被认为是败坏门风的下等活儿。他去了几十亩地，倒腾了一个杂货铺，民国十七年又被奉军放了火，十间房货全部烧光了，还负了一千多块钱的债，便再也顾不了体面。他背上弦子鼓去说书，走过了石家庄、邢台、济南、开封、郑州、太原、归绥、集宁、张家口，最后到了西北口，收入虽不少，但是挥霍的习性并没有改变，很少往家里寄钱，主要靠着妻子生产与节俭，儿子的揽工，偿还了债，又买下二十亩地。

七七事变后，西北口危机，流浪了十年的王尊三才回到了家。这时候，家庭生活没有困难，妻子辛勤建立起的家务，做父亲的也不好更胡闹了。他已经过了四十岁，他思念着过一番安稳的生活。

说起过去的生活，王尊三同志感慨地说："旧社会常说：'鹌鹑戏子猴，说书的不可留。'这本来是糟蹋人的话，老实说，过去说书的可也就是好人少呀！见了阔人低三下四地，溜舐奉承敬，为讨人家喜欢，所以有钱的人也就把咱看低了。过去我也有这样的毛病，如果场子里没有几个穿好衣服的，识文断字的人，就不大愿意说，恐怕那些粗胳臂粗腿的人听不懂，给不起钱，连板凳头儿也不想让他们坐。我开始到政府的时候，还有升官发财的思想，我们同行的说：'王老尊有这么一个好机会，你就使劲儿挖吧！'后来革命教育了我，我认识到中国抗战要不是这些庄稼汉们，怎么能胜利啊！我们的鼓词不说他们，还有什么可说的？还应该说谁呀？我了解到这点，以后再也不要优待了，把财白也看得轻了。自己带上伙食费，背着弦子鼓，走到一处说一处，老百姓对我热烈的欢迎和亲切的关照，也是平生没有遇过的。"

一九四五年抗战胜利，张家口解放了，王尊三老同志以五十四岁的年纪，步行了十一天，十二月初头到了张家口民教馆，过度疲劳，他得了重感冒，后来又转成慢性疟疾，三个月来一直是在病魔纠缠中。有时病势稍轻，他便日夜不断地工作起来，写出了《反对敌伪傅（作义）之流》，配合税收写成《两本账》《亲骨肉》《何大妈》《白毛女》等，经过龙铁山等人唱出，获得大家热烈地欢迎。

大家常常劝他休息养病，他就摸着胡须，笑着说："我这个人，闲不住的呀，做起事来，我就没病了！"

今年的大年初四，张家口市政府开会，奖励社教模范工作者，王尊三老同志被奖为模范，赠给了奖状和边币五千元。他谦逊地说："大家都说我写得好，那是大家这样说，我自己倒不敢这样想。不过，咱们政府看我这么大年纪了，奖励点保健费鼓励鼓励就是了。"

配合着八年的抗战，王尊三老同志编唱了四十多种鼓词，都是大家喜爱的。最近他对新旧鼓词发表了这样的意见：

"过去说书的都是把有钱做官的说得腴胸砥肚的，八面威风，把受苦的穷人褒贬成生就的穷酸，要不就是大脚板一跷更显得难看、寒碜，实在是诚心糟蹋穷人！到处都是主人打奴才是应该的。要不就是本来一个官家，一连遭了三把天火，烧得片瓦无存，受了一番苦难，还是因为前世有阴功，后来又是金榜题名，升官发财，大团圆。过来过去享福的，老是那几个人。老百姓受罪，是前辈子注定的，那叫活该！记得那还是民国的时候，有个说相声的说百家姓，他说：'赵是赵匡胤，有钱。孙是孙文，他不说李（理），因为他竟起革命！'

"我以为我们说书的，要彻底转变过去的那一套，要真正为人民服务，我们是离不开老百姓的。假如离开了中国的最大多数，还有什么可说的呢？我们要说自己的事，老百姓的事，明白了这点，也就能下苦心转变，也就有了前途。我们戏剧界进步很快，像《白毛女》《子弟兵和老百姓》都是为老百姓服务的，同时又教育了老百姓觉悟。我们艺曲界的创作还很少，我们大家要一起努力和戏剧界一起前进才好。"

(《晋察冀日报》1946年3月3日)

本刊启事（《每周增刊》副刊第5期）

一、本刊已出了五期，我们希望读者多多来信指导，在形式和内容上提出意见：编排如何，喜欢读哪些文章，今后应该怎样。我们务在可能的条件之下，力求满足读者的愿望。

二、我们欢迎二三千字的文章，因为篇幅关系，五千字以上的文章，一般不登载。

三、我们欢迎工厂和农村通讯，特别是工农同志自己创作的稿子，只要有内容，不抽象空洞，我们是乐于刊登的。

四、来稿请寄增刊编辑部，经过编辑部共同审阅处理，勿寄私人，以免耽搁。

五、增刊二月份稿费及改版前之四版副刊稿费（一月二十五日至二月一日止）已全部结算清楚，投稿诸君，请至本报会计科领取为荷。

(《晋察冀日报》1946年3月3日)

冀中乡村剧运活跃

【新华社晋察冀总分社三月四日讯】冀中电：春节前后冀中乡村剧运异常活跃，最值得介绍的为任丘吴村村剧团及静海当滩里村剧团,他们在剧本的编写上多采取现实材料,都是群众生活的缩影。剧本的写作过程,是经大家搜集材料,共同研究,关于主题、形式、人物、事实穿插,由专人执笔,随时讨论随时修正。如任丘吴村剧团的《算一算》,就是这样创作出来的。该剧反映四二年大灾荒时,本村人民在苦难中遭受着伪保长的残酷压榨。该剧一出演时,观众无不伤心流泪。演后,剧团团员即用串门聊天的方式深入群众,虚心地搜集观众意见,以求该剧进一步地修改提高。在剧团经费开支上,有的村剧团已实行生产自己解决,不用村款,故能注意节约、克服浪费。如当滩里村剧团的团员们,曾在去春共同打稻池、栽稻秧,租苇织席,并在生产时还对戏词。当滩里剧团团员们参加冬学,学习情绪都很高,他们将剧本作为学习课本,此外经常研究,注意配合中心工作来创作剧本。由于剧运的开展,冬学亦随之活跃,因此该村剧团深得群众赞扬和拥护,他们说:"剧团闹得好,工作有帮助,学习也搞起来了!"

(《晋察冀日报》1946年3月8日)

旧 剧 界 讯

羽山

【新华社晋察冀总分社六日讯】涿鹿和平戏院(原为张市市立剧场山西班)在边区剧协帮助下移往涿鹿后,深入农村,已演出《血泪仇》《枪毙杨小脚》等剧,颇受群众欢迎,老乡们赶牲口套大车,接他们去演戏。近来,该班又演出反映涿鹿城群众清算斗争的《大报仇》等新戏,并决定继续下乡,为广大农民服务。

又讯:张市庆丰戏院,于张市解放后不久即成立一艺人的识字

班，学员为艺人及其子弟，从前不识字的已识字五六百，人数已增至三十多，还有新新戏院艺人子弟入学。学员学习情绪很高。

(《晋察冀日报》1946年3月8日)

陈白尘新剧作《升官图》在渝上演

观众誉为"新官场现形记"　特务潜入剧场打破门窗

【新华社重庆十日电】陈白尘所编新剧《升官图》连日在江苏旅渝同乡会演出，颇受观众欢迎。该剧描写目前官场中贪污腐化等黑暗情形，观众誉为"新官场现形记"，致为国民党反动派仇视，曾多方为难，企图不让陈剧上演。三日，陈剧至中途时，国民党特务复潜入场内捣乱，投掷石子，打碎剧场玻璃窗两块。

(《晋察冀日报》1946年3月11日)

边区剧协函慰洪深教授

羽山

【新华社晋察冀总分社十一日讯】为重庆复旦大学教授洪深被特务学生殴打事，边区剧协与军区政治部抗敌剧社特致函慰问。剧协函称："你为和平民主而仗义，竟遭特务分子辱骂殴打，我们闻讯，不胜愤慨。校场口事件未告解决，一系列的反动卑鄙行为又接踵而至，全国正义人士，无不义愤填膺，而反动分子则仍怙恶不悛，嚣张狂妄，无以复加！我们晋察冀边区戏剧界同人愿与你站在一起，继续奋勉。我们抗议复旦学校当局纵容特务学生，呼吁严惩肇事凶手……"抗敌剧社函谓："你的正义行为，实我戏剧界之光荣，我们特在遥远的北国，致以深切的慰问，并对反动分子的反动暴行，提出严重抗议！"又，边区剧协暨军区抗敌剧社，对近在渝上演之陈白尘新作《升官图》，因暴露官场中贪污腐败情形，而被特务潜入捣乱事件，亦提出抗议。

（《晋察冀日报》1946年3月12日）

女作家丁玲电西外长　抗议佛朗哥杀害妇女领袖

【新华社晋察冀总分社十二日讯】为急救被佛朗哥判处死刑的西班牙妇女领袖奥特罗、托里丹诺、托拉尔，中国女作家丁玲特致电西班牙外长，原电如下：

西班牙外长亚德诺：

著名的西班牙女领袖奥特罗、托里丹诺与托拉尔被佛朗哥政权判处死刑。我听了之后，非常愤慨，在西班牙，竟不能允许三个和平妇女的存在，这证明佛朗哥政权是法西斯统治，充满血腥、恐怖、黑暗、罪恶。但我警告你们，法西斯一定会被彻底打倒，罪魁们将要自食其果，墨索里尼就是一个榜样！

丁玲
三月十二日

（《晋察冀日报》1946年3月13日）

假民主之名行反动之实　重庆出版《民主日报》

【新华社延安十日电】莫斯科今日广播称：在重庆出版了一种反

民主、反苏,但却以民主为招牌的报纸《民主日报》。该报为一小部分反动分子集团所创办,其主编是著名的反动分子孔庚。同时,英文版的《字林西报》,一般人认为已成外交部的机关报,登载了反苏的论文。三月二日,该报登载了一个中央大学学生李强洪(译音)的一封公开信,重复了英美某些机关报所宣布的反苏、造谣诽谤及满洲现状的荒谬无稽之谈。

(《晋察冀日报》1946年3月14日)

苏皖解放区文化卫生建设概况

【新华社华中九日电】苏皖解放区文化卫生建设近况:(一)《新华日报》华中版,已于一日起,由对开两版改为对开四版,每日销售两万余份。(二)华中新华书店实行企业化,大为发展,现有分支店及分销处五十余处。韬奋先生遗作未能全部脱稿之《患难余生记》其完成部分,已由该店第一版发行,畅销各地。(三)苏皖边府下令各分区县中等以下各校免费生名额,应增至占全体学生之百分之二十,以救济失学青年。(四)华中军区卫生部,于淮城诊疗所及淮城大药房,以便直接为群众服务。该诊疗所定三月半开幕,但在筹备期间,前往就诊群众,十天内即共有四百零七人。

(《晋察冀日报》1946年3月15日)

介绍抗敌剧社

胡可

"从晋察冀成立的第一天,我们就开始生长。"——社歌抗敌剧社是晋察冀军区政治部领导下的一个文艺团体，一九三七年十一月十二日降生于阜平。它继承了中国红军剧团的良好传统，一开始就以泼辣的姿态紧张地工作着，及时地反映着人民的斗争，为群众服务。那时，青年学生占主要成分，热情很高，突击性很大，虽然大部分同志在过去没有从事过戏剧，但由于反映了群众的斗争，曾被广大农民和士兵热烈的欢迎着，对当时动员群众投入抗战的浪潮曾起了很大的作用。他们在偏僻的山地散布着文艺的种子。

之后，各兄弟剧社相继成立，后方大批文艺工作者来到边区，使剧社社员质量不断提高，使落后的乡村变成了文化的重镇。

抗敌剧社是八路军里的剧社，她是在军队的领导下的一支战斗的文艺部队。她的工作对象是广大的士兵和居民以及部队的干部。部队的文艺活动在她的指导与影响下开展、活跃。他们常定期地开办训练班培养部队的文艺人才，常定期地出版一些短剧和歌集以供给连队，因为文化对于八路军的战士，已像吃饭那样必需，它帮助了军队战斗力的提高。

为政治服务，为人民服务

我们的艺术在抗战中生长壮大。它是枪，它是支坚强的力量，我们的枪对准着敌人，为人民服务，反映人民和人民的军队的英勇斗争，鼓舞着人民和士兵的斗志。我们反对"为艺术而艺术"的陈旧观点，因为忠实于人民，忠实于艺术。

一开始他们的《顺民末路》，游击队就直接帮助了，动员群众参战。一九三九年，他们为准备反"扫荡"创作和排演了多幕剧《我们的乡村》，为庆祝边区二周年排演了《两年间》。一九四〇年春天为生产运动创作了《生产大活报》并做巡回公演，夏天为动员参军演出了歌剧《当兵去》，秋天为宣传"双十纲领"突击了《王老五逛庙》……此外，儿童剧《儿童万岁》《清明节》、旧形式歌剧《弄巧成拙》、京剧《岳飞》《史可法》等剧，没有不是紧密地配合着当前群众的需要而编写的。

一九四三年的《挑渠放水》，反映了当时的生产运动，四四年的《子弟兵和老百姓》则鲜明地刻绘了反"扫荡"中的军民团结与对敌斗争。《戎冠秀》和《李国瑞》都是写真人真事的报道剧，前者反映了一个英雄的成长，后者的演出则给观众以不小的思想启示，推动了李国瑞运动（就是部队改造落后分子运动）的开展。

他们也曾排演了苏联名剧《前线》和《俄罗斯人》，以及延安的《血泪仇》，以上诸剧都曾在广大观众面前留下了深刻的印象。

几种艺术形式介绍

活报——这是一种及时的，具有强烈政治性、鼓励性的戏剧形式，可以解释作"活的报纸"。它扼要地表现形式问题的本质，表现较夸张，不受时间、地点的限制，形式很自由。华北联合大学文艺工作团的《参加八路军》，即是较成功的活报之一。抗敌剧社曾演出过不少的活报，如歌活报《生产大活报》、旧形式活报《王老五逛庙》、舞活报《空城计》、万人活报《跟着聂司令前进》、大活报《在晋察冀的旗帜下》、时事活报《难兄难弟》等。

舞蹈——红军时代各宣传队多是小鬼，他们会一种集体的舞蹈，如儿童舞、乌克兰舞、渡黄河舞等。这是一种西洋舞蹈形式，抗战中在敌后各剧团中曾发展了一个相当时期，抗敌剧社儿童演剧队曾把它发展为带有故事性的舞蹈，如《交通战舞》《反抗舞》等便是较成功的作品。后来他们吸取了中国民间秧歌舞形式，创造了《过难关》《空城计》等舞活报。上述舞蹈至今仍在晋察冀若干平原地区流行着。

霸王鞭——这是一种儿童的器械舞蹈，原流行于冀中一带，经抗敌剧社儿童剧队把它学来加以充实改造，使适合表现新的内容而演出了。之后便在晋察冀各地流行开来，如今冀晋、冀察各地的儿童们，不会打霸王鞭的那是太少了。

篷帐舞台

敌后演出，不可能有固定的剧场，为了减少人民的劳力负担，他们创造了便于流动演出的篷帐舞台。篷帐舞台是一种类似蒙古包的东西，以几根柱子将大篷撑起，周围以绳索铁钉绷紧。台口高二十二呎、宽三十呎，前台深达四十二呎，有相当大的天幕和幕条，有宽敞的化妆间，搭起来很快，半小时内一切就可完成，挂上汽灯就可以演戏了。它的好处是每次保持一定的尺寸，宽敞，快速，而且也很漂亮。在敌后演剧，这样的舞台已够令人满意了。

政治攻势

政治攻势是对敌伪展开的一种时期性的思想战。在整个政治攻势中，抗敌剧社以一个小的战斗单位而参加着。文艺工作者用笔和嘴战斗，必要的时候也要用枪和肉体的。他们通过了敌人的封锁线，活跃在游击区，活跃在"治安区""无人区"，活跃在敌后的敌后，活跃在据点岗楼的旁边，活跃在"爱护村"里。他们用戏剧和歌曲来控诉敌人的暴行，揭发敌人的欺骗，倾诉人民的悲酸，鼓舞人民的斗志。政治攻势中的戏剧都是短小精悍的，多根据实地材料突击创作，因之最容易与当地群众的切身疾苦结合，也最受观众的拥护。他们从实际斗争中体会到：艺术只有与群众结合才能发挥它的威力。

抗敌剧社在政治攻势中产生了不少尖锐的、生动的作品，如一九四二的《弃暗投明》《黑老虎》《王七》，一九四四年的《糊涂人》《东西庄》……

文艺工作者也是战士，他们也曾负伤，也曾牺牲掉他们的生命。方璧同志、崔品之同志便是一九四二年春季攻势中的殉难者。

反"扫荡"中

反"扫荡"的战斗生活，对人们是很好的锻炼与考验。在反"扫荡"里，他们多采取分组活动，他们曾做着许多有益的工作，可能条件下的演出，创作、讨论或研究，或跟随了连队参加战斗，或跟随了民兵埋地雷，和群众一齐抢收庄稼，坚壁粮食，慰问被难群众，救护和治疗。他们常常自己做饭，寻找给养，亲自跑到山头上放瞭望哨，他们体验着行军和战斗的生活。这些生活给今后的艺术创造提供了丰富的原料。

反"扫荡"的生活是艰苦的，有时要走很远的路，有时要饿一下肚子，或在冷风里过夜。有时会遭遇到很恶劣的情况，在遭受到敌人的几次奔袭中，抗敌剧社的创作家吴畏同志、作曲家赵上午同志、画家陈九同志、演员安玉海陈雨然同志、舞台工作者李心光同志都曾以共产党员的不屈的姿态为革命流尽最后一滴血。

整风，改造，普及，提高

毛泽东同志在延安文艺座谈会上的讲话解决了文艺工作者思想中的若干糊涂问题，使大家明确了为人民服务与怎样为人民服务的思想。之后在下乡中由于向群众学习，曾产生了一些较好的剧本。在大生产运动中，抗敌剧社的每个职员都参加了开荒和其他的生产，由而加强了自己的劳动观念。在与村剧团的共同工作中，曾提供了《穷人乐》的成功经验，并使自己的思想得到改造，明确了今后的方向。

一九四四年秋至一九四五年春,他们扶助了三十几个村剧团的成长,并与他们共同创作了剧本达五十二种之多。

八年来,他们创作了将近二百种大小剧本和大批的歌曲与美术创作,演出达六百零五次(胜利后的演出不在内)。

抗敌剧社现况

抗战胜利之后,抗敌剧社来张家口进行工作,一开始即以卡车演出和群众见面。他们对张家口原是不太熟悉的,他们在短期下乡中克服了这个困难,开始熟悉了他们所不熟悉的人物和事件。卡车演出的几个短剧恰当地反映了当时群众的需要,曾得到各区群众的热烈欢迎。

不久以前,他们曾上演了《子弟兵和老百姓》,不久之后,《戎冠秀》《李国瑞》等剧都将陆续上演。

抗敌剧社现有社员、职员、学员百余人,除社部外分演员组(包括导演)、创作组(包括文艺、戏剧、音乐等创作)、乐队、美术组四个组织,之外附设训练班和人民剧院,大部职员都曾经过敌后抗战的锻炼,具有耐劳和负责的朴素作风和为人民服务的坚强信念。

抗敌剧社在斗争中成长,在人民的监督和爱护下为人民服务。在抗战胜利和平到来的今天,抗敌剧社仍将向着这个方向继续前进,并将继续在人民的监督下为新中国的文化建设而努力。

(《晋察冀日报》1946年3月17日,《每周增刊》副刊第7期)

开创印刷事业新局面　新华印刷局昨告成立

肖白

【新华社晋察冀总分社十七日讯】为在和平民主时期,进一步开展新民主主义印刷事业，供给广大人民更多文化食粮，新华印刷局本日正式成立，并于本日上午十二时三十分，假张市市立剧院召开成立大会，到该局全体工友、职员及来宾等约四百人。会场外虽雪花纷飞，寒气逼人，会场内却因工友们情绪热烈，给人热火一团的感觉。主席宣布开会后，即请晋察冀日报社副社长胡开明同志讲话，略谓：印刷局的成立，乃是为了我们的印刷事业全面企业化，以科学的管理方法，达到成本降低，便利读者，同时又能使工人生活更好地改善。为达到这一目的，必须：一、出版要有精密的计划；二、要实行严格的管理；三、要实行工人管理工厂的制度。旋由印刷局经理李长彬同志讲话，他简略地总结了来张半年的印刷成绩和优缺点以后，即提出今后努力方向：一、号召全体工友职员把新华印刷局当作自己最爱的家庭，勤勤恳恳地建设它；二、在现在的生产基础上提高百分之三十的生产量；三、提高技术；四、遵守劳动纪律。监理何纪荣同志、工会主任、来宾财政处印刷局王局长、画报社沙主任、平绥铁路局张局长等讲话后，继续工友自由讲话。工友们的情绪都很热烈，这个下来了，那个又上台讲话，人人笑容满面，有如过年过节。有的指着画报社送的那面"出版事业主力军"旗子，有信心地表示：一定要负起这个光荣的责任。有的把印刷局比作一部机器，勉励大家都成为机器的健全部分，不要出毛病。有的提倡今后竞赛，使大家都成为模范工人。总之他们有一个共同的心，就是要把印刷局当作自己的家。会后举行全体职工的会餐。按，新华印刷局前身原为晋察冀日报社出版部，此次改组成独立的企业单位，实为晋察冀印刷事业的一个空前创举，在今后和平建设中，一定会有更大的贡献。

(《晋察冀日报》1946年3月18日)

为供应儿童读物 《新儿童丛书》征稿

【新华社晋察冀总分社十七日讯】为迎接和平民主建设的新时期，开展儿童学习运动，与解决广大儿童课外读物的需要，除编委会前颁发之关于课本、群众读物、儿童读物征集与奖励办法外，边区政府教育处与边区青联特又决定联合出版《新儿童丛书》，向边区文化教育界同志们征稿，征稿办法：

一、原则上的要求：A. 符合新民主主义文教方针，并与儿童当前的学习运动及卫生、生产、文娱工作密切结合。B. 儿童化。C. 文字简练、通俗。

二、具体的内容：鼓励儿童学习，介绍学习方法，养成儿童为人民大众服务观念，提高儿童民族觉悟与民主思想，增进儿童社会常识与自然常识，活跃儿童文娱生活的材料。

三、体裁形式不拘，特别欢迎儿童故事、连环曲，其他如画册、歌、童话、诗歌、谜语、传记、画片……亦所欢迎。

四、字数与篇幅，成册的作品最多的以不超过三十二开本、二十个单页为原则，字数亦不超过八千字为原则。

五、稿费一经采用后发给下列稿费：

A. 以册为单位计算的，每册二千元。

B. 短篇作品，每千字按二百五十元至三百五十元计算。

C. 插图每幅按一百元至三百元计算，歌曲每个按一百元至三百元计，封面另拟。

D. 特佳作品，除稿费外，按边委会征集与奖励办法，另行给奖。

六、版权面议。

(《晋察冀日报》1946年3月18日)

加强地方宣教工作　涞源、涞水出版报纸

【新华社晋察冀总分社十六日讯】察哈尔讯：为加强对群众的宣传教育，配合各种工作的开展，涞源、涞水两县各于二月中先后创刊地方报纸。涞源地方报纸定名《涞源导报》，为四开版，一面石印，内容主要刊载本地新闻，并以二分之一以上篇幅登载生产工作的消息，文字浅显，适合群众口味。涞水地方报纸定名《涞水动员报》，油印两版，性质与《涞源导报》相同，该报第二期以头条显著地位登载开展大生产运动的号召，并发表各区在大生产运动中互相挑战的条件，出版以来，颇受群众欢迎。

(《晋察冀日报》1946年3月18日)

平绥路职工喉舌——《铁路工人》周刊出版

羽山　辛

【新华社晋察冀总分社十七日讯】平绥铁路七千多职工的喉舌——《铁路工人》周刊已于十五日创刊。《铁路工人》的出版，是为了迅速及时地反映各位职工的工作、学习、生活，以及工会的进展活动情况、技术研究、创造发明与经验介绍，……以辅助平绥铁路总工会筹备会更好地领导工会工作。该报为八开、铅印，分四版。每逢星期五出版，全体职工听到这个好消息，都非常高兴地说："保证写稿，没有问题。"

(《晋察冀日报》1946年3月19日)

昌宛小龙门村剧团获奖

史广臣　□巨龙

【新华社晋察冀总分社十八日讯】察哈尔讯：日前，昌宛县政府号召全县村剧团向小龙门村剧团学习，并奖给该剧团"为人民服务"的光荣旗一面。按，小龙门村剧团于旧历正月初四出发，到一百多里以外的十三村一带进行宣传工作。女演员史桂兰、于甫瑞带病前往，于德和等六个儿童虽是第一次远离家乡，但工作中异常积极。该团先后演出《万年穷翻身》《过光景》等节目，得到当地群众热烈欢迎。当地老乡们自动慰劳他们猪两口，白面、花生等极多。临走时，并赶着毛驴送他们回家。

（《晋察冀日报》1946 年 3 月 19 日）

《冀中导报》增刊出版

【新华社晋察冀总分社十七日讯】冀中电：《冀中导报》文艺增刊《平原》，已于三月四日创刊为报纸八开、两版，每期可容一万二千余字，现定为周刊。

（《晋察冀日报》1946 年 3 月 19 日）

承德中小学开学　文协创办艺术夜校

【新华社冀热辽十八日电】（一）承德市各中小学校现已纷纷开学，学生人数较前增加一倍以上；（二）回民小学最近亦将开学，正在筹备中；（三）文协等团体创办之承德艺术夜校，已于上月开学，该校设文学、戏剧、美术、音乐等系，现有学员二百二十四名，任教者有吕振羽、塞克及徐懋庸等人。

（《晋察冀日报》1946年3月20日）

张家口新华广播电台 XGNG 广播

介绍内蒙古学院

庄坤

张家口市圈街有一所新型的学院——这就是去年十二月才创办的——内蒙古学院，从历史上在我们中国，蒙古人自己能够开办这样的学院，不能不算是壮举吧！

内蒙古学院是培养为内蒙古人民服务的各种干部，但是依照现有学员的兴趣和□□□□分为军事部、行政部、中学部。教育方针是以提高政治理论水平，根绝社会恶习，建立为广大蒙古人民服务的思想为目的，这可以从该学院的课程——新民主主义论、内蒙古革命运动史、国际政治常识、国内政治常识、蒙文、音乐、美术以及其他课程中看得出来。

该院因鉴于从南口绥蒙等地远来求学者与日俱增，并已有报名而未能到的七十余人，为应需要，现正日夜加工，赶造桌椅，修筑校舍。但较困难的，是图书馆的设备，他们虽已从新华书店买到一部分书籍，但仍感不够。我们相信各方面热心于内蒙古教育事业的人士，一定会给他们很多帮助的！

内蒙古学院院长现在由内蒙古自治运动联合会云泽主席兼任。教育长朱荣，过去是广东中山大学社会科学系的高材生，为人和蔼，善于团结干部。其他如教务处长齐永存、院务处长黄德章，都对教育行政有专门研究。全学院有教员苏镜、张凡夫、周戈等十余人，都是热心蒙古人民自治运动者。最近他们鉴于学员中程度不齐，年龄悬殊，把中学部另分出一个预备班，军事部分为甲、乙两队。军事部除军事专门课程外，其他如政治课等，均可与行政部合并上课，这样既可以节省人力，又可以免去教育上的困难。

内蒙古学院现在有学员二百五十人，内有女学员二十余人，他们都是从各个不同的盟旗来的，过去都受过敌伪和大汉族主义的压迫，所谓"千年牢笼""万年锁链"，一旦受到解放，过自由活泼的生活，获得新教育的培植以后，无论在思想上，在各盟旗之间的团结上，都比从前更进步了。

他们有自己的组织学生会，经常举行团结大会，互相间进行自我批评，以达到团结，这在思想教育上起了很大的作用。学生会有秘书处、宣传部、组织部等组织，有文化娱乐、时事学习、生活、卫生、体育、通讯等活动。学生会有自己的墙报，可以锻炼学员们的写作能力，并研究民族自治等问题，有自己的意见箱，可以随时投下自己的意见，因此每个学员都过着自由、快乐、进步的生活。在春节期间，学员们组织了秧歌队，把内蒙古民族受敌伪和大汉族主义的残杀、蹂躏，用秧歌剧形式表现出来，《血案》在本市即演过七次，又到承德去劳军，两地皆受群众的热烈欢迎。在不到一个月的期间，有很多学员学会了各种西洋乐器，学会了演秧歌剧、跳秧歌舞、化装等技术，学员们也就提高了信心，现在已经开始组织三个秧歌，一个下乡工作团，准备到东盟、西盟、察盟等地工作。这应该让我们庆贺他们又多了一种为内蒙古人民求自治的斗争武器了！

（《晋察冀日报》1946年3月21日）

察省文化界筹备成立文联

雷行

【新华社晋察冀总分社二十日讯】察哈尔讯：察哈尔省与宣化市文化界于本月十五日举行座谈会，为加强新民主主义文化运动的开展，大家一致同意成立文、音、美、剧四协会与文联，并于十六日座谈会中推举专门小组会，继续对会员、出刊物、分工等问题进行讨论。一致同意，凡拥护和平民主团结方针，爱好文化活动的人士均可参加各协会为会员，并决定协会筹备工作之人员如下：文协由王炜、张岱同志负责，剧协由田野、王犁同志负责，美协由刘鸿声同志负责，音协由陶申同志负责。现在按预定计划进行发展会员、筹备出刊物等各项工作中。

（《晋察冀日报》1946年3月21日）

"霸王鞭"的一点介绍

肖磊

霸王鞭是晋察冀边区儿童的一种秧歌形式，也是张家口市人人喜闻乐见的儿童秧歌形式，更是一种武器，起着很大的作用，和每个政治任务都是结合得紧紧的。表现的是自己生活中的动作，唱的都是每个任务中的中心内容，如拥政爱民、拥军优抗、大生产、过新年等，都说出了应要做的事情。

霸王鞭给人的印象很深。因它形式活泼，动作整齐，所以男女老少大大小小都愿看。一九四三年在平山有一次开拾麦动员会，有一个八十多岁的老头走不动路，让他儿子扶着参加大会，非要看小孩跳霸王鞭不可。还有一家，有一个十一岁的小孩参加打霸王鞭，他娘在家里嘱咐他："孩子好好跳去，娘在家里给你做衣裳、做童子军帽，穿上、戴上，好好地给他们跳。"咱们张家口的儿童也是人人喜欢打的，男女老少喜欢看的。张垣火柴公司一个九岁的小女孩童工，小名来顺，白天下工后抽空就打起来，回家去晚上还要打半天才睡觉呢。

现在，差不多北岳区的中心地区每个乡都有个霸王鞭队，咱们张家口更是这样。解放刚将近半年，可是每个公司工厂，每个区街里面都组织了霸王鞭队，有好多小儿童刚会走，就拿着一条小棍棍打来打去的。大人见了都很感动，热烈地鼓掌。儿童们就是这样的喜爱霸王鞭，拿它来教育自己，鼓舞斗争的热情。从前在阜平、平山下乡当中曾不断推广与提高霸王鞭工作，这次在张市下乡中也是这样做的。

霸王鞭的形式和内容的结合问题，因它形式自不受什么拘束，生活中的动作都可编到里面去，如刺枚、游戏、锄地等。平常用的有：跑圆场、长蛇蜕皮、排字（可根据节日来排，儿童节可排四四，双十节可排两十字）、排飞机、二路并行、串花（单行串、双行串、圆场串）、肩脚合打、二人对打（成两排，面对面打）。三五七打法、三三七打法，这两种是在唱歌前用的。还有些零碎动作，打胳膊、打腰、打手的小动作。要是立在一个地方打的时候，一般走十字，节奏是一二三四，共四拍，唱起歌来也是很整齐的。

关于内容方面，可以加新编的歌曲，节奏要鲜明，曲调不必太复杂，用民间小调配上适合目前任务的新歌词也是相当好的，二人一对对地说快板（本市老乡叫"莲花落"）也是很可以用的。

从这些歌子及快板里，可以告诉老乡们现在中心任务是什么，怎样按政府上级的指示去执行，听来非常之清楚。

化装方面。在北岳区还有时候是太花了，穿的是绸缎，头上又缠着绸子，那样太费钱，也不切合实际生活。以后改变得朴素些了，小孩们都戴上童子军帽，穿上小学生服，腰里扎上一条小皮带，很精神，也很整齐，后来都是这样化装的。我是个门外汉，并不怎样了解霸王鞭，只是一点小小介绍，希望各位同志、老乡及张家口的霸王鞭能手们，提出意见，共同讨论。

(《晋察冀日报》1946年3月24日)

晋察冀新音乐运动简述

张非

在阜平一位老乡，曾告诉我这样一句话："八路军来了，谁也会唱歌子啦！"这句话简单而明确地说出了八年来晋察冀解放区新音乐运动的实际成果。

让我们回忆一下过去，一九三七年冬八路军越过黄河，挺进华北，创造了敌后战场，大军所至，顽敌披靡，人民庆得更生，建立了晋察冀解放区。就在这大进军的当中，除去抗日民主政权的树立、人民武装的成长、抗日民族统一战线的各种必需的政策实施之外，在文化上也展开了一个空前未有的广泛而高涨的新时期：新音乐运动，又正是这个新时期的先锋军。"八路军走到哪里，抗日救亡的歌声，胜利的人民的歌声就歌唱在哪里。"歌咏运动又为新音乐运动开辟了道路。

歌声曾是八路军和老百姓在思想感情上及战斗生产上相结合的一条纽带。比如：一个八路军，不管是战士、干部或者一个宣传员，不管是男是女，或者一个小鬼，只要会唱歌，他就可以接近群众，得到群众的欢迎。很快地就可以同群众熟识，谈起了工作，谈起了一切，后来形成了一种作风。凡是干部下乡一定要准备好一两个歌子，否则就会在群众直率的要求下脸红起来，虽然最先接近我们的，学会歌子的，也许是一些小孩子，但大人们也曾以不会唱歌而感觉落后，甚之，妇女们有时在这一点上表现得更深切一些。一般的说唱歌变成了解放区军队、工作人员和人民所不可缺少的文化生活，这是中国落后的农村所生长起来的新的作风，对中国新音乐运动说来应是一件大事。

唱歌不但是为了生活的需要，而且也为着工作的需要。歌咏工作被认为是宣传教育、鼓励情绪、统一意志的有力武器。比如在一九四一年反"扫荡"结束后所展开的军民誓约运动，就产生了三十多支歌曲，比较特色的是那些各种形式的公约歌，如《军民誓约歌》《拥政爱民公约歌》《拥军公约歌》等；又比如在减租运动中，产生了有名的《王老三减租小唱》；大生产运动中的《战斗生产》；英雄模范运动中的各种英雄故事歌，如《歌唱李殿冰》《劳动英雄胡顺义》等；在工人大会上曾以故事歌为英雄们竞选，群众也以"上了歌了"为莫大光荣；在曲阳野场惨案后产生了有名的《忘不了》，以及为子弟兵而创作的《子弟兵战歌》《前进子弟兵》《子弟兵进行曲》等，都与当前中心工作与群众需要紧紧结合着，不但是精神上的动员，而且实际上起着一种组织的作用，所以"为政治服务""为人民服务"同样是我们新音乐运动的方针。

运动的初期，每个八路军就是一个歌咏工作者。再就是陆续从延安过来的干部，带来一些新歌子。专门的歌咏干部极感缺乏。一九三八年冬，周巍峙同志率西北战地服务团来晋察冀解放区，我们的文艺运动上获得了一支生力军，在音乐运动上得到了更好的领导，而且开始有了反映解放区斗争生活的创作出现，如《拦羊歌》《滹沱河》《太行山》等。除去抗战初期流行的抗战歌曲，如《太行山上》《军民合作》《保卫我们的土地》《最后关头》《大刀进行曲》《游击队歌》《救亡进行曲》等以外，利用民谣填上新词的地方性的小调也流行起来，如《老百姓偷枪》《张二嫂放哨》《送郎上战场》《太行山上的月光》等。这是音乐运动蓬勃开展的时期，特别是由于西战团的巡回公演，使歌咏运动提高了一步，这时边区其他剧社的音乐工作也极活跃。一九三九年五月一日西战团编辑歌曲刊物《歌创造》的出版，是一个明显的标志。

一九三九年秋，华北联合大学从延安出发，跨过祖国的万水千山，冲破了敌人的重重封锁，来到了晋察冀，国内有名的音乐家吕骥同志及延安鲁艺一批年青的音乐工作者：王华、陈地、陆友、韦红、卜一、田崖等，亦一同来到。华北联大创办文艺学院，设音乐系，从这时起，专门的文艺工作者的培养才开始，音乐工作干部及各剧社的音乐工作者的培养、提高才被分批进行着，为了适应工作需要，一般的学习时间不超过一年。此外，也带来了一批延安的新材料，如《黄河大合唱》《生产大合唱》《红缨枪》《到敌人后方去》及一些小调，很快地在群众中普遍流行起来。在群众音乐干部的培养方面也曾给以相当注意，"乡村文艺干部训练班""部队文艺工作干部训练班"普遍进行着，其中以西战团与联大文工团及抗敌剧社进行的成绩较好。经过了干部的提高与创作能力的加强，新的作品不断产生，使晋察冀的音乐运动比较更广泛地深入地开展起来，群众的音乐水平也迅速提高起来。

一九四〇年春，成立了晋察冀边区音乐界抗敌协会。该会二次代表大会之后，出版了《晋察冀音乐》及其他小册子，曾起了组织领导推动运动、总结经验、交换作品的作用。一九四二年五月，会员大会上曾对边区音运做了总结，对今后工作方向有所确定，但因干部分散、战斗频繁，影响工作的坚持及开展。由于音协负责同志都参加了各地剧社或担负了其他的工作，由于交通不便，联系也发生了困难，虽音协工作比较薄弱，但各剧社的音乐工作却比较有力量，从创作出版看来，成绩是可观的。例如：西战团的《歌创造》出版至二十四期，一九四二年才停刊，改与群众剧社合出版《群众歌声》，文救会及边区群众团体曾出版《大家唱》《大众唱》，军区政治部曾专门出版《连队音乐》《连队歌唱》《干部歌选》等。各剧社又各有自己的出版物，如抗敌剧社之《我们的歌》，以及以自己剧社为名之《冲锋歌声》《战线歌声》《七月歌声》《火线歌声》等，都是登载一定时期的、适合当前需要的歌曲创作及短小文章的刊物。此外，联大曾出版过《联大歌集》《联大唱歌》《联大文工团之乡艺教材》《简谱识谱法》，对简谱系统的贡献颇多，联大音乐系之《音乐概论》《作曲法提纲》《普通乐学提纲》等，以及音协出版之《指挥术》等，在理论学习上都给了很多帮助。在民歌方面，联大亦曾出版过一巨册民歌集。中国民间音乐研究会晋察冀分会努力之下曾出版过两册《民歌集》，至于一些大型合唱及歌剧等则多印单行本。从这些不完全的出版物里，可以看出歌曲创作方法的逐渐提高与音乐运动的面貌。

在晋察冀解放区，新音乐运动能够迅速开展起来，并且逐渐更广泛、更深入，变成子弟兵和老百姓文化生活不可缺少的一个方面。除去我们的文艺是为广大工农兵服务与当前中心工作相结合及音乐工作者的努力之外，最重要的原因还是由于解放区是个新社会，实行了新民主主义政治，给新文化运动的开展准备下了顺利的社会政治条件，这是实行发展与奖励一切文化文艺运动的各种必要的政策。文艺工作者到这个新的社会里，有可能发挥自己最大的热忱与努力。因而虽然在三八年中敌后解放区经过大大小小千百次的"扫荡""清剿""围攻蚕食"的残酷战斗环境里，各种经济文化上的建设都比国民党统治区要丰富得多，并且是很有成就的。脱离了这种社会政治条件，比如在抗战中的大后方新音乐运动，受尽各种压迫摧残，抗敌救亡的歌声被窒息着，就是一个明证。

当然，新音乐运动的开展还有其具体的条件，比如强大的子弟兵团，是一个有组织、有纪律的集体，他们有自己的剧社、宣传队、歌咏干事、歌咏小组、自己的出版物《连队歌唱》、一定的学歌时间，有组织领导，又有群众基础，因而凡是部队住着的村子，不但其他方面对村子有帮助，歌咏运动很自然地也就被带动起来了。再比如，乡村里有村剧团，有歌咏队，民校、夜校、识字组都要学歌，各工厂、学校更是运动开展的地方，所有这些群众音运再加上专业剧社的实际演出，教育的影响，因而在晋察冀解放区，新音乐运动就有着足够的条件迅速、广泛、深入地开展起来了。

从以上不完全的歌集出版看来，在量的方面虽极丰富，但却仍是供不应求。到一九四三年以后，"故事歌曲"的创作受到普遍的欢迎。自从《歌唱二小放牛郎》《五勇士故事歌》开始，以后《李勇对唱》《吴满有》《穿衣吃饭打东洋》《忘不了》《晋察冀小姑娘》《王老三减租小唱》《八路好》《胡顺义》《李殿冰》《洛唐哥》《李成山》《韩凤龄》等都比较流行而效果也好。"故事歌曲"内容很广泛，形式也极灵活，接受了中国民间的故事音乐，如大鼓、坠子、太平歌词等形式的特点，多采用一段曲调，多段词，或多段曲调，对唱齐唱、领唱、伴唱、独唱、应有尽有，皆有乐队伴奏。一般称之为"小型式"。这种"小型式"的演出比较自由，变化也大，容易听得清楚，故事性强，适合农民口味。一个时期，占了很重要的位置，这是晋察冀音乐创作比较成功的经验。

其次是歌剧创作。一开始曾多为"小调剧"形式，选配民歌连接起来，或创作新民歌，故事人物都简单一些，但也比较方便，易演。故政治攻势与小型演出时多采用它，多用中国乐器伴奏，旧形式演出手法，很受群众欢迎，如《五个鸡蛋》《王大炮回头》《纺棉花》等。一九四〇年新出了《拴不住》开始的大型的歌剧创作，如《弄巧成拙》《春之歌》《当兵去》《从军曲》《晋察冀之歌》《钢铁与泥土》《我爱八路军》《王大嫂》《乐园故事》《不死的人》，一直到最近的《洛唐哥》《王秀鸾》《过光景》，歌剧形式才经过了各种各样的发展，得到了一些较正确的道路，克服了洋教条与浓厚的小资产阶级感情，创作了新的地方性很强的歌剧如《洛唐哥》《王秀鸾》《过光景》，证明这种歌剧是群众所喜闻乐见而又有中国气派的东西。歌剧多为集体创作，这方面的经验尚待很好的总结。近一年来秧歌剧也很盛行，阜平、平山、定县、唐县等地，民间旧有之大秧歌，人民自己掌握起来，反映新内容的创作，如（阜平城厢村剧团）《懒汉回头》得到广大群众欢迎，新歌剧的创作将更广泛地开展起来。

此外，尚有"歌活报"形式，有名的是《参加八路军活报》（一九四〇年作）至今尚被上演。特点是主题尖锐、明确、鼓励性强、故事性弱，短小，象征手法等，亦有大者为《生产大活报》《中国站立起来》《在晋察冀的旗帜下团结前进》等近代的歌剧，但舞蹈成分很强。

再有一种"歌表演"亦很盛行，有名的是《八月十五》《减租歌表演》等，歌曲形式短小，但要化装表演，群众亦很欢迎，比较歌曲效果更大，虽较复杂，但仍易演、易懂，为故事歌之发展。

其他如霸王鞭之配曲，乐队伴奏，秧歌舞与故事性"活报舞"的配乐等，亦为音乐造作的一个方面，但多采用民间流行之小调加以改编或填词而已。可以看出，晋察冀音乐与戏剧结合的前途是很光明的。

晋察冀的音乐工作干部，据一九四四年统计，约一百五十人，散布在各个地区，多在剧社工作，除极少数的专家之外，绝大多数是在抗战中生长起来的城市或来自广大乡村的知识分子。他们有显著的进步，有相当的独立工作能力、丰富的实际经验，一般的都可以作曲及使用中国的或外国的乐器，经过了整风，一般克服了技术观、脱离群众等不良作风。由于工作紧张战斗环境学习研究时间不多，得不到专门音乐家的指导，在音乐技术方面的进步受到限制，就是这样也产生不少群众喜欢的歌手、作曲家。由于民间音乐工作进行得很差，创作上的进步也呈现了停滞不前的现象，作曲者在体验生活与技巧磨炼里，如何提高自己等问题上仍有不少苦恼，如何打破这种情况，更提高一步，是当前最重要的课题。

在战中死难的优秀的音乐工作者有今歌、赵上午、金戈、朱云鹤、野火等十余人，我们感谢他们为人民留下了许多创作，为我们立下了光荣的榜样。

中国民间音乐研究会晋察冀分会，自一九四〇年成立以来，努力搜集、整理，已出版了两本民歌集，但组织、研究、交换意见则很不够，已编就之器乐集与戏曲集应出版，并应向陕甘宁边区的同志们学习有计划地、有系统地、成本大套地进行搜集整理工作，晋察冀的民间音乐宝藏是极丰富的。

再一个值得介绍的是，在西战团的劫夫同志与木匠张文同志的合作之下，自己动手制造了小提琴、大提琴、曼多林、三角琴、四弦琴及有名的"瓢琴"、胡琴、三弦等中西乐器。他们克服了材料上、工具上、方法上的种种困难，终于完成了，这种成功大大地鼓励了土生土长的音乐工作者学习掌握西洋乐器的信心。当然在这之前也曾有过边区土生土长的小提琴手赵文清同志、王引龙同志等，但自从自己制造提琴以后，现在每个剧社都有了自己的提琴手了。他们大都是以自制的提琴开始学习的，村剧团也曾以同样精神制造了二胡等乐器，同时羊肠弦的制造也被完成了，解决了许多困难。

目前，在新解放区新音乐运动比较开展，老解放区与部队的音乐运动仍比较沉寂，材料亟待整理，创作仍急需要，组织需要健全，工作却很繁重，一个新的高涨的时期就要来了，我们应该有充分的准备去迎接新时期的到来。

二月二十七日晚　张家口

（《晋察冀日报》1946年3月24日，《每周增刊》副刊第8期）

涞源南城子村剧团又是生产大队

今年计划集体成滩一〇〇亩　植棉三五亩、花生二三亩

【新华社晋察冀总分社二十四日讯】察哈尔讯：涞源南城子村剧团因生产、演戏、学习结合得好，很受当地老百姓拥护。在今年的大生产运动中，全体团员又自愿把剧团变成一个生产大队，全团二十五个人（全是青壮年）自由组合成三个拨工小组。公推副团长罗尚府担任生产队长。在全体队员大会，详细地研讨了生产中的各种问题，并商定下列制度：第一，每天散工时开地头会议，检讨当天劳动优缺点，并计划明天的活；第二，每晚小组长向队长汇报一天生产情形，并记工；第三，七天开一次全体团员生活、劳动检讨会；第四，每天拨工休息时背诵反对剧词，研究表情动作。他们的春季生产计划：第一，每个团员要开家庭会议、做户生产计划。第二，保证每个团员种二亩以上特种作物。（团长梁栋生产起模范作用，计划种棉花三亩、花生一亩半、红薯一亩半、麻二亩、麦三亩，共计十一亩。在他的影响下，全体团员共计划种棉三十五亩、花生二十三亩，其他作物尚未计算在内。）第三，公选梁栋为技术推广指导员，保证每个团员都浸种、捕灭蝼蛄。第四，因村长手腕生疮，全体团员决议发扬互助帮他背粪二百驮。第五，打柴。由阴历正月初六开始打柴二十天，保证打柴五万五千斤，以备春季柴荒。第六，阴历二月初五至十五，半个月内将粪背完。二月十六至月底进行翻地、种麦、抓麦肥。第七，阴历三月初一到初十，集体到甚余沟开荒地。第八，三月十一到月底，种早熟与特种作物。第九，阴历四月初一开始，五天突击大秋播种。第十，初六到二十，修南河滩地，计划今年集体成滩一百亩。他们的学习计划是：第一，每组推选一个学习组长；每天保证学会一

个生字，今年每人最少要学会三百字。（有一个青年自动提出保证学会一千字。）第二，聘请孙子高、梁栋为珠算教员，每五天集体学习一次。天阴下雨不能做活时进行学习，争取要有一半人会算统累税，会打飞归。第三，集体打柴一天，以卖柴所挣之钱三千六百元购买学习用具（每人一支铅笔、二个笔记本）及灯油、算盘等用品。第四，每晚轮流担任屋顶广播，加强群众宣传。此外，他们还讨论了剧团学习劳动公约，主要有以下四点：第一，不骄傲、不自大，要亲密团结。第二，不偷懒、不耍滑，努力劳动、积极学习、永不垮台。第三，团结群众，帮助干部。第四，自觉地服从纪律，广泛地发扬民主，深刻地自我批评。

涞源县实业科

（《晋察冀日报》1946年3月25日）

贯彻"全党办报"方针的苏克勤同志

现任察北地委副书记苏克勤同志是我冀察地区执行"全党办报"方针的榜样。他一贯为党报积极写稿，当他在徐水县工作时，该县□瑞合作社的报道经过我党中央机关报——《解放日报》的研究分析，在该县进一步具体实践中收到了巨大效果后，他更深切认识了党报通讯工作的重大指导作用，因而他在分局党校学习时还抽时间写稿。反攻以来，许多同志在新的局面下，对贯彻"全党办报"方针放松了，但苏克勤同志仍坚持着，接连写了十余篇稿子。当他向区委报告工作的空隙里，还坐在通讯社的房子里改写了两篇稿件。至于他在察北贯彻"全党办报"方针的情形，根据新华社察北支社的报告是这样的：

第一，他深刻认识了党报是指导工作的重要武器，故能把党报通讯工作与领导工作密切结合。他在百忙中还抽出时间看各地来的稿件,一方面是审查其真实性,另一方面为了解下边情况。有些具有指导意义的稿件,除了寄通讯社外,并交文书油、印分发各地研究,以交流经验,如察北召开工农积极分子训练班、商都剿匪、兴和群众斗争屈美等十余件。对支社工作指导上,也是比较具体的,如关于某些问题应怎样搜集和报道均有详细指示。平常在审查稿件时也很认真,看后还提出处理意见;同时并经常询问各地来稿情形,他下乡时总要到支社了解该地通讯工作的概况,以便亲自给以指导,对支社工作中的困难都能极力求得解决。

第二,他是负责同志中亲自动手为党报写稿的模范。自反攻以来,据不完全的统计,已写大小稿件十一件,他将下乡工作中所得材料都为党报写稿,如他去兴和时,亲自跑到距城十五里的大良三号村搜集该村反奸清算斗争材料,并亲自采访关于福瑞街工会主任关于工人增资斗争材料。当他写稿时,很认真、耐心,字体清楚、简练、具体,有较丰富的内容。

第三,能经常注意推动其他同志写稿。下乡时具体指定某人写某个问题,在兴和指定周剑琴同志写"反屈美"斗争,在尚义时指定侯峰写工人斗争王大嘴的材料,十二日到商都工作时又推动张文广、县委宣传部长童锐同志写稿数篇,并给化德县委去信,督促写稿。化德县长以前一篇稿子也没有写过,接到此信后,一月份就写了十篇稿子。

由此可知他的特点是:亲自动手、以身作则、细密组织、具体帮助、认真经常、与领导结合。他不像有的同志光空喊贯彻"全党办报"方针,而缺乏细密的组织工作和具体的指导帮助;他不像有的同志应付"差事"潦草写出,未提出问题,未解决问题,报上不登便灰心丧气,从此再不写稿子;他不像有的同志对通讯稿件采取官僚主义，不审查，不研究，也就不会运用通讯稿件中的经验教训。

但是整个察北地区对"全党办报"方针的贯彻还很不够，希望苏克勤同志和察北党委继续努力，更进一步贯彻"全党办报"的方针；更希望各地党委同志向苏克勤同志学习，把"全党办报"方针进一步贯彻，推动与改进我们的各项工作。

中共察哈尔省委宣传部
二月二十日

（《晋察冀日报》1946年3月25日）

《解放》三日刊出版前后

肖盈

一

妄图破坏政协会一切民主方案的实施，北平一部分报纸，特别是臭名远扬的《建国日报》与《华北日报》，与中国反动派协同一致，拼命制造舆论，制造侮蔑解放区的"新闻"。它们以最恶毒、最下流的字眼来谩骂解放区的民主设施，诬我民主政府"杀人放火"，以影射笔法谩骂中国共产党为"出卖民族的罪人"，这一切都是以它们自己龌龊的想象为基础，而制造出来的东西。然而造谣毕竟是造谣，谩骂毕竟是谩骂，虽然北平人民每天所能接触的，都是这些"造谣生非""蓄意挑拨"的东西，但绝大多数的北平人到底还具有慧眼，他们对于这类东西不仅采取姑妄听之态度，而且许多人简直嗤之以鼻。有一位大学职员说："他们天天破口大骂，今天说解放区如何杀人，明天又说八路军如何破坏交通，我总觉得事情不会如此简单的，如果共产党真是这么可怕,试问他怎么能在解放区立足呢?"还有一个辅仁大学的学生,愤激地说:"反动派的报纸天天无耻地花言巧语,宣传着他们如何忠于民族、忠于人民利益。但是我只举一个例子,就可以证明他们口是心非。他们一来到北平,北平的物价就飞速高涨,北平人民□饿、失业,而他们自己却收买金条,购买屋产,买汽车,这□□□有一点'为人民利益'的味儿吗?虽然出版工具操在他们手中,□事实绝不会因为他们的花言巧语而消失!"

由于大多数北平人对于报上"新闻""言论"普遍怀疑,于是就有人盼望着另一种公正报纸的出现。从一月底开始,北平就神秘地流行着"共产党将在北平出版一种报纸"的传闻,这消息流传极速,使亲者喜、仇者惧。自此之后,青年学生和店员一遇到执行部的中共人员,都不约而同地问道:"你们的报纸什么时候出版呀?"如久旱待雨,人们都希望我们的报纸能早日出版。

二

二月初,我们已决定出版《解放日报》北平版,开始筹设社址时,即遇到许多不应有的困难,整整奔走了半个月,才买到一幢可以勉强安置的房屋,但由于"人家"不予方便,且处处延宕,故一直到现在,许多必需的设备还毫无头绪。至于印刷事宜那就遇到更严重的阻碍了。

由于上述种种不应有的困难与阻碍,使我们的"日报"不能及时与读者见面,但《解放》三日刊终于二月二十二日在北平出现了。在中国历史上,这是出现于北平的第一张公开的中共机关报,自然不免惊动了这"多难的故都"!

那天早晨,报童在北平各街道叫喊着:"《解放》报!《解放》报!共产党的报纸出版了!"于是报童被人们包围着,购买者都争先

恐后，唯恐《解放》被人抢买光了。凡是贴有《解放》的贴报处都挤满了读者。过路的人一看见《解放》，都不免惊奇，他们中有的立刻止了步，挤进人堆里，仰起头，垫着脚趾，贪婪地阅读着。有的嫌人太多，立刻跑报摊上购买去了。

当天下午，我经过王府井大街时，发现报摊上再没有《解放》三日刊了。我正奇怪，忽然一位青年走近报贩跟前小声问："有《解放》吗？"报贩从报纸堆中抽出一张来，青年人付了钱，小心将报纸纳入大衣袋里，才走开。"再报告你一点小事"，一个读者来信写道："就是我有好几次购买贵刊的时候，总发现报贩把它压在一堆别的报纸底下，从没有像《政治向导》（托匪叶青编的——记者注）那样大明大白地摆着过。他们许下了'出版自由'的诺言，在发售的时候却要加以限制（我想不限制的话，报贩不会那么藏），反动派的行为卑劣得多么可耻啊！"

到第二期《解放》出版后，西单东城各街道都有警察公开撕毁报纸、没收报纸的事情发生。报贩问是为什么？答称"系奉上级命令"。最近还有特工分子骑着自行车到各报摊抢收《解放》的。他们不说买报，也不声张，只向报纸摊里乱翻乱搅，翻出了《解放》，夹着就走。但报童不服，愤慨质问："为什么拿走人家报纸？"答是"贩私"。报童追问道："鸦片是贩私有布告，为什么《解放》贩私无布告呢？解放报社是公开的，为什么是贩私？"他们无法对答。海燕书店的经理因售卖《解放》，竟遭便衣暴徒一场凶殴。二月二十六日，北平举行反苏示威游行，在事前，特务分子发动捣毁解放报社，因学生代表反对，终不成功。

虽然环境如此恶劣，反动派拼命破坏，但《解放》的销售量并不稍受影响。第一期只印七千份，但转眼即售完，不得已只好增印三千，但很快又被争购一空。第二期增至一万五千份，但距读者所要求的数量还很远。印发数量今后须不断增加，是势所必然。

当《解放》出版的第二天，发行处即接到从天津、保定各地寄来订购函件汇票，一周后，从四川、云南、河南、上海等地的订购函件，也源源寄到了。

派报所的人，每日早早蜂拥在发行处里，他们总是为多派报刊而争嚷着。有几位派报的嚷着说："派我五千吧！"但因不够分配，发行处的同志只答应派他一千份或一千二百份。读者已如此众多，印发数量又这样少，供不应求的现象当然不能消除。热心的读者找遍各报贩仍然买不到一份《解放》之后，都不惜远道奔走，跑到编辑部或发行处来，他们要求让买一份。在这情形下，我们常将自己仅有的一份，也只好赠送给他们了，于是门上的电铃整日价响，使得发行处的同志"应接不暇"。

三

每日上门来的"不速之客"，小部分是派报所的人们，绝大多数是学生、青年和军官、警察、侦缉。也有特务……

自从国民党接收大员飞到北平后，北平的物价就飞速上涨，据统计，现在的物价比日寇刚投降时上涨了二十倍；失业的有四十多万，占北平人口五分之一强。现在北平人民有百分之八十是专靠粗窝窝头糊口，而且有许多人还无法温饱，他们挣扎在饥饿线上，彷徨于街头，于是抢案不断发生，卖淫现象也普遍出现。各校学生被"训导处"压得失去了自由，偶尔喊几声民主口号，便有忽然"失踪"的危险。但是接收大员与所谓"地下工作者"呢？他们收买黄金、汽车，购置房产，讨摩登女郎，终日粤菜西餐，山珍海错，极尽奢侈之能事，北平人民流行着这样的歌谣："等了八年半，来了一群王八蛋！""此处不留爷，自有留爷处，处处不留爷，只有土八路！"可见北平人民情绪的一般。人民满腹怨恨，无处申诉，于敌寇占领期间，一直屈辱了八年；日寇投降后，不仅不见任何改善，反而变本加厉，环境如此恶劣，人民连诉苦的自由也被剥夺了。难怪《解放》在北平出现后，无数青年学生和小职员跑来申诉他们的怨苦了。

这些"不速之客"，无论是学生、军官、警察，他们都愤愤不平地倾吐着内心的痛苦。但他们兴奋地说："《解放》出版后，使我知道中国还有希望，我也增加勇气了！"他们说《解放》是"黑夜里的一盏明灯！"是"代表真理，报道真实的报纸！"他们要求我们更多地介绍解放区各种建设。"拿事实去驳斥反动报纸的造谣侮蔑！"他们说："可惜三天只出一张，太少了，《解放日报》能快出版才好！"

有一天，我正在屋子里整理材料，忽然来了一个警察，我还以为来找麻烦的，谁知他一坐下，即发起牢骚来。他埋怨当局不公平，他讲述着从重庆飞来的人员与本地原有人员不平待遇的事实与数目字。他说，他自己每月只有数千元收入，每日两顿窝窝头也无法维持。最后，他悲苦地说："许多人都是如此，但谁也不敢说。要不是知道你们是民主的，我也不敢说。听说以后还要继续裁员，说不定哪一天，我这仅有的数千元收入，也会忽然丧失。"

张家口华北联大招生广告在《解放》三日刊公布后，无数向往解放区学术自由与追求真理的青年，纷纷跑到报社来询问该校学习情形与投考经过。这些人中有校官、大学生、银行职员等，他们所一致痛心疾首的，是特务横行霸道，不仅学生职员时时受特务监视，即使军官也无"求民主"的自由。有一位老先生说得好："国民党反动派有这样的特点，就是：只看系统，不用人才；只顾斗争，不管是非；不但对党外，而且对党内。"由于这种种，他们要脱离"收复区"，准备到联大去学一套本领，决心从此为民主事业奋斗到底。

四

虽然政协会获得圆满的协议，虽然蒋主席一再申述其实现所有民主方案的决心，但国民党内的反动派唯恐"失业"而死力挣扎，进行着或明或暗的破坏行为。北平《解放》三日刊出版后，立即就向报童与派报所施行无耻的恫吓；继即有特务分子给报社写恐吓信，称"要烧毁你们的房屋！""请你们当心手榴弹"云云。我们依照政协会"言论出版自由"的决议刊行《解放》三日刊，乃光明正大、合理合法的事，绝不是这批宵小无赖的恐吓信所能吓倒。我们不但决心继续维持三日刊，而且准备扩充篇幅，改出大型日报。

二月底市政府社会局又出头通知，要《解放》在未取得登记证之前，停止出版。但我们指出：我们出报是合理合法的，不让我们出报，或限制、阻挠我们出报乃是不合法的。

反动派真是无孔不入，他们异想天开地把魔手伸进印刷所里，企图扼住我们的咽喉，从根本上来阻遏我们报纸的印刷。他们召开了所谓"工会"，强令各印刷所拒印《解放》三日刊并狂妄地叫嚣着："谁给共产党印报，谁就是汉奸！"但是，我们的报纸并不因此脱期，热心的读者仍能按期读到《解放》。到现在，反动派又拼命在报贩、报童身上下功夫了。他们拿出手枪威吓报童，迫令以后不准卖《解放》，否则就逮捕。在这里，让我抄引一个报贩"控诉文"吧：

"自从《解放》三日刊在北平出版第一期，我就拿了几份卖。我卖这报有两种目的，第一是《解放》为人民大家伙说话，卖的时候精神觉得痛快，第二是兼代着赚几个钱，资助大哥担养一家老小的生命……第一次在西长安街，一个警察拖住了我：'卖《解放》报不行，谁叫你卖？'他想抢走我的报，我赶紧摆脱跑开了。第二次是在西单商场门口，两个穿西服的人拦住了我，把《解放》报抢去就撕，一面骂我：'混蛋！卖这种报应该押起你来！'我想和他们厮打，其中一个摸着屁股后的手枪向我威吓：'你动？打死你'……"（录自《鲁迅晚报》）

类似的事太多了，真写不完。每天我们都接触着几位报贩，他们却愤愤地申诉着捣乱分子的不法罪行。最近，又有一个便衣特务，径自跑进一个派报所去，自称是来买报，说要将屋子里所有的书报一起买去，并硬叫派报的把书报搬出门口。派报者见势不妙，诿言"无工夫"，对方竟气势凌人，非搬不可。派报的即向他索款，对方则谓："搬出门就给。"当书报被迫搬至门口，置于洋车上，那特务即驱车就走。派报的拖住车把，要求付给书报费，那特务竟抽出一支手枪，面目狰狞地说："要钱？这就是钱！"

特务分子如此无法无天，地方当局竟置若罔闻，宁非咄咄怪事？！

此后，随着逆流的急转，这种捣乱行为将不断发生。但是他吓不倒"求民主"的人民，吓不倒我们……

五

一个文具店员的话，很能说明反动派捣乱的动机。他说："国民党的报纸天天破口大骂，而共产党的报纸却平心静气地讲理。国民党自知理短心虚，害怕人揭穿，所以总是想封闭人家的嘴！"

(《晋察冀日报》1946年3月29日)

张市文艺界筹备成立全国文协张市分会

沙可夫、丁玲等为筹备委员

【新华社晋察冀总分社讯】边区文联常委会于二十八日十一时举行例会，决议向张家口文艺界提议成立中华全国文艺界协会张市分会，当即推出沙可夫、丁里、周巍峙分别征求意见。此项提议已博得张市文艺界一致赞同，现已由成仿吾、丁玲、萧军、萧三、沙可夫、艾青、吕骥、张庚、周巍峙、丁里、江丰、沃渣、汪洋、王血波等发起筹备。

【又讯】张市文协分会发起人于二十九日集会，推出沙可夫、丁玲、丁里、江丰、周巍峙五人组织筹备会，负责登记会员及成立大会筹备事宜。

（《晋察冀日报》1946年3月31日）

介绍华北联合大学文艺工作团

联大文艺工作团为前华北文艺工作团及延安鲁艺工作团合组而成，正式成立迄今已两月余，现工作已经就绪。该团有团员七八十人，由吕骥任正团长，张庚、周巍峙任副团长。团内设戏剧队、音乐队、演出股等。许多全国知名的文艺家及优秀的青年文艺工作者均在该团担任工作。如音乐家向隅、马可、唐荣枚、瞿维及戏剧家张庚、钟敬元、水华等。

该团目前工作为加紧创作及排演话剧、秧歌及准备音乐会，目的为反映八年来解放区对敌斗争及生产、建设等各项工作，及介绍解放区八年来新的艺术作风及形式。话剧已赶排演完竣者为反映对敌斗争的《把眼光放远一些》《合作社》《粮食》等，现正赶排者为反映后方生产之秧歌剧《十二把镰刀》及大型之秧歌剧《大家喜欢》（反映陕甘宁边区改造二流子的工作），以及并排出反映部队生产、战斗及军民关系之歌剧《刘顺清》《徐海水锄奸》《牛永贵受伤》等。四月份起将开排丁玲等同志新作三幕七场之大型话剧《望乡台畔》（又名《窑工》，为反映宣化窑工在敌人统治之下痛苦生活及八路军解放以后斗争翻身之情景），计划在五月初国际劳动节前后上演。名歌剧《白毛女》已拟继续上演。音乐会的准备工作正按计划进行，第一个音乐会约可于四月中旬演出，内容为中国著名音乐家冼星海遗著

《黄河大合唱》及八年来解放区产生的优秀歌曲。另外，为新创作之节目，包括歌曲及器乐曲，内容为反映解放区民主建设、生产、复员、选举等项。创作工作，目前正拟写一大型话剧（反映子弟兵艰苦斗争）及创作大量群众歌曲。最近并拟派出创作工作者多人下乡准备新作。

研究及学习方面。是在紧张的工作中进行的，现在已开始着手研究过去各方面的文艺工作的经验及如何向民间的戏剧、音乐学习及接受中外的遗产。学习及研究的方法，是采取民主研究，自由讨论，经常召开座谈会。一般专门技术学习为戏剧队有练声、秧歌、舞蹈、民歌，音乐队乐器、唱歌、欣赏（以上为音乐队）等。

开展文艺运动工作方面。该团与抗敌剧社合作帮助旧剧院的工作。音乐队经常派人赴各区开展城市群众歌咏工作，已经开始者为二区烟草公司、二区妇女歌咏队及民教馆等。"三八"节进行了歌咏广播之后，又广播了歌剧《白毛女》，近正拟于"四四"儿童节时广播儿童歌曲。

出版工作方面。近拟编秧歌剧集三集，话剧集一集，不日即可出版，歌剧《白毛女》亦正筹出版中（《白毛女歌曲集》已出版）。音乐方面出版旬刊《群众歌曲》一种，第一期已印出。二"四四"儿童节歌曲专集已编好就。

现据该团负责同志谈，文工团成立不久，人力、物力尚感缺乏，今后愿与各文艺工作团体取得亲密联系，交换创作经验，希望接受他们具体的指正与帮助，以便使该团工作更加改进，向着"为人民服务"的方向，与广大文艺工作的同志携手迈进，共同为建设新民主主义文化建设而努力。

（《晋察冀日报》1946年3月31日，《每周增刊》副刊第9期）

重要启事

中华全国文艺界协会张家口分会成立在即,凡过去曾加入延安文抗或晋察冀文、音、美、剧各协会及其他各地文协为会员者,请即日向联大文艺学院江丰同志、文工团张庚同志、抗敌剧社丁里同志等处登记。

中华全国文艺界协会张家口分会筹备会启

三月三十一日

(《晋察冀日报》1946年3月31日)

中华文协北平分会成立

【新华社延安三十日电】北平讯:筹备多日之中华文艺协会北平分会,已于二十四日正式成立。选出张恨水、马彦祥、〔周扬、盛成、光未然、高兰、陈北鸥〕①、齐如山、凌叔华、刘白羽、徐盈十一人为理事,沈兼士、杨振声、俞平伯、顾颉刚、彭子岗等为监事。

(《晋察冀日报》1946年4月1日)

北平当局反动罪行变本加厉

《解放》报、新华分社卅四人非法被捕

滕代远将军公馆亦遭搜查　李耕涛、刘鸿达等一度被扣

【新华社延安四日电】北平讯:三日上午,北平发生了国民党

① 此五人名姓原影印本中因两行挤压而不清,据1946年3月31日《解放日报》补。

当局蹂躏人身自由、摧残言论自由、破坏政协决议的事件。三日上午三时，天尚未明，军警宪兵、特务便衣，突然到《解放》报与新华社北平分社编辑部所在地（宣武门外方和斋九号），在门口架起机枪，军警荷枪实弹，按上刺刀，借口检查户口，冲入屋内，捕去钱俊瑞（《解放》报总编辑）、姜君辰（《解放》报副总编辑）、何文、杨赓、马迺庶等二十二人。该报发行处（西四五道栅栏四十一号）也同样被军警宪兵、特务便衣搜查，捕去马建民等十二人。《解放》报社的被捕人员，均被绳索捆绑，锁上手铐，沿途遭受殴打侮辱，现被扣押于北平警察局外二局、内四局。同时，于三日上午三时，军警宪兵、便衣特务多人，两次闯至前京畿道十一号滕公馆（八路军滕代远参谋长之公馆，滕参谋长现并任执行部叶剑英委员之军事顾问），亦以检查户口为名，进行搜查。每一间房，每一个人，皆遭非法搜查。军警宪兵、便衣特务，骚扰五十分钟后，捕去滕参谋长秘书李新农、晋察冀贸易公司经理李耕涛与张家口市商会会长刘鸿达。李耕涛与刘鸿达在被捕以前，正在与北平当局商讨接济北平粮食问题。现在在滕公馆被捕之人员，已被释放。但《解放》报与新华分社的全部被捕人员，仍在扣押中。

（《晋察冀日报》1946年4月6日）

边区文化界、新闻出版界通电严重抗议

【新华社晋察冀总分社五日讯】边区文化界、新闻界、出版界为北平《解放》报、新华分社发出抗议通电，原文如下：
【急电】北平暨全国文化界、新闻界、出版界全体同业、各界同胞公鉴：

北平国民党当局指使军警宪兵、特务便衣，于本月三日拂晓三时，用机枪、步枪、刺刀、绳索、镣铐等非法武装与刑具，加于北平《解放》三日刊与新华社北平分社三十四位为和平民主事业而努力的新闻出版工作人员，这是一个极其严重的事件，这是一种法西斯的暴行，这是国民党内反动派蹂躏人身自由、摧残言论自由、破坏政治协商会议决议的重大阴谋的一部分。北平国民党当局曾经不断摧残《解放》三日刊与一切非官方报纸的出版发行自由，现在愈演愈剧，竟至无法无天的地步。在军事调处执行部的所在地，竟敢如此横行无忌，可见他们对于政协决议、停战整军等神圣的协定毫无执行的诚意，他们正以血腥的反动暴行来企图撕毁那些神圣的协定。我们坚决抗议北平国民党当局这种反动的罪行，我们要求北平与全国进步的文化界、新闻界、出版界全体同业暨全国爱好和平民主的各界同胞一致起来制止这一种无法无天的暴行，我们要求北平军事调处执行部严重注意与纠正北平国民党当局的非法行为，因为那些非法行为同时也已经加到执行部叶委员的军事顾问滕代远将军的住宅里来了，如此蛮横，决难容忍！我们更要求重庆国民党当局与蒋主席立即表示对此严重事件的处置办法，严厉惩处北平国民党军政当局，立即释放被捕人员，切实保证人身自由与言论自由，不得再有任何同类事件发生，迅速实现蒋主席在政协会上的四项诺言与政协的全部决议。

晋察冀日报社　新华社晋察冀总分社　晋察冀边区文联　北方文化社
民主青年社　教育阵地社　鲁迅学会　新察哈尔报社　工人报社
晋察冀子弟兵报社　晋察冀画报社　新华书店晋察冀分店同启

（《晋察冀日报》1946年4月6日）

抗议非法搜捕北平《解放》报事件

《解放日报》

【新华社延安五日电】民国三十五年四月三日，堂堂古都国、共、美三方合组的军事调处执行部所在地，国民党当局竟然命令大批军警宪兵、便衣特务荷枪实弹，于深夜三时搜查中共新闻机关《解放》报和新华分社及十八集团军副参谋长滕代远将军公馆，逮捕钱俊瑞、姜君辰、杨赓等三十余人，捆绑、侮辱、监禁、殴打。办报何罪？做新闻工作何罪？忠于国家民族和人民利益的中国共产党何罪？艰苦抗战、功在国家的八路军何罪？国民党当局竟敢出此卑污恐怖手段，蹂躏人权，摧残言论。其置和平民主于何地？政协决议于何地？人身自由于何地？国法纲纪于何地？对于此种法西斯暴行，我们不能不表示万分愤慨、万分痛恨。在此，特向国民党当局提出严重抗议。

北平《解放》报和新华分社创刊和成立于政治协商会议胜利闭幕不久，中国法西斯派正兴起反苏、反共、反民主逆流，北平被接收大员闹得乌烟瘴气，人民生活困苦莫名，而社会舆论又混乱不堪的时候。他们的出版，为平津新闻界放一异彩，振奋了平津人民保卫和平、争取民主的信心。他们"本着全心全意为人民服务的宗旨，作为人民的喉舌，来和各界同胞共同勉励，以致力于和平民主团结建设新中国的事业"（见北平《解放》报二月二十二日发刊词）。创刊以来，明示中国和世界大局的方向，鼓吹和平民主事业，为收复区人民的痛苦做不断的呼吁，帮助获得粮食救援，解答读者的心中的种种疑难，与法西斯派所制造的反动的破坏和平民主的言行，进行不屈不挠的斗争。所以出版至今，虽仅月余，发行虽只十四期，但已不胫而走，深得广大读者的信任和爱护。读者纷纷写信给报纸说，读了《解放》报后，"悒①郁的心情开展了，除了读书，有了真正的食粮，以前有

---

① 按，"悒"字影印本原阙，据1946年4月6日《解放日报》补。

苦无处诉,现在我们写信给你们请教。"誉之为"当代《春秋》,醒世金钟,读者之导师,社会之明灯"。然而,中国法西斯反动派的心理和情感,恰恰和中国人民相反。凡是人民所爱好和希望的,便一定深恶痛绝。他们见不得光明和真理,在《解放》报出版以后,立刻便下令北平所有书店、印刷所,禁止代印、代售,动员宪警、特务流氓殴打报贩、撕毁报纸。遭受这种压迫的,不只是《解放》报,而且还有其他进步刊物。北平出版界曾因此向当局提出抗议。现在北平当局竟然变本加厉,企图以绳索、手枪和牢狱来扑灭这盏明灯,绞杀这个导师——《解放》报了。这是何等卑鄙、何等无耻、何等罪恶!这一事件又证明中国法西斯派与中国人民的利益是完全相反,是势不两立的。

　　蒋介石在政治协商会议开幕之日,曾经庄严地宣布了民主自由的四项诺言。政协通过的《和平建国纲领》,关于人民权利项内,亦以堂皇大字写着"确保人民享有身体、思想、宗教、信仰、言论、出版、集会、结社、居住、迁徙、通讯之自由"。北平《解放》报的事件,再一次暴露国民党当局如何践踏了这国家根本大法,破坏了政协决议,背弃了自己的诺言。他们保障的只是法西斯派的恐怖自由,而蹂躏中国人民的人权和自由。国民党当局和蒋介石口口声声说:"政协决定中,为国民党二中全会所反对者,仅有一项,即宪草问题。"(见美联社渝一日电所发蒋在国参会讲演。)但现在全国人民可以从北平《解放》报事件中看得明明白白,中国法西斯派不仅在国民党二中全会上制造反对政协宪草原则的决议,而在实际行动上,是推翻政协一切决议,企图破坏整个和平民主事业,继续维持"一党专政"的法西斯恐怖统治。

　　北平罪案,不能看作是地方事件,不能看作只是北平一报一社的事,也不能看作仅仅是中共和十八集团军的事,这是国民党内法西斯派对于中国人民和平民主事业的新的进攻。如果我们看到政协决议成功以来,国民党法西斯派所制造的一连串事件,看到二月间开始的反苏、反共、反民主运动,看到国民党二中全会和参政会中的丑剧,看到法西斯派取缔解放区和吞并中共部队的公开叫嚣，看到国民党军队在东北扩大内战，并对山西、河北、中原、广东和其他解放区的进攻和蚕食，看到国民党当局一度扣留派往东北调处的执行组中的中共方面人员，看到中国法西斯派反和平、反民主、反人民活动的日益加剧，那么就可知道，这次搜捕《解放》报等的非法暴行，绝非偶然，而是有计划有组织地破坏和平民主、发动内战、保持独裁的阴谋，是向中国人民进攻步骤之一。我们对此应该引起深刻的警惕。

我们相信，中国人民一定要而且有力量制止国民党内法西斯派的这一阴谋，我们还可以正告国民党当局，和平民主灯塔的北平《解放》报和新华社是扑灭不了的，它绝不会如你们理想那样就此寿终正寝，它经过这次严重的考验和斗争，一定会更加坚强、更加光芒万丈。但是，对于这次北平的罪案，我们绝不要小看，绝不要轻轻放过，我们一定要动员起来，向全中国、全世界呼吁，要求立刻释放被捕人员，严惩此次非法暴行的主凶，要求北平国民党当局赔偿损失和道歉，要求国民党当局和蒋介石保证以后不再发生类似事件，确保人民各种自由权利。我们尤其希望全国新闻界站在同业立场主持正义，对中国法西斯派一致口诛笔伐，声援北平《解放》报、新华分社和其他被压迫摧残的言论机关，不达目的，誓不休止。

(《晋察冀日报》1946年4月7日)

《解放》报被搜捕事件　我被捕者达四十五人

——解放区记联通电抗议

【新华社延安五日电】据北平四日来讯：三日上午，国民党当局派遣宪警特务搜查《解放》报、新华分社与滕参谋长公馆时，被非法逮捕之人员，共有四十五人。计在《解放》报与新华分社编辑部被捕者，有《解放》报总编辑钱俊瑞、副总编辑姜君辰、新华分社副社长杨赓及马逦庶、艾国立、张维冷、卜之平、陈消雨、孙政、牛子华、董保曼、刘稚农、郝梧庭、张鸿烈、潘言祥、段恒德、王长春、程钧昌、张蓓、徐复森、徐大洪、徐大烈、余宗彦、王佩环、秦全生、吴士暇、鲁果、廖延东、杨林等二十九人，在《解放》报发行部被捕者有马健民、刘振明、李彗、李祥、赵志、田俊、李殿臣、徐健、关永丰、安铮、张松庭等十一人。在滕公馆被捕者有晋察冀贸易公司经理李耕涛，张家口市商会会长刘鸿达，滕参谋长秘书李新农及李妻张素华、李女李玉锦等五人。① 现除滕公馆被捕五人已获释放外，其他四十人仍被监禁中。昨今两日，平市市民和《解放》报读者至十八集团军驻平办事处探询钱俊瑞等情形者，络绎不绝。他们对被捕人员，至为关切，而对国民党当局的非法行动，莫不表示义愤。

【新华社延安五日电】此间新闻界，闻悉北平国民党当局蹂躏人权，摧残言论，搜查《解放》报、新华分社与滕参谋长公馆，非法逮捕新闻工作者三四十人，莫不愤激异常。解放区新闻记者联合会等，特于今日通电全国，抗议当局此种非法暴行，呼吁全国新闻界、文化界和全国同胞，一致予以正义声援，原文如下。

全国各报馆、各通讯社、各党派及无党派民主人士、各民众团体以及全国同胞公鉴：

本月三日夜间，北平国民党当局，违背了人身、言论自由的诺言，违背了政治协商会议的决议，非法逮捕《解放》报新华分社及滕公馆人员。经过情形是：四日上午三时，天尚未破晓，军警宪兵便衣特务，突然闯入《解放》报、新华分社编辑部门口，架起机枪，荷枪实弹，装上刺刀，借口检查户口，冲入卧室，捕去该报总编辑钱俊瑞、副总编辑姜君辰等二十二人，《解放》报发行处人员亦同时遭

---

① 按，1946年4月6日《解放日报》所登消息《北平<解放>报被捕人员现仍监禁狱中》与此处【新华社延安五日电】内容全同，但被捕人员名氏微异，秦全生、吴士暇、李彗、关永丰在《解放日报》中分别作秦健生、吴士荣、李庄、关永年。又，据1946年4月6日《新华日报》等资料，滕代远秘书为李新、李坪，李新农应为李新之误。此外，张素华、李玉锦系滕代远另一秘书李坪之妻女，而非李新。

受非法拘捕，捕去马健民等十二人，被捕之时，绳索捆绑，双手上铐，拳打脚踢，侮辱备至。于同一时刻，八路军参谋长、现任执行部叶剑英参谋长军事顾问滕代远公馆，亦遭非法搜查，并捕去滕参谋长秘书李新农等三人。

消息传来，同人极端愤慨。自沧白堂、校场口、北平执行部被捣乱及重庆《新华日报》、民主报馆被捣毁等事件以来，国民党内法西斯反动派日益猖狂，肆意破坏政协决议及人民的民主自由，政府当局不但从未加以阻止，反而在实际上加以鼓励纵容。

北平《解放》报创办伊始，该报坚持为和平民主团结统一之新中国而奋斗的方针，说出了全国人民心坎中所要说的话，因而得到广大人民的拥护。从报纸销数之日有增加，即可证明此点。但当局对于该报之登记、印刷、发行，却一再阻难，曾企图迫使"自动停刊"。曾派遣特务殴打报童，撕毁报纸。对于此等非法行为，中共代表团已向政府当局提出严重抗议，不料抗议尚无结果，北平军警当局竟公然非法捕人，甚至连执行部军事顾问滕代远公馆人员亦遭非法搜查与拘捕。同胞们，我们要认识这是一件非常严重的事情，这一事件表现国民党当局直接出来破坏全国人民的居住、人身、言论、出版的自由，破坏政协会决议的实行。全国人民如果不立刻起来制止，那么中国人民争取和平民主的事业，将遭受更严重的困难。因此，我们在愤慨之余，不得不向全国同胞大声疾呼，大家团结起来，抗议国民党当局此种非法暴行，要求立即释放《解放》报及新华分社被捕人员，赔偿因搜查与逮捕而遭受的损失，并保证今后绝不再发生类似的行为。临电迫切，盼我全国新闻界、文化界和全国同胞，一致吼出正义的呼声，给《解放》报及新华分社被捕人员以有力的声援。

解放区新闻记者联合会、解放日报社、新华通讯总社同启

四月五日

（《晋察冀日报》1946年4月7日）

平绥路员工首代大会抗议北平《解放》报事件

要求立即释放被捕人员,道歉、赔偿损失,严惩祸首

【新华社晋察冀总分社六日讯】平绥路员工代表大会今日晨正式开会以前,全体代表对于三日北平国民党反动派非法逮捕新华社北平分社、《解放》三日刊工作人员惊人事件,极表愤怒,立即决定发出紧急通电,除表示严重抗议,并向国民党政府提出要求三项,原电如下:

新华社急转北平调处执行部暨全国铁路员工各业工友及各界同胞公鉴:

我们平绥铁路全体职工代表正在张家口开大会,热烈讨论如何来进行和平民主的铁路建设工作时,惊悉北平《解放》报及新华社北平分社四五十位工作人员,突在调处执行部所在之北平城被国民党军警宪兵、便衣特务非法逮捕,反动派横行无忌、无法无天发展到如此程度,可见他们对政协决议、停战整军等项神圣的协定及蒋介石四项诺言是毫无执行诚意,反极其破坏之能事。如果全国人民不群起制止,任其继续猖獗,则和平民主之大业将无法创基,人民身体、言论等自由将永无保障。我们代表全路七千余员工坚决反对国民党内法西斯集团这种非法暴行,我们向全国人民呼吁,向全世界人民呼吁,要求国民党政府:

(一)迅速实现政协全部决议及蒋介石的四项诺言,立即释放非法逮捕的《解放》报及新华社北平分社工作人员,向被捕人员道歉及赔偿损失。

(二)惩办发动此次事件祸首,并保障今后不再发生这类事件。

(三)迅速拆毁封锁解放区及交通线之堡垒及一切工事,停止一

切检查扣压和没收人民财物之非法行为,以便交通早日恢复,贸易早日自由。(平绥铁路全体职工首届代表大会处叩)

【又讯】张市三区皮毛、面粉、旅店、纺织、印刷等各业经理代表三十六人,今日于区公所集会时,一致对北平国民党当局,非法逮捕北平《解放》报、新华社北平分社人员、边区贸易公司经理李耕涛、张市商会长刘鸿达事件,以及国民党方面禁止物资交流,表示严重愤怒,并提出抗议。

(《晋察冀日报》1946年4月7日)

北平《解放》报被捕人员经警察局长道歉后释放

钱俊瑞同志等游行全城,群众夹道相迎,《解放》报五日已复刊

【新华社延安六日电】北平五日讯:被非法拘捕之《解放》报和新华分社人员,经据理抗争,平市国民党当局自知违法和理屈,已于四日下午六时口头道歉后释放,《解放》报五日已照常出版。钱俊瑞、姜君辰、杨赓等三十九人,系于三日上午被大队军宪警察特务便衣逮捕,沿途受尽捆绑、毒打之苦,当时即被押往警察分署扣押。入署以后,钱等即群向警署当局严厉质问所犯何罪?何故寅夜捕人?有何法律根据?警署当局犹盛气凌人,蛮横无理,对钱等正经质问避不置答。《解放》报和新华分社被深夜搜捕事件,旋即传遍全城,一时群情鼎沸。《解放》报读者尤为关切,纷纷到十八集团军驻平办事处探询,对北平当局此种危害人权、摧残言论的非法行为,同表痛恨,社会舆论亦纷起声援。至傍晚时分,警署当局见事态扩大,企图草率了事,然坚不认错,反大肆恫吓。谓钱等漏报户口、违反警章,迫令具结出署。钱等以警署既已蹂躏法纪,侵犯人身自由,而又假借罪

名，诬蔑良善，推卸自身罪责，实属无理之极，当予严词拒绝，坚决要求惩凶、道歉，保证今后不再发生类似事件。但警署当局仍多方推诿，拒不接受，延至四日，即将被捕人员全部押解警察总局，押解途中，上下汽车之间，被捕者张鸿烈同志之一个手指，突被司机轧断，血流如注，同道诸人见状莫不痛心异常，情绪愈益愤激。入局以后，即纷纷向总局人员展开质问，责以不该毁法乱纪、滥肆捕人、玩弄人命、伤害无辜，至于断人手指，形成残废。时已下午二时，执行部中共代表叶剑英、滕代远等同志来局，向被捕同志慰问，被捕者当向叶、滕诸代表陈诉被捕经过，以及所受之种种凌辱、虐待。叶、滕诸代表闻言亦不胜悲愤。经对被捕同志善劝抚慰，即往访北平市市长熊斌与警察局局长陈焯，当面提出交涉和抗议。陈焯自知罪愆，当在警局向全体被捕同志当面道歉。叶、滕诸代表乃陪同钱俊瑞等三十九被捕人员，于下午六时出局，返报社。时已被非法扣押三十九小时矣。钱等出局以后，当即游行全城，沿途燃放鞭炮，高呼"保障人身与言论自由！""要求实现民主！""取消特务机关！""中国共产党万岁！""毛主席万岁！"等口号，沿途群众夹道欢呼，鼓掌欢迎，庆祝他们恢复自由，并成群结队至解放报社慰问。

(《晋察冀日报》1946 年 4 月 8 日)

滕代远将军公馆、新华社、《解放》报社遭非法搜查、逮捕经过

【新华社延安八日电】北平宣外方壶斋新华分社、《解放》三日刊社及解放日报筹备处，西四三道栅栏《解放》三日刊社临时发行处，前京畿道叶委员之军事顾问滕代远将军公馆，于四月三日侵晨，

同时遭受国民党内法西斯特务与武装军警宪兵之包围、搜查，并非法逮捕四十余人，其经过详情志后：

军警武装包围住宅　特务指使翻箱倒箧

今日侵晨三时，以警备司令部张靖、警察总局赵耀南为首，率领九十二军一四二师四二六团一营二连，警备司令部侦察大队，警察第二中队三、四分队，宪兵十九团宪兵一部及便衣特务等二百余人，武装包围宣外方壶斋本社及《解放》三日刊社，事先许多武装军警均先登上屋顶，以二挺冲锋机枪对准门口，然后由便衣特务胁迫甲长前来叩门。刚刚开门答话，武装军警多人即做卧倒式前进，如临大敌，随即闯入各寝室、办公室搜查，宣称检查户口。搜查时，全副武装士兵以刺刀、盒子枪相指，警方负责人下令："搜查他们有没有武器。"经警察遍搜全体人员周身及卧房，翻箱倒柜，并无任何武器或违禁品。当即由本社社长兼《解放》三日刊总编辑钱俊瑞及军警宪各机关到场人员签字证明，说明本社全无违禁物品。

报社人员据理交涉　警特将人挟持而去

不意天明时，上述军、警、宪、特百数十人又行闯入，来势益凶，并以本社一部分工作人员登记户口未竣为名，声言全部逮往警察局外二分局。经钱社长俊瑞、马秘书乃庶交涉，该张、赵二人蛮横不讲理，全不理睬，并事先将电话把持，禁与外间通话，以欺骗方式将钱社长及马秘书逮往外二分局。而此时张靖与赵耀南等二人即指挥所有之便衣特务及武装军警宪兵，喝令多人绑架二人押赴外二分局。本社同人婉言索阅逮捕命令，竟遭九十二军之全副武装士兵及便衣特务之凶殴，并有门窗玻璃及一部分家具亦被捣毁，并称："中国人不打是不行的。"据不完全统计，被殴者计有《解放》三日刊副总编辑姜君辰、张维冷、鲁果、张蓓、丁九、郑季翘、吴之平、郑仓夷、萧英等十数人。并以武装军警连推带扭，将姜君辰及杨赓、张维冷、鲁果、张蓓、吴之平、王长春、潘言祥、孙政、艾国立、董保身、秦健生、陈笑雨、郝毅亭等工作人员二十九人押送外二分局，沿途刺刀相胁，恶语漫骂，任意殴辱，并称："不走就枪决。"

捕走二十九人后，于十时左右，又开来大卡车两辆、摩托三轮一辆，装载警察五十余人，九十二军士兵三十余人，在本社门前守候多时始撤去。钱社长与马秘书已先行到达警局，而该局并无负责人员出面接洽，历二小时，始由该局杨督察长接谈。马秘书告以关于本社内新来之人员登记户口事，已于二日下午四时向该局外二区十五段报请登记。因登记手续甚繁，而新来人员适有外出，调查籍贯、年龄需稍费时间，并约定三日（即翌日）晨八时即可至该段备办登记手续，报告全部人员名册，而今被捕者之中，更有早经报过户口之马乃庶、姜君辰、杨赓、王长春、潘言祥，实为骇异。迨索阅该外二分局所存之户口清册，则方壶斋九号之户籍，仍系数月前原房主杨寿枢之户名，显见所谓检查户口，纯系无耻之借口。与此同时，西四三道栅栏四十一号《解放》三日刊临时发行处，亦遭军、警、宪、特之武装包围，除伙伕、门房及通讯员三人外，其余工作人员等十二人，全遭逮捕，多人遭受殴辱，并将各种信函、书籍之类，倾置案上，临去又将各室用木条钉闭，被捕诸人均被两人捆作一组，解赴内四分局拘留所看押。

包围滕将军公馆　　逮捕执行部人员

最令人惊异者，即军事调处执行部叶委员之军事顾问滕代远将军公馆亦遭持手枪之宪兵警察及便衣特务二十余人，夤夜包围，并捕去滕代远将军之秘书李新（李新系执行部工作人员），以及被政府当局邀来商谈粮食问题之代表李耕涛、刘鸿达及滕将军另一秘书李坪眷属二人。此等无法无天之特务暴行，显为国民党内法西斯分子对全国及全世界人民所属望之军调部又一次直接侵犯，同时亦为对和平民主的事业之极端露骨的挑衅。

　　本社及《解放》三日刊社被捕人员在被押期间，叶委员及执行部中共代表团，曾先后派遣李聚奎少将、陈雷中校等持函慰问，同时并高呼"坚持正义""保障居住自由""反对法西斯非法逮捕"等口号，旁听之警士均为之动容。十二时许，叶委员即已电告延安，并电重庆中共代表团。叶委员之军事顾问滕代远将军并亲赴北平行营及十一战区司令长官部与市政府，严重抗议此种侵犯人权之非法逮捕事件。

　　本报及《解放》三日刊社同人为坚持正义，要求保障居住自由，反对法西斯特务非法逮捕，在押期间一致坚决要求惩凶、道歉，并对今后自由安全予以切实之保障。被捕人员截至下午五时，经多方交涉，始行释出。

（《晋察冀日报》1946年4月9日）

慰问钱俊瑞诸同志

中共晋察冀中央局电

钱俊瑞同志并转新华社北平分社、《解放》三日刊社同志：

　　前者惊闻你们非法被捕与被殴，我们万分愤慨，誓为后盾。今者欣闻你们恢复自由和继续坚持舆论阵地，我们谨表热烈的欢迎与慰问。特送上礼物数事，纪念你们为和平民主而进行的顽强斗争，并祝

你们健康!(中共晋察冀中央局)

四月八日

本报社、新华总分社电

钱俊瑞同志并转《解放》三日刊、新华社北平分社全体同志:

你们站在中国人民为和平民主事业而战斗的最前线,英勇坚持了真理与正义的立场,获得了广大人民的拥护,任何残暴手段都不能使你们屈服,无论遭受无理的殴打、侮辱或非法被捕在监牢里,你们始终坚持了正义的民主舆论的阵地与不折不挠的奋斗岗位。现在你们被捕的同志终于光荣地走出了牢门,这说明了正义是不可侮的,真理是不可动摇的。谨祝你们为人民的民主事业而斗争的新的胜利的到来,并致热烈的敬礼。(晋察冀日报社、新华社晋察冀总分社全体同志)

四月八日

平绥铁路员工电

【新华社晋察冀总分社八日讯】今日平绥路管理局市参议员选举大会上,一致通过慰问北平《解放》报、新华北平分社等被释人员,原电如下:

新华社晋察冀总分社代转

北平《解放》报、新华分社钱俊瑞、姜君辰、杨赓、马健民暨为国民党北平当局所非法拘捕的诸同志:

我们在平生第一次亲手运用着民主权利的张家口市参议员选举大会上,听到你们由国民党北平当局道歉、释放的消息,我们的心跳起来了,我们是喜悦加上喜悦,兴奋加上兴奋!一切反对民主的逆流,终于敌不过民主的巨潮。在广大民主人士的怒吼之下,在你们据理抗争中,非法之徒不能不自知违法和理屈,口头道歉而释放了你们!这个胜利,给我们正在热烈参选的平绥铁路职工增强了争取民主的信心。在此，谨向你们致以最热烈的慰问，并对国民党北平当局此种悖理违法行为表示严重的抗议。我们愿和你们更紧密地携起手来，为保障人身自由、言论出版自由而奋斗，向和平民主之路继续迈进！平绥路管理局市参议员选举大会

(《晋察冀日报》1946年4月9日)

对北平军警非法暴行　滕代远将军谈话

执行部所有中共人员同声愤慨　坚决要求当局惩凶、赔偿、道歉

【新华社延安八日电】据北平新华分社三日讯：本晚七时，军调部叶委员军事顾问、十八集团军副参谋长滕代远将军，假北京饭店招待本市中外记者，到三十余人。滕代远将军首先简述了滕公馆、新华社、《解放》三日刊社被军警特务非法搜查，四十八人遭非法逮捕经过后，即请《解放》报三日刊社记者范元甄及刚被释放之滕代远将军之秘书李新农分别报告新华社、《解放》三日刊社及滕公馆人员遭非法搜查、殴打、逮捕详情。接着，滕将军力称："我们认为北平军警宪特务此种暴行，完全违反蒋主席四项诺言、政协决议原则及此间行营布告的规定，显系蓄意破坏和平，侵害人民权利，企图制造分裂恐怖局面，以压制民主。"滕副参谋长并申述本人公馆及新华社北平分社、《解放》三日刊社因工作需要，得当局允许而成立的，任何反动势力都是威吓不倒的，在北平别的党派有报纸，共产党也一定要有报纸。一夜之间同时于三处逮捕去中共工作人员四十余人之多，其中并有执行部人员，这是一个极严重事件。这事情已引起执行部所有中共人员一致愤慨，要求向当局提出严重抗议。滕氏继提出三项要求：（一）立即释放被捕人员，弄清责任；（二）依法惩办肇事者，对该三机关道歉并赔偿损失；（三）保证以后不再发生类似事件。最后，滕氏坚称："我们绝不怕威胁，我们绝不动摇为民主和平事业奋

斗之决心，但我们绝不受非法无理侮辱与伤害。为了人民的民主与自由，我们一定坚持原则，奋斗到底。"

(《晋察冀日报》1946年4月9日)

解放日报社、新华总社电慰北平被释诸同志

【新华社延安七日电】此间《解放日报》暨新华总社，今日电慰北平《解放》报及新华分社全体同志。电文如下：

钱俊瑞同志并转《解放》报及新华分社全体同志：

在全国人民正义呼援声中，欣闻你们已于五日恢复了自由，当天《解放》报就照常出版。这证明六日解放日报社论所说："和平民主灯塔的北平《解放》报和新华分社，是扑灭不了的。"这话完全正确。此间全体同志，对于你们威武不屈、英勇反抗、为千百万人民伸张正气的战斗精神，表示无限钦佩。希望你们今后与广大人民更紧密联系，更加坚定地、百折不回地为粉碎中国法西斯派破坏和平民主事业的阴谋活动，为建立和平民主团结统一的新中国的事业和新民主主义的新闻事业而奋斗到底。我们全体同志，愿与你们永远亲密地携手前进。我们深信《解放》报经过这次严重斗争的考验，它一定会更加坚强，更加光芒万丈。谨致热烈地慰问并致

最亲切的兄弟的敬礼！

解放日报社、新华总社全体同人谨启

(《晋察冀日报》1946年4月9日)

我们被捕了

钱俊瑞

四月三日我们被捕了。我们的被捕不是因为像阴谋家们所说的什么"漏报户口"。我本人早已报了户口,姜君辰、杨赓、马乃庶等几位同志也早已报了户口,但是我们都在欺骗、恐吓、殴打、捆绑中被捕了。所谓"漏报户口",只是真正的犯罪者们一种卑污的借口。我们的被捕是因为我们这三十九个同志,和所有民主战士一样,是站在民主运动的最前线,是愿意全心全意为人民服务,因此,就触怒了那些法西斯特务们。

我们被捕了。我们的被捕不是在日寇统治的时候,而是在国民党统治的时候;不是在别的任何地方,而是在国民党统治下的北平。这绝非偶然。

我们被捕了。正如往常一样,我们依然在奋斗的岗位上,为了人民的事业,我们将坚决斗到底。我们虽然被捕,但是我们比往常更坚决,因为真理和正义是在我们的一边,光荣和我们长住!犯法的不是我们,而是他们。

在这牢监的奋斗岗位上,我们热烈地庆祝,一切有志气、有良心的人们,团结起来,鼓起劲来,在一切同样可以诅咒的地方,将法西斯魔鬼逐退。

四六年四月四日 于北平外二分局囚室中

(《晋察冀日报》1946年4月9日)

北平《解放》报、新华社被捕人员恢复自由始末

——转载北平四月八日《解放》三日刊

【本报讯】本社及新华社北平分社，此次遭非法搜捕，各界人士纷纷致函并亲临慰问。被捕同人四十人业于四日下午七时在平市当局表示歉意并保证今后决不歧视之情形下，全部恢复自由。兹将经过情形报道如次，以慰社会人士之关注。

本社同人二十九人于三日晨六时，遭非法殴打捕入警局外二分局；另有十一人被押送内四分局。其时在场指挥逮捕及凶殴之张靖、赵耀南，即已匿迹。被捕同人被押后，即向外二分局提出"立即护送回社；严惩主凶、道歉、赔偿一切损失；保证以后不得发生同样事件"三项要求，终被拒绝，违法拘押至四日下午二时，始终未曾供给任何食品及床褥。后由该局押往警察总局，甫出局门，即因该局办事毫不负责，草菅人命，竟将本社张鸿烈同志之拇指轧伤，血流如注。迨押抵警察总局半小时后，该局竟无人理会，对负伤昏迷之人员亦不加照顾，此时全体被捕人员愈益愤怒，要求立即晤见负责当局，并使用该局电话通知执行部中共代表团，派车送张鸿烈往医院。但电话旋亦被断绝，谓系奉令禁止与外间通话。旋执行部中共代表团闻悉，即派车前来，但警局则拟派一自称姓周继又姓刘之人员一同偕往。经中共人员询问其究竟姓周姓刘，该人狼狈遁去。旋罗瑞卿参谋长、李克农同志等来局慰问，李克农同志并向该局提出：允许被捕人员有打电话的自由，供给囚粮，不得虐待。

当日上午，警察总局陈局长即访叶剑英委员，未晤，下午叶委员偕滕代远参谋长，向北平市政府熊市长、警察总局陈局长交涉。熊市长表示对数百武装军、警、宪、特非法搜查、逮捕及殴辱《解放》

报、新华社人员一事全不知情。并当面向叶委员保证对《解放》报、新华社之发刊发稿与其他报刊同样看待，绝不歧视，对中共人员与一般公民同样保障其安全与人权，以后如有误会事情，决与叶委员先行磋商，避免类似此次事件之行动。

下午六时，许叶委员与陈局长同到警察总局，当即介绍仍在拘押中之《解放》报代社长钱俊瑞同志与陈局长相见，由钱出示当日军警宪特武装包围本社之照片，并陈述遭受非法逮捕之全部经过情形，并重申三项要求，请圆满答复实现。陈氏答复立即恢复全体被捕人员之自由，并表示歉意，由警局护送回馆，并允查明赵耀南等主凶办理。当即先由叶委员对本社全体被捕人员讲话，致深切慰问。陈局长亦向全体被捕人员当面表示歉意，称："诸位受了很多委屈，很对不起。"并保证不对《解放》报、新华社有所歧视，及负责将负伤之张鸿烈送往警察医院治疗。全体被捕人员为顾全和平民主大局，决先行回馆继续工作，至于要求惩凶、赔偿损失等项则容继续交涉办理。至此，遭非法拘捕之本社同人四十人乃恢复自由，旋即登车，离警察总局，赴翠明庄，应执行部中共代表团之慰问与茶会。沿途高呼"正义胜利""反对非法逮捕""保障人身自由""取消特务机关"等口号，并放鞭炮，道旁民众多拍手欢呼。茶话会后，全体人员于九时分返方壶斋与三道栅栏两地，回到原来岗位，继续其为和平民主之宣传工作。至于"中央社"关于此事一再歪曲真相、蓄意污蔑，并为特务分子脱罪，实极可笑，不值一驳。

（《晋察冀日报》1946年4月11日）

新华印刷局等致函慰问"四三"事件被捕同志

【新华社晋察冀总分社十一日讯】张市新华印刷局、该局职工会及公路局汽车修理厂三单位，顷联合函慰北平《解放》报、新华分社等被捕同志，其原信如下：

一听到你们在平被国民党反动派非法逮捕的消息后，我们莫不愤慨万分！这是国民党反动派有步骤有计划的破坏行动，因为你们为民主事业的努力，获得了伟大的成就，使那些反动派嫉妒了，因此他们用尽一切卑鄙无耻的办法来限制和伤害你们。但是广大人民是拥护你们的，并由于你们的坚持正义和据理，终于光荣地走出牢门，恢复了自由。《解放》报照常出版了，发行量超过了四万份，这给了反动派一个多响亮的耳光呀！而且给他们一个警告——这盏民主灯塔是扑灭不了的！这盏灯塔还要光芒万丈！

（《晋察冀日报》1946年4月12日）

慰问北平《解放》报、新华社被捕同志

晋绥边区文联会电

【新华社晋绥十一日电】晋绥边区文化界救国联合会，获悉被非法逮捕之北平《解放》报及新华社人员重获自由后特驰电慰问。内称："你们遭受非法逮捕，证明你们是人民真正的喉舌。你们很快获得自由，证明正气终会压倒妖氛。愿与你们共同努力，为争取和平民主事业与肃清法西斯残余而奋斗到底，祝健康。"

东北廿余文化团体通电

【新华社东北十一日电】《东北日报》、新华社东北总分社等二十余报纸、杂志，顷致电慰问横遭北平国民党当局非法逮捕之《解放》报及新华分社诸同志。该电称：欣闻你们恢复了自由，并继续坚持阵地，为和平民主事业英勇奋斗。我们一直坚信，法西斯匪徒渺小的血手永远也不能扑灭你们这两座灯塔。"四三"事件暴露了国民党的横暴与无耻，同时也暴露了他们的脆弱和做贼心虚。我们东北新闻工作和文化教育工作者，谨向你们祝福，庆贺你们斗争的胜利，庆贺正义与真理的胜利。

由于国民党违背停战命令，增兵东北，进攻人民，长春线上烽火连天，工厂旷工，生产停顿。即在若干距离战场较远的大城市中，亦踯躅着法西斯黑暗统治的阴影，蹂躏人身、摧残言论、极尽凶酷。沈阳《新华日报》价值百万银币之器材，竟被抢劫一空。中苏友好协会领导下的《文化导报》，亦被迫停刊。而该报于丹民先生自被捕后，迄未释放。长春国民党当局施行着严格的新闻检查制度，一字一句，必先送审，言论出版，毫无自由。哈尔滨国民党当局正强购印刷纸张，实行垄断，千方百计地压迫中苏友好协会之《北竟日报》，且消息传来，国特机关已拟就步骤，一俟红军完全撤离，即将效沈阳暴行，向长春、哈尔滨一切主张民主的新闻机关大开屠刀。东北人民在国民党当局不抵抗主义政策下，身受十四年亡国奴的苦痛生活，由于敌人思想与文化的严酷统治，使他们的政治文化水准惊人的低落；因之在东北开展新闻与文化工作，宣传民主自由思想，极为必要，从事此项工作者，不但无罪，而且有功。但国民党法西斯分子，却用卑鄙手段百般摧残。难道这就叫作"恢复国家主权"吗？这就叫作"关怀东北民生痛苦"吗？实际上，他们是在蒙上人民的眼睛，闭住人民的嘴巴，把人民拖回到暴力与黑暗统治中去。证诸东北今天的严重情况，国民党一党专制与法西斯独裁的情势将继续加剧，因之你们这次的斗争虽然已经得到了胜利，但是前途还有更多的曲折和困难。国民党当局虽然被迫释放了你们，但是他们还没有在全国范围内，特别是在东北纠正其错误罪行。我们必须再接再厉坚，决要求真正执行全国的和平民主自由，停止东北内战，取消一切特务机关，严惩摧残东北民主言论及北平"四三"事件的凶手，并保证以后不发生同类事件，赔偿沈阳《新华日报》、北平《解放》报、新华分社等的一切损失。署名者有：东北日报社，新华社东北总分社第一、二、三、四分社，民主日报社，安东日报社，远东日报社，哈尔滨日报社，北满日报社，吉林人民日报社，长春日报社，胜利报社，佳木斯人民日报社，黑龙江日报社，东北杂志社，知识月刊社，耳山杂志社，辽北杂志社，辽北半月刊社。

(《晋察冀日报》1946 年 4 月 13 日)

晋冀鲁豫各界慰问"四三"被捕同志

【新华社晋冀鲁豫十二日电】边区各界对于"四三"事件及遭受被捕同志慰问电报如雪片飞来。太岳区《新华日报》《曙光报》《前报》等十三家报社，在慰问钱俊瑞等同志的电文中称："对你们威武不屈、坚定不拔的意志，战胜法西斯的暴行恐怖，表示无限的钦佩和慰问。"冀南文化界联合总会慰问电中要求蒋介石履行他的四项诺言。冀鲁豫职工总会打电报质问蒋介石："为什么不讲话算数？"太行《新华日报》及全区五十三县的地方报纸，联合通电，表示愿为北平《解放》报等诸同志后盾。太行军区政治部举行全体干部大会，每人都激愤的控诉国民党法西斯派对中国进步文化事业的暴行，并坚决支援北平《解放》报及新华社同志。太行行署亦于十日发出通电，要求国民党蒋介石彻底执行政协决议，解散特务组织，严惩历次事件凶手，道歉赔偿损失，保证永不再发生同类事件。现全区已热烈展开支援北平《解放》报、新华社的签名运动。

（《晋察冀日报》1946年4月14日）

冀中二十四个团体抗议北平"四三"罪行

【新华社晋察冀总分社九日讯】冀中电：北平国民党当局四月三日非法拘捕《解放》三日刊及新华分社编辑及搜查滕公馆事，传到冀中后，冀中二十四个机关团体代表及边区参议员王九荃先生、教育界前辈成汉三先生等紧急集会座谈。会中刚由北平来此的柳希夷女士历述北平特务为搅乱《解放》三日刊的情形及市民订阅该报的热烈情形。与会代表均对此次北平国民党当局蹂躏人权、摧残言论自由的罪行纷纷发言指斥，群情激愤，当即通过致电蒋介石抗议，并电慰被捕回来的民主战士。

（《晋察冀日报》1946年4月14日）

如此"检查户口"?[①]

余修

四月三日深夜,当我们正在睡梦中,传达室的工友气喘喘地跑上楼来,先喊醒了我,说是门外有人,声称检查户口,接着把同屋的三位同志也给弄醒了。

"为什么深夜突然来检查户口?"迟疑地思索着,刚好穿上衣裤时,听见楼下地板发出杂沓的咚咚的脚步声。知道来的人不少,并且是气势汹汹的。

马乃庶同志匆匆地迎头赶下楼去,只是一二分钟的时光,在走廊里、每个房间门口,涌现出大批手按机枪、刺刀明晃晃的武装人群;九十二军、男女警察、宪兵、侦缉队,还有来往巡梭鬼头鬼脑的特务分子。

在灯光明亮的寝室里,忽然挤满了一屋子横眉竖眼的面孔,接着枪口对着胸口,翻箱倒柜地进行搜查了。

在桌子上有一张碎纸片,一个便衣人很敏捷的手脚,抓过去看两眼。从延安我们新带来的书籍里,他像要发现什么似的翻来翻去。从我们每人的被褥、箱匣、办公桌的每个抽屉、文书柜子甚至把一支钢笔杆,也用"调查统计"的眼光,想拧开笔杆,愿意发现出什么似的,疑神疑鬼的,不停手地在检查。

我们问他:"你们到底是检查户口,还是做什么?"他们却横蛮地回答:"检查有无武器。"

奇怪!难道一个笔杆里也能藏住"户口"?还能藏匿什么神秘的

[①] 按,此篇及下文《糊里糊涂地抓进来 明明白白地放出去》《为人民争气——方壶斋反特务斗争的一幕》两篇,均为《"四三"事件特辑》。刊前有编者按如次:以下三篇文章,都是记述四月三日北平《解放》报、新华社分社被非法搜查事件的。为抗议此次法西斯暴行,慰问我们二十九位英勇战士,纪念他们的斗争胜利,特集中发表。

武器!

他们在检查女同志了,特务分子指使那些女警察们,让她们解开纽扣浑身来搜,让我们的女工王佩璋脱掉鞋子、脱掉袜子检查,甚至连鞋底的鞋垫子都弄开来检查。

奇怪!难道靠身的衣裤里能匿藏户口吗?鞋底的鞋垫里能藏匿什么武器!

我们住屋的墙壁,都遭到可耻的枪托子的敲打,我们的地板也被他们用木棍来敲打,还用脚蹬着地板,并问:"你们这里没有地窖子吗?"把我们报馆看成一个随处都能藏匿军火和衣服里都能隐藏户口的地方的人,他们遭到了现实的反击。

一个特务分子在偷听和检查后,自言自语地说:"这样大的一所房子,竟没有一点秘密。"

非法搜查扑了空,只好悻悻地给我们具结,说我们没有违禁物品。

当失掉了任何借口的凭依时,他们这群特务分子终于用手枪威胁我们了,以行凶的态度来无理地横加逮捕,特务们不敢和我们讲理,凶神恶煞地指挥军警宪特来做非法的逮捕,悍然不顾一切,公然侵犯人身自由,甚至殴打我们的同志。

我们的社长钱俊瑞同志,明明他是我们报社的户主,他是第一个报了户口的人,但他是第一个被捕的人。

明明是特务分子破坏和平、破坏政协决议、侵犯人身自由的罪行,有些不知人间羞耻事的人们,却在一些报纸上装腔作势、粉饰罪行、歪曲事实,说什么"检查户口"!以图用一副肮脏的麻布来掩住自己丑恶的面貌,我要把当时的实际情形宣布,揭穿这张丑恶的鬼脸。

(《晋察冀日报》1946年4月14日,《每周增刊》副刊第11期)

糊里糊涂地抓进来　明明白白地放出去

——警察局内二日纪实

张蓓

我们二十九人，三日早晨六点钟，在特务分子张清①、赵耀南指挥下，被八十余军警宪特，在刀刺、拳殴和绑架下，非法押往梁家园外二分局。沿途民众，均以同情的眼光注视着我们，纷纷询问发生了什么事情。但是人民就连这一点讲话、观望的自由也没有，特务们一路上用枪刺打散群众，一个洋车夫因为来不及避开，挨了重重的四下枪托。九十二军、宪兵、便衣特务，两人架我们一人，不断呼喝"快走，快走！"稍走慢一点就得挨打。

到了外二分局，把我们押在一个空房里，四周布满警宪，拒绝我们见关在对面小屋中的钱俊瑞同志。但是，俊瑞同志终于听到我们的声音了，他冲破阻拦跑进院中的花圃，毫无惧色地向我们高呼："同志们来了！"刚讲完，就被他们拖拉进去。

这时，为了逮捕我们而一夜没有睡觉的警察、侦缉队员，散布在走廊上。我们便和他们交谈起来，首先告诉他们，我们是共产党报纸的工作人员，是为和平民主事业而奋斗的，没有犯任何法，接着问他们奉谁的命令来逮捕我们的。起初只有少数的几个警察来听，接着越来越多了，纷纷向我们诉苦。一位警察说："没有办法，这是上面的命令，不去，饭碗就保不住。昨晚十点钟，宪兵十九团、九十二军、警察总局由那个叫张清的指挥，就在这里集合，说是要去检查户口，谁知干得这么一回事！"一个侦缉队员说："我是同情你们的，上面

---

① 按，有关"四三"事件敌特指挥者中，前文多处提及警备司令部张靖、警察总局赵耀南。此张清疑为张靖。

原来通知我们去捉'白面鬼',哪知把你们这些好人都抓来了。"接着,很多警士都围拢来,打听解放区的消息,因为他们的家乡很多是在冀东和冀中解放区。庭院里,另外几位无故被强拉进来的附近居民,在替警察局修理花圃。当我们和他们攀谈起来时,他们说:"咱们拉到这儿来作工,不但没有钱拿,还要吃自己的饭。"

中午过了,执行部得到了消息,派李聚奎少将、高棠处长携带食品和中共代表团的慰问信来了。当我们这群失去自由的被侮辱者见到自己的同志时,激动得眼眶充盈了泪水,我们斗争的信心增强了。

由于外二分局将用抵赖、欺骗的手法,不接受我们所提的立即恢复自由、惩凶、道歉等三项要求,交涉迄晚毫无结果。

"我们糊里糊涂地被抓进来,要明明白白地放出去!"这是我们在四日斗争的口号,团结一致,坚持三项要求的实现。

下午二时,外二分局把我们二十九人押上一辆黑色的囚车,解往警察总局。车子很小,除我们外,还加上好几个押送的警察,车上自然又挤又重,不让车子从大门出去,偏偏要走一个又小又狭的旁门,开车的猛然一冲,车子砖墙猛烈相擦,新华社的工作人员张鸿烈同志的左手指顿时被轧断了,鲜血直流。对于法西斯分子这种把人命当儿戏的残忍行为,激起了大家高度的义愤。但是,由于车子已远到大街上,为了把我们的被捕告诉北平的市民,一路上我们高呼:"反对非法逮捕!保证人身自由!"一直到警察总局。

到了总局,我们立刻要求该局迅速派车,将张鸿烈同志送进医院,但一直等了半小时,无人过问。我们的愤怒再不能忍耐了,一方面要他们□陈局长赶快出来见我们,一方面打电话告诉执行部中共代表团。但是,电话立刻被该局人员切断,声称奉上级命令不许和外面通话,我们据理力争,仍然无效。此时执行部已派车来,送张鸿烈同志到德国医院,特务分子连一个负伤送医院的人都不放心,派了一个人跟去，我们问他姓什么，他说姓刘，但在十分钟以前，这个特务分子曾告诉好几个同志说他姓周。这时大家群起责问："你到底姓周还是姓刘？"该特务脸色苍白吞吞吐吐地说："我过去姓周，现在姓刘！"周围警士、犯人都哗然大笑，该特务乘机溜远，一切卑鄙龌龊的事都在特务分子身上，找到了活生生的形象。

四时，执行部中共代表团罗瑞卿参谋长、李克农同志、宋时轮少将、黄逸峰少将、韦国清等同志来看我们。罗瑞卿同志激动得说不出来，所有的人都流泪了。回答瑞卿同志的这种深挚的慰问，大家激动地高呼："坚持正义！保证人身自由！取消特务机关！"李克农同志并立即和警局交涉，要他们保证被捕人员的三项自由：一、打电话的自由；二、送牢饭的自由；三、不受虐待的自由。

天已黄昏，警局仍在迟延之中，此时叶委员剑英、滕参谋长代远等来总局，与该局局长陈焯交涉。最后，陈局长答应立即释放并当场向我们道歉，并保证对《解放》报、新华社不予歧视。我们为顾全和平民主大局，全体同志乘车鸣爆归来，庆祝正义的胜利，庆祝恢复人身自由，重新回到为和平民主而奋斗的工作岗位。

(《晋察冀日报》1946年4月14日，《每周增刊》副刊第11期)

为人民争气

——方壶斋反特务斗争的一幕

范元甄

检查户口早已完毕，天亮时分，二百多全副武装荷枪实弹的军、警、宪、特又冲进来，把社长钱俊瑞同志与马秘书变相拘捕了。武装的暴徒们径往各个房间吼叫："出去，都出去！"

特务就是这模样！

那个穿绿呢军服、绿大衣、佩少校领章但无任何符号臂章的特务匪徒，手执驳壳枪，大声指挥军、警、宪："抓去，都抓去！没有道理可讲。"同志们向抓人的凶手索阅逮捕公文。得到的回答是殴打："不给他们讲……抓去！"许多已有户籍的同志也被暴打。我们向警官询问："我们是有户籍的公民，为什么你们不保护？"警官只摇头："……你们出去就知道了。……"那个穿绿衣的家伙又冲过来："把他抓去，不要讲！""都抓去，没有道理，就是没有道理。"就是这样，三四个武装暴徒拖一个我们的同志，刺刀、驳壳枪、拳头、枪托……连打带侮辱地劫走了我们二十九个同志。

剩下的人也被他们殴打着拖到门外。但是我们哪儿也不去，我们询问包围我们的军警宪："那个穿绿衣服的是什么人？他是哪一机关的？"回答是："我们不知道他。""凡是宪兵，都是穿我们这衣服，有我们这符号、臂章的。别的人我们不知道。"宪兵们说。九十二军的士兵也不承认那是他们的长官。然而他却可以指挥全部军警、宪兵。

我们二十几个全围上去质问警官："你们既是治安机关，为什么不制止他行凶？"我们要求交出那个特务。那个绿衣特务在屋里横行完了，站在院子里。我们在门口，警官拦着门。二十几双眼睛盯着，二十几双手指着，要他说出姓名，要他交代来历。我们质问警官："你们为什么保护打人的凶手？"警官辩护说："你们放心，他跑不了。"有的警官还替他辩护，那特务匪徒却高叫着："我打了，是我打了人，怎么样？"

这时候天已经大亮，太阳高照了。尽管全副武装的军、警、宪特把守着胡同，害怕人民看见这幕丑剧，男女老少还是聚在胡同口向里张望。警察驱散了他们，一会儿又围拢来了。我们的同志们走上去向他们诉说真相,告诉他们:"因为我们的《解放》报专门替老百姓叫苦,我们说北平的老百姓太苦了,连窝窝头也吃不饱。我们反对特务欺压人民,就因为这些个,触犯了特务们,他们半夜三更带了军队、宪兵、警察来抓我们打我们……"一张张营养不良的黄脸向着我们,目光中充满着同情与共鸣,有的在点头。一位中年妇人说:"先生,平一平气,慢慢儿说。"

"老乡们,你们看吧,日本鬼子赶走了,中华民国了,还是这样子。这批人是你们出捐、出税、出血汗供养的,他们却来欺负中国人。北京城里有的是日本人,有的是汉奸,他们为什么不去抓?"

这种卑鄙行为是不能见太阳、不能见人民的。那个两小时以前如狼似虎的为首的特务分子,竟拿着手枪从屋里跑出来,准备溜走。我们一致指着他:"特务,特务,他就是凶手!"特务惊慌了,枪口指着我们,张皇地寻觅遁路。同志们更严厉地指着他:"特务,特务!"

"开枪,开枪,怎么不开枪!"特务疯狂地向周围的军、警、宪叫着,给他自己壮胆,一面沿着墙根,拔腿就跑。同志们和一大群老百姓追上去,我们没有任何武器,我们只有正义;我们丝毫不伤害他,我们只要指给人民看:"特务,特务。"特务仓皇地跳上一辆黄包车,反身用枪指着我们,我们和群众的呼声像雷鸣,特务吓得又跳下车,更快地跑了。

我们回来时,许多邻居都站在门口看这场面。有一位先生说得好:"为什么现在还有特务?"是的,北平人民经历过日寇的特务统治,记忆是惨痛的。他们要问国民党当局:"为什么现在还有特务?"

下午,我们曾去拜访街坊四邻,为他们受惊而致歉意。他(她)们说了这些意义深长的话:

"总听说特务特务,今天可是亲眼看见了。特务就是这横样!看了去还是个不小的'官儿'哪,真丢人!"

"他们把我们关在门里不叫出来。我们只听见你们说理,那些带枪的人一声也不吭，敢情他们没理呀，有什么可说的。"

"你们有胆量，能行，平常老百姓叫他们要抓就抓走，谁敢……"

是的，我们的斗争不是为了我们本身，我们是给老百姓争气的！

老百姓的官司打赢了？

四日晚上，非法被捕的同志要回来了。方壶斋九号大门前悬着鲜红的欢迎的旗帜、标语，门灯大亮。街坊四邻都围在门口，大人、小孩都笑着，知道我们的同志要回来了，他们都拍手欢呼。一个中年的人说："露脸的总是露脸，现眼的还是现眼。先生们，你们别生气了。"（意思是，以我们同志的光荣归来与昨天特务的持枪逃跑对比。）我们告诉他们："咱们老百姓的官司打赢了！""好哇，好哇！"一阵阵掌声与欢呼不息。我们也告诉他们，这次非法逮捕的人中间，还有解放区来的交涉往北平运粮食的代表，又向他们介绍解放区人民的生活。"那种生活好不好？""好！"是欢呼与鼓掌。"北平老百姓要不要过那样的日子？""要！"又是欢呼与鼓掌。"我们的报纸就是代表大家天天要求过那样的日子。"

汽车来了，老乡们鼓掌欢迎，和我们一起喊口号："咱们老百姓的官司打赢了！"当被恢复自由的社长钱俊瑞同志来到，向老乡们致谢，报告被捕被释经过时，一位老太太高兴地说："辛苦了！好好休息吧。"不停地鼓掌，不停地唤呼。钱社长说："谢谢大家！""人民的力量是多大呀"，"老百姓一定能够胜利的！"这时我们的感情和老乡们交融在一起。自从到北平以后，还没有见过北平人民如此兴奋和欢喜。

我们向大家道了"再会"，门口的大人、小孩还是许久不散。

（《晋察冀日报》1946年4月14日，《每周增刊》副刊第11期）

北方文化社启事

为哀悼王若飞等同志的遇难，《北方文化》半月刊特另编纪念十七位烈士的临时增刊，于本月二十号与第四期同时出版。

四月二十号

（《晋察冀日报》1946年4月20日）

本市各旧剧院筹备旧联基金　自动唱义务戏

【新华社晋察冀总分社十九日讯】解放后，本市各戏院纷纷成立旧剧联合会分会，对戏院营业及职演员社会地位的提高、生活改善、改造旧戏为人民服务方面，都起了巨大的作用。因此半月前，由各分会发起成立旧剧联合会总会筹委会。旧联总会的方针是团结和改造旧艺人、建立子弟班、抚恤老弱、帮助贫困旧艺人。最近民主影院停演一周，天凤魔术团一周来的伙食均由旧联总会帮助解决，各分会所有会员鉴于有在总会建立和扩大基金之必要，乃自□愿唱义务戏，以收入作为总会基金，总会乃决定各院于二十二日晚场为义务戏。

（《晋察冀日报》1946年4月21日）

华北联大成立业余剧团　"五四"前后将活跃街头

王尔明

【新华社晋察冀总分社二十二日讯】华北联大同学在参加劳军、

市选几次的秧歌宣传活动中,由于得到张市群众的热爱和拥护,更加强大了他们参加社会文娱活动和为群众服务的信心。为了把这个工作做得更好,使它成为经常的,以及配合这次扩大纪念"五四"的各项活动,由学生会发起,自由报名,成立了一个业余剧团。现在团员已有一百七十五人,并聘请凌风、徐胡、李焕之三同志,为剧团导师。

现剧团正着手积极布置有关"五四"的各项具体工作,如组织合唱团、发动大家创作等,现已写好的和就要写好的剧本,已有二十个(包括秧歌剧、话剧等)。并拟于"五四"前后,在联大礼堂和各街头,分别公演话剧和秧歌剧;一些好的剧本还准备出版,以供张市其他各学校、各机关团体的采用和参考。

(《晋察冀日报》1946年4月23日)

北平文协召开第一届理监

【新华社延安二十三日电】北平讯:中国文艺协会北平分会,十二日下午召开第一届理监联席会议,到沈兼士、齐如山、陈北鸥、光未然、张恨水、马彦祥、高兰、盛家伦、周扬、金岐等二十余人,当议决要案多件,并推选张恨水、齐如山、周扬等人任常务理事,推马彦祥为分会董事兼总务。① 分组干事沈一帆为出版组董事,光未然为研究组干事。常务监事则以不足法定人数,下次联会时补选。该会以"五四"为文艺节,扩大举行庆祝,届时决定发行特刊,并举行文艺界座谈。又,成立青年文艺顾问会,聘文协会员为该会之顾问。

(《晋察冀日报》1946年4月26日)

---

① 按,此段文字原影印件多处漫漶不清,据1946年4月22日《解放日报》校补。

晋冀鲁豫文联成立

【新华社晋冀鲁豫二十三日电】在边区文化座谈会末次大会上,边区文联已正式成立。当选出范文澜、张磐石、任白戈、荒煤、黑丁、曾克、张香山、王振华、高沐鸿、王玉堂、魏克明、莫循、朱介子、鲁西良等三十一人为理事。范文澜、荒煤为正副理事长,并聘请边区杨秀峰主席、军区张际春政委为名誉理事长。当决定文联地址设于邢台,并出版一综合性的刊物。①

(《晋察冀日报》1946年4月26日)

中华全国文艺协会张家口分会成立

丁玲、沙可夫等二十三人当选理事

【新华社本市讯】由边区文联提议成立中华全国文艺协会张家口分会后,经半月余的积极筹备,已于二十四日上午十二时,假联大小礼堂召开成立大会。到会者,有文化界老前辈、创造社健将之一的成仿吾,边区文联主任沙可夫,作家丁玲、萧军、萧三、艾青,戏剧家张庚、舒强、钟敬之、汪洋,美术家沃渣、丁里、江丰、古元,音乐家吕骥、向隅、周巍峙及其他坚持抗战八年的文艺工作者百余人,来宾有于力、刘皑风、胡开明等。首先推选主席团,丁玲主持开会,继由成仿吾致开会辞,略谓:文协分会成立是为了进一步组织张市的文艺运动和文艺创作,以应目前需要,并大量向外介绍,俾能与全国

---

① 按,此段文字原影印件多处漫漶不清,且人名用字有与历史不符者,均据1946年4月24日《解放日报》改补。

文艺界取得密切联系。当国民党反动派阴谋破坏政协决议，在反动逆流空前严重的今天，文协成立更有其重大意义。他并肯定地说："经过多年战斗的晋察冀文艺工作者，一定能担负起这个艰巨的任务，把全国文艺运动推进一步，为实现和平、民主而奋斗。"致词毕，筹委会主任沙可夫报告筹备经过，并谓：今天张市已成为晋察冀解放区的政治和文化中心，在张市的文艺工作者现有三四百人，需要组织与团结这一力量，以迅速开展张市及边区的文艺运动，把八年来解放区军民英勇斗争的生活介绍到全国去，与全国文艺界携起手来。来宾刘皑风、于力、胡开明等讲话，均认为八年来晋察冀解放区的文艺工作，循着毛主席为工农兵服务的文艺方向，曾做出了不可估量的成绩，希望今后在八年斗争的基础上，把文艺运动进一步开展起来，大量的创作。自由讲话时，张仃、欧阳凡海一致提出大力组织文艺创作，开展工厂学校及社会的业余文艺活动。萧军起立讲话，告诉大家他将离开张家口，但仍愿与大家共勉，为毛主席、鲁迅的文艺方向而奋斗到底。在讨论会章的时候，全场情绪极为热烈，会章的每一条款，都经过争论而后表决。理事的选举，是自由提出四十六候选人，票选二十三人为正式理事，六人为候补理事，会员们都慎重地考虑投票，开票前讨论提案，进一步开展群众文艺运动，帮助与奖励文艺创作，组织业余文艺活动，出版综合性的文艺刊物、文艺丛书等二十余件，最后并通过向毛主席、朱总司令致敬，向东北民主联军致敬，大会宣言，致全国文协与各地分会电稿数件。晚间，由联大文艺学院与文工团举行盛大的音乐晚会，庆祝文协分会的成立。晚会开始前，沙可夫同志在掌声中登台，报告选举结果，计丁玲、沙可夫、吕骥、丁里、艾青、萧三、成仿吾、周巍峙、沃渣、古元、江丰、张庚、康濯、冯宿海、钟敬之、邓拓、李焕之、于力、舒强、王血波、张舒、向隅、沙飞等二十三人当选为理事。闻理事会不日即将举行第一次会议，具体商讨工作进行。

宣　言

在全国人民坚持抗战的八年中，我文艺界继承了"五四"以来的革命传统，度过了极其艰辛的八年。在大后方，文艺工作者虽经常迫处流亡饥饿，但仍奔走呼号，反对妥协投降，与检查制度，与特务警察，与一切黑暗势力，百折不挠地斗争；在敌后，文艺工作者深入群众，与人民一起，冒枪林弹雨，历经日本法西斯和顽固派的扫荡袭击，烧杀掳掠；在沦陷区，更孤军作战，保持民族气节。我们走过这苦难的八年，我们牺牲了很多亲爱的战友，但我们一直在抗日战争的旗帜下，为争取独立、自由、民主、统一和富强的新中国而奋斗，我们团结、英勇、进步，我们毕竟胜利了！

现在是敌人已经倒下去了的时候，法西斯在世界上已趋于灭亡。中国也进入了和平民主建设的新阶段。但国民党反动派却勾结敌伪残余，蓄意破坏和平团结，制造内战，以逞其专制独裁之私，到处调动军队，进攻东北民主联军，蚕食民主自由的解放区。在国民党自己统治地区，人民益加凋瘵，特务更加横行，最近北平、济南、南通相继发生血案，杀害进步人士，殴辱青年领袖，卑鄙残忍，无以复加。我们誓必继续八年来的团结英勇，向国民党反动派顽强斗争。为争取和平民主，为实现政协一切决议，为争取言论、集会、结社、出版等自由，我们将尽我们所有的力量，贡献我们的一切。

我们在此向美国的作家、文艺工作者和全体美国人民呼吁，立即动员起来、组织起来，更有力地用各种方法要求美国政府继续公平地调解中国内政，停止帮助国民党运送军队赴东北扩大内战，反对有助于中国反动派进行内战的中美借款，以保证中美两国人民的传统友谊，巩固世界的永久和平。

现在为了齐一我们的步伐，整肃我们的队伍，与全国文艺界取得更密切的联系，我们响应全国文协总会的号召，在张家口树立起分会的大旗。我们愿与全国文艺工作者团结一起，斩除荆棘，携手前进，走向光明，走向胜利。

向全国文艺界伸出友谊的臂膀。

向在抗战中死难的文艺工作者致最沉痛的悼念。

新民主主义的文艺运动万岁！

和平、民主、统一、富强的新中国万岁！（中华全国文艺协会张家口分会）

四月二十四日

致总会及各地分会电

重庆中华全国文艺协会总会并请转各地分会：

张家口解放后，我文艺界同仁先后来张市者已有二三百人，最近为了更大规模地展开文艺工作，发起组织全国文协张家口分会，于四月廿四日假华北联合大学召开成立大会，到会员百余人，选出理事二十三人（名单另附）。兹特电请总会加以认可，并略述数事愿与全国文艺界同仁共同奋斗：

一、贯彻为人民大众服务的文艺方针：一九四二年延安文艺界座谈会上，毛泽东先生指出了文艺应为工农兵服务的方针。此后，解放区文艺工作即飞跃发展，产生了大量的受人民大众所热烈欢迎的作品，也产生了不少群众自己所创造的作品。在解放区，文艺已成为广大人民的日常需要。在解放区，文艺工作者已和广大人民相结合。我们一定要继续坚持这个方针。

二、要求实现四项诺言：除了解放区之外，中国的广大人民依然在过着暗无天日的生活，连起码的言论、出版的自由也得不到，演讲要受殴辱，办报要遭逮捕，特务横行天下，惨案屡屡发生，人民的生命没有保障。我们必须坚决要求蒋介石实现他的四项诺言，保障言论、出版、集会、结社等自由，取消一切特务组织。

三、为和平民主团结起来：中国目前存在着严重的内战危机，这个局面是由国民党内法西斯派所一手造成的。我们文艺界同人，必须保持"五四"以来的光荣传统，为国家的民主化而努力奋斗；我们坚决反对内战和独裁的局面继续存在。中国必须是和平民主的中国，中国人民必须在世界上享有自由幸福的生活权利。国内一切问题必须以政治协商的方式在公平合理的基础上求得解决，反对国民党借"接收"名义向解放东北的民主联军与东北的和平居民进攻！

全国文艺界团结起来，为和平民主而奋斗到底。（中华全国文艺协会张家口分会）

（《晋察冀日报》1946年4月28日）

上海民主刊物抗议南通惨案

【新华社华中二十七日电】上海民主刊物对南通惨案纷纷提出严重抗议。《民主》周报编者郑振铎在该刊二十六期著文称："这是什么世界？我们疑心这是地狱里的新闻，不是来自天日清朗的人世间的。"郑氏除对死者致沉痛之悼念外，并提出五项要求。（一）立即释放所有被捕人士；（二）立即惩凶；（三）由政协会及政府派员彻查这次血案经过，并严惩所有与这次血案有关的官吏与特务；（四）政府保证各地今后不再有类似血案发生；（五）抚恤死者家属，并为死者孙平天先生等举行公葬，树碑永志纪念。《周报》第三十二期载《抗议南通惨案》一文，指出"每人国家都有其害群之马，中国则把这些人当作国宝，权力驾军警而上之，驾地方官吏而上之。一若除此等人而外,则无可驱使的人,除特务外,别无统制办法。"并称:"中国现在越是小城市里,越是暗无天日,南通血案就是证据。"

(《晋察冀日报》1946年4月30日)

冀东军区文工团成立

【新华社晋察冀总分社三日讯】冀东电:冀东尖兵剧社自日寇投降,即配合军事反攻,奉命挺进东北,在山海关、锦州、义县、赤峰及承德等地,演出五十多次,始返回冀东。现为加强阵容,全力开展乡村文化艺术工作,于上月十六日与文工团合并,成立冀东军区文艺工作团,分文、音、美、剧四队,由李劫夫任团长。

(《晋察冀日报》1946年5月4日)

全国文协张家口分会第一届理事会首次集会

沙可夫等九人当选常务理事

【本市三日讯】四月二十九日全国文协张家口分会,召开第一届理事会第一次会议。此次会议除推选出沙可夫、丁玲、萧三、吕骥、艾青、江丰、丁里、张庚、周巍峙等九人为常务理事外,经热烈讨论决定,开展群众文艺运动,发展与奖励创作以及编辑出版文艺刊物及丛书籍。最后出席会议各理事一致认为,今后文协一切工作必须掌握面向群众、为群众服务的方针,以完成在为和平民主而奋斗的目标下建设新民主主义文艺的重大任务。

【又讯】全国文协张家口分会,于四月三十日召开常务理事会第一次会议。会上关于各常务理事分工问题经详细讨论后,一致决议:

沙可夫为主任、丁玲为编辑出版部部长、萧三为研究部部长、周巍峙为总务部部长，其他常务理事分别参加各部负责工作，并聘任成仿吾为奖励委员会主任、陈明为文化俱乐部主任。此外关于经费预算，建立各种工作机构，配备干部等，均有具体布置。据悉，该会拟即日着手进行征求会员，积极筹备设立文化俱乐部等工作云。（编者按：该会临时办事处暂设联大校部。）

（《晋察冀日报》1946 年 5 月 4 日）

上海大学教授无法生活　万人掀起自救运动

四川大学教授纷起响应

【新华社延安二十八日电】上海目前百物飞涨，人民生活濒于绝境，即素称"崇高职业"的大学教授，也陷于深刻的痛苦中，从而教授不得不起来抢救他们自己。据上海《时代日报》称：国立交通大学教授以生活艰苦，要求从速调整待遇，使能乐业。该校教授曾以教授目前每月所获尚不及国有银行工役三分之二，特电当局，呼吁改善，并具体建议按照物价指数倍数并□薪级累进的增加薪金，俾□目前入不敷出不可终日之况，有所解决。否则，唯有放弃教学，另改他业了。上海各大学教授联合会于招待记者会上，申诉着他们生活的苦痛。教了十九年书的老教授潘健卿说："我的六个上学的孩子，单是学费就需十二万元，我的月薪平均只能用一个礼拜。"教授们曾经多次试验，都没有超过上述数字，只一位新自重庆来的教授，他每天关在房里不出门，而房租费电费又不必缴纳，这样一月的薪金才算支持了十八天，但已是令人惊诧的"节省俭用"的最高纪录了。教授们还得不到领取实物分配平价物品的优待。祝百英教授愤愤地说："我们比不上一般公务员生活，铁路职员每月还可以领到三分之一吨的煤,复兴公司可以领酒精,盐务局可以发盐,纺纱布管制局可以先得布匹,许多机关科长以上的人还可以在外兼个挂名的董事顾问之类的拿一点干薪水。我们呢?教育部有明令不准兼职,如有兼职以贪污论罪,起码开除教授资格两年,并不准别的机关收容。"

在这种生活重担之下,上海的教授们也穿起补绽衣服来了,他们多半在家兼任了劈柴、烧火、抱孩子、买小菜等庸妇的职责。为此,戚成一教授感慨地说:"这样下去如何能安心生活、安心教书呢。"

据称,目前已有百分之三十的国立大学内教授因为无法生活而改了行,教授们声称已发动一万个国立大学的教授,一致来参加这一自救教授的运动,如果政府不在限期内做圆满的答复,他们便采取全体教授(包括校长)总辞职、总改行。临时大学务教长兼交大电机系主任钟兆琳老教授激昂地表示:"这种摧残文化、摧残教育的政府,容不下我们,我们只有到可以容纳我们的地方去。"(材料见《大公》《正言》两报)

【新华社延安二十四日电】沪讯:上海国立各大学教授十日起全体罢教后,二十一日教育部部长朱家骅竟以经费拮据为词,拒绝接受增薪要求,并图强迫复教。现各大学教授仍据理力争中。又,沪市私立中小学教职员代表四百余人,二十一日晋谒朱家骅,要求提高待遇,朱竟拒绝接见。

【新华社渝二十八日电】国立四川大学教授刘运龙、周太玄等八十五人,顷对上海各国立大学教授之罢教,表示深切同情。同时反顾川省教授之生活,与沪市教授同样困苦万分,及于二十四日起,全体罢课七天,并发表宣言,要求全国立即改善全国教授之待遇。

(《晋察冀日报》1946年5月4日)

中原解放区文化界电慰陈瑾昆教授

【新华社中原二十九日电】中原解放区文化新闻界闻悉北平中山公园事件，对特务暴行极为愤慨。该区《七七日报》及新文化社等团体，特致电慰问北平国大代表选举协进会并转陈瑾昆、江绍原教授及被殴的青年代表，并致电慰问北平美新闻处处长福斯特氏。致福斯特电内称："你曾亲到中原区访问此间军民遭受围困的事实，并曾为之呼吁，我中原区军民念念不忘。此次你又去中国人民争取民主队伍中，同遭反动派殴打，我们谨致慰问之忱。"

（《晋察冀日报》1946 年 5 月 5 日）

华中建大、山东大学合并

【新华社山东电】华中建设大学全体教职员学生六百余人，已于上月中迁□抵临沂。现山东省政府已决定建设大学与山东大学合并，仍名山东大学，暂设政治、经济、文艺（包括文学、艺术、英语、新闻学等班）、教育、医学五系。现已聘定省府民政厅宋副厅长日昌为政治系正主任，建大何封教授为副主任；省府薛秘书长暮桥为经济系主任；建大李仲融教授为文艺系正主任，新四军军部山东军区文工团团长陈×美为副主任；省府教育厅杨厅长希文为教育系正主任，建大王淑明教授为副主任；新四军军部山东军区卫生部崔义田部长为医学系主任。现两校合并后全校同学已达二千人。

（《晋察冀日报》1946 年 5 月 5 日）

张市文化界、青年界昨日欢度"五四"佳节

纪念大会定今日举行

【新华社本市讯】昨日"五四"纪念日,张市各工厂、机关、学校、部队的青年都自由愉快地欢度此佳节。张家口广播电台并有特为青年预备的节目及边青联主任许世平、张市青年参议员陈颖的演说。纪念大会定于今日上午十时在长清路广场举行。张市文化俱乐部亦于昨日晚举行跳舞会。

【新华社本市四日讯】今日"五四"青年节,张市第八区召开纪念大会,到会青年农民、教员、学生、儿童三千余人。会上报告五四运动历史及讲述当前政治形势,号召青年农民要将生产与学习结合起来,并具体决定今后要将夜校、识字班改成午校(利用歇晌空闲来学习),青年在村内要起模范作用,加紧生产,组织青年拨工组;教员学生说要继承"五四""一二·九"光荣传统,坚持民主教育方针。大会对国民党反动派破坏三大协议、扩大内战,均表极大愤慨,特决定致电北平军调部,要求督促国民党停止东北及全国各地内战,百分之百的实现三大协议,蒋介石应实行四项诺言,取消特务组织,保障人民一切自由,并要求国民政府保障农民有地种、工人有工作、学生有书读。

【新华社本市四日讯】张市各大中学今天都在欢快地纪念"五四"青年节。女中同学座谈了"五四"的意义和同学们的感想,联系谈到目前时局;市中与十一小学举行联欢,并以"红五月"为题座谈;商校同学与本校教员赛球,同学优胜;商中同学又与农校进行篮球赛,农校获胜;其他各校篮球赛,因忙于准备晚会,延期举行。医大"五四"秧歌队,今日上午十时许,即开始在街头活动,并在

露天市场附近与车站演出两天，观众二千余人。今天晚上，由医大、女中、商校、农校、工专等校在市立剧场演出话剧《把眼光放远一点》《一朵红花》《定契约》等节目，联大礼堂由联大与新华印刷局青年工人演出话剧、歌咏等节目。今天人民剧院半价招待青年，各校同学均结队去看苏联影片《不可侵犯的边疆》，明日为其他各戏影院招待青年。

【又讯】四区三校、七校、十校、□高，于"五四"召开时事座谈会，会前数日区青联即发出指示，要求各校在讨论目前形势中进行对"五四"的回顾，以便对"五四"有进一步的了解。大会发言中，充分表现了全体到会教员对时局之关切。对国民党反动派大量运兵东北，围攻中原企图扩大内战之阴谋，经过讨论后认识更较深刻。当研究到学校工作时，不少教员都要求青联加强对各校之学习领导，提高教员之政治文化水平。其次，各校学生大量增加校舍都不够居住与授课，儿童游戏运动器具亦都不敷用，以及教员生活待遇等问题，都急需解决。大家一致主张把这些意见提交正在召开之市参议会认真讨论解决，使儿童教育顺利推进。

（《晋察冀日报》1946年5月5日）

大生产运动中察省文教活跃

【新华社宣化四日电】察省各地文化教育工作已与生产结合开展。许多学校都做了生产与教育结合的计划，有的利用早晚课余时间劳动，有的实行半日学习制，在教学方法上多采取"做什么，学什么"的方法。涿县榆林中小学按年级组织拨工队，各队轮流学习和生产，现已送出十二亩地的粪，成立了三个纺线组，养鸡□百只，又成立一个股本达十九万六千元的合作社，一切由学生自己经营。涞水县由于生产与学习结合得好，得到群众拥护，因之进一步发展了小学教育，现每村均有学校一座。各地民校在春忙中一般仍在坚持，时间多改在中午或夜间，满城、徐水等县□的民校是采用带什么农具，便领什么字到地里学的办法。妇女们怕国民党收编之伪军来骚扰，便在地窖里集体纺织，集体学习，许多妇女都把字贴在纺车和织布机上。满城孙家塘三十二个妇女，在一月中纺织赚了六万余元，每个人还学会百余字。有的村剧团也把学习、生产与演剧结合起来，在生产闲余时间就学剧词，认生字。有的剧团订了生产计划，组织拨工，如涞源南城子村剧团，每个演员都开了家庭会议，订出全年生产计划，四月初已完成播种突击，并修好五十几亩滩地，每人每天保证学一个字。各地的山头（或屋顶）广播、黑板报也与生产密切结合，发挥了推动作用。老解放区，一般都有山头或屋顶广播，黑板报在新老解放区，都已普遍建立，它们简要地反映了本村生产情况及经验介绍，对鼓励群众情绪收效很大。目前，新解放区在领导上对这一工作还抓得不紧，未很好地去具体帮助和组织，又有的学校和村剧团，仍缺乏群众观点，有时因为搞文化娱乐工作而误了农忙，这些教育与生产脱节的缺点，是需要立即克服的。

（《晋察冀日报》1946年5月5日）

中华全国文艺协会张家口分会会章

一、定名。本会定名为中华全国文艺协会张家口分会。

二、宗旨。本会以团结全国文艺界，巩固国内和平，实行民主改革，推进新民主主义文艺运动，并保障文艺工作者之权益为宗旨。

三、会址。本会会址设于张家口市。

四、会员。凡赞成本会宗旨，遵守本会章程，从事文艺工作有相当历史及成绩者。经会员二人之介绍，并经理事会通过，得为本会会员。

五、组织。本会组织及职权如下：

（1）本会最高权力机关为全体会员大会。全体会员大会一年举行一次，必要时或有会员三分之一以上的提议时，得由理事会召集临时大会。全体大会闭会期间，理事会为本会最高权力机关。

（2）全体会员大会，选举理事二十三人，候补理事六人，组织理事会。理事会每三月举行一次，必要时召集临时会议。理事、候补理事任期均为一年，连选得，连任之。

（3）理事会选举常务理事九人，组织常务理事会，常务理事互选主任一人，主持本会一切工作。

（4）常务理事会下设编辑出版部，编辑出版文艺刊物及丛书等。设研究部，主持总结各种文艺工作的经验，指导会员及文艺小组的研究写作，举行文艺讲座等。设奖励委员会，进行文艺创作的搜集、评定、奖励。设文化俱乐部，推动与开展张家口市业余的文艺运动。设总务部，处理本会会员登记、会员联系、缴收会费保管□金等等及一切不属于其他各部的日常工作。

（5）各部的组织机构、工作细则，另行拟定。

（6）必要时，得成立各种专门的委员会，处理一定的工作。

六、经费。本会除向外募集基金外，会员每人每季纳会费边币三百圆，有特殊情形者，经常务理事会批准，得酌量减收。

七、权利。本会会员享有以下权利：

（1）平等享有选举权与被选举权。

（2）参加本会主办的一切活动。

（3）有作品可由本会介绍发表或出版。

（4）对会员的创作、研究等工作，尽量予以帮助。

八、义务。本会会员，应尽下列义务：

（1）按期缴纳会费。

（2）参加必要的会议。

（3）执行本会的一切决议案。

九、退会。

（1）会员因故退会，须申述理由，经常务理事会批准。

（2）会员有违反本会宗旨，不遵守会章，经劝告无效者，得由理事会决定，开除会籍。

十、附则。

（1）本章程根据总会章程原则及本分会具体情况制定后，呈请总会备案。

（2）本章程经全体会员大会通过后施行。

（3）本章程如有未尽善处，经会员五人以上联名向常务理事会提出，召集全体会员大会修改之。

民国三十五年四月二十八日

（《晋察冀日报》1946年5月5日）

冀中各领导机关积极布置抗战写作运动

林铁同志撰文，号召大胆创作

【新华社晋察冀总分社三日讯】冀中电：四月六日，冀中区党委会曾发出指示，号召开展冀中抗战八年写作运动，即获得冀中广大人民之响应。为使这一写作运动全力地开展，冀中区党委负责人林铁同志复于四月三十日，在《冀中导报》亲自撰文，指示这一运动。

该文指出："抗战八年里，冀中军、政、民在中国共产党领导之下，以自己的物力财力，以自己的血和肉，支持战争，粉碎了敌伪的反复"扫荡"、囚笼政策、点线封锁、铁壁合围、治安强化、清剿剔抉，粉碎了民族破坏分子的'曲线救国'、借刀杀人的内外夹攻，训练了广大的人民子弟兵，树立了模范的新民主主义的政治、经济、文化，争取了最后胜利，人民成了真主人。这段血写的事实将是中国历史最光荣的一页。"该文结尾称："同志们大胆地大量地提笔写作吧，这是对于八年英勇抗战的歌颂，同时也是对于和平建国时代的动员令。"冀中行署为着在物质上支持这一伟大运动，决定拨款五十万元成立"五一"文艺奖金基金，行署□军区政治部、农会、工会、妇联、回联、青联、文联、武委会等机关团体，复联合号召各级军政民切实保证贯彻此任务之完成。"写作运动委员会"为使这一工作顺利进行，并制定写作重点十一项，时间从七七事变开始，至一九四五年八月敌寇投降我反攻大进军止，举凡冀中区军事、政治、经济、文化、风俗等等都作为写作内容。在形式方面，举凡简史、论文、传记、典型报告、新旧形式小说、剧本、诗歌、散文、文艺简讯、歌曲、歌谣、大鼓词、绘画、木刻等均在应征之列。从五月一日起开始写作，至一月十五日截至收稿。稿件由"写作运动委员会"处理，优秀者随时交由导报择先发表，并编成丛书出版。酌给酬金外，出版后经读者群众投票推举，再经"抗战八年写作运动委员会"按其社会影响与其反映现实的深刻程度，加以评定，优异者予以奖金。

【又讯】"抗战八年写作运动委员会"为保存抗战期间出版之书、报、刊物及各种创作，特于最近发出启事，广为征求此项文物，并准备分别保存出版和向外介绍，使之与抗战史迹永垂不朽。

(《晋察冀日报》1946年5月5日)

解放后的长春文化事业欣欣向荣

【新华社长春四日电】解放后的长春的文化教育艺术欣欣向荣。东北大学正大量招收新生,四月三十日一天内至该校报名者即五十余名。工人大学校舍建立在傀儡溥仪的皇宫内,现有学员百余名,已于五月一日正式开学,其他各公、私立及各专门学校亦均积极筹备开办中。报纸有《东北日报》《长春日报》及中苏友好协会主办之《光明日报》、工人大学创办之《工人报》等。杂志有萧谦之主编之《生活周报》,已出版,舒群主编之《知识》,王兰西等主编之《民主论坛》,张东川、公木主编之《综合文艺》杂志,陈学昭、严文井主编之纯文艺刊物均在筹备中。丛书方面,陈学昭著之《漫游解放区》一书已付印。国内名作家如茅盾、巴金、萧军、舒群等之著作十余种亦在准备刊印中。东北画报社出版之《木刻选集》亦将大批运抵长春销售。东北书店总店最近即可迁长,原有其他各大小书店均已照常营业。伪满电影株式会社已由民主政府接收,改为东北电影公司。该公司于日前召集全市影界座谈今后工作,其他各大小戏院均已照常营业。长春广播电台于上月二十四日即开始播送节目。

(《晋察冀日报》1946年5月6日)

新东北的新文化

【新华社长春二日电】东北通讯:在由民主政府及民主联军管辖的东北广大民主土壤上,已生长出茂盛的文化花朵。过去敌伪奴隶文化正受到彻底的清算。现在已出版的为人民服务的报纸有廿多种,其中主要的,有《东北日报》《安东日报》《长春日报》长春《光明日报》,《长春新报》《哈尔滨日报》《北光日报》,大连《人民呼声》报,佳木斯《人民日报》《文化导报》《辽河日报》《通化日报》,吉林《人民日报》《民主日报》《胜利报》《群众报》《新本溪报》等。这些报大都是四开两版铅印日报,发行份数最多的两万四千份,最少的也有五六千份。它们普遍流行在广大人民中间,成为重要的精神食粮。最近有些报纸正在筹备扩大篇幅,改出对开大报。在杂志方面,也盛极一时。在哈尔滨出版的,有《先锋》《热风》《求是》《文化青年》《文学月刊》等;在长春出版的,有《中苏研究》《东北青年》《新群》《北斗》《艺术与生活》《中国青年》《女群》《妇女知识》《东北文学》《现代女性》《艺海》《笔阵》等;在安东出版的,有《白山》《辽东群众》等,三十种以上。其中大都为文艺杂志,少数为综合的青年刊物。这些遍布东北主要城市的五六十种报纸和杂志,由于没有审查、限印、限卖、限寄等任何限制,都能自由无拘束地出版和发行,充分表达自己和大众的意志,并且可以随时请求政府给予帮助。在此期间,戏剧运动也有极大的发展,它已成为东北人民表达他们解放后的感情和对人民进行启蒙教育的手段。据所知,全东北已有剧团七十余个,计长春十个,哈尔滨十五个,大连六个,安东六个,佳木斯四个,本溪湖二个……而部队的文工团和宣传队,则遍及每一个旅。东北文艺工作团规模最大,曾在各城镇公演。它管辖四个剧团,并兼办艺术学校。辽东鲁迅实验剧团、东北军的大学文工团更成为推动文艺工作的主力军。各地方剧团先后曾上演了《阿Q正传》《过客》《雷雨》《日出》《原野》及其他三十九种自己编写的、表现对压迫反抗的剧本。辽东鲁迅实验剧团及东北文工团巡回演出了《东北人民大翻身》《河流鉴》《把眼光看远些》《粮食》《三江好》《通化暴动》等剧本,观众受到良好的启蒙教育,鼓舞起他们翻身清算的热烈情绪。同时，苏联电影在各地放映，更给这个新生的土壤放一异彩。半年来，在哈尔滨、长春、安东、北吉等地，曾上演《柏林包围战》《斯大林格勒复兴》《飞将军》《牧场风光》《昼与夜》等二十余部。伪满映画（电影）株式会社，已为民主政府接收，改为东北电影公司，准备开拍新片。在出版方面，目前虽尚未能建立一个全东北性的大书店，但已做到了凡有印刷厂的所在，都已开动了卷筒机，以高速度印刷各种书籍。除一般小册子外，还出版了名著如《论联合政府》《论解放区战场》，都不下二十五种版本。其他如《中山全集》《中国近代史》《大众哲学》《马克思主义与文艺》《死魂灵》《考验不屈的人们》《毁灭》《延安归来》等书，都能畅销各地，大受读者欢迎。主持这出版工作的有东北书店、安东建国书店、辽北书店、本溪大众文化书店、大连大众书店、辽西书店……画报方面，有东北画报社所出版的《东北画报》《时事画刊》《木刻选集》等，并举办巡回的"解放区展览会"。各地广播电台，除播送当地新闻及娱乐节目之外，并转播延安广播电台的新闻节目。

东北文化界的组织活动，半年来亦有巨大开展。长春、哈尔滨、大连、四平街、佳木斯、齐齐哈尔等地均成立了中苏友好协会，从事交流中苏文化、敦促两国友谊的工作。此外，长春现已成立东北文化总同盟、东北文化青年联盟、东北电影工作者联盟、作家联盟、长春青年读者会、中华进步学会、大众文社等二十余个团体。同时在其他各地成立的，有哈尔滨的文艺工作者协会、佳木斯的文化协会、通化的文化协会等。

（《晋察冀日报》1946年5月6日）

山 大 开 学

【新华社临沂四日电】山东大学已于本日正式开学。该校与华中建设大学合并竣事,除暂设政治、经济、文艺、教育四系外,并设英文、新闻两专修班。

(《晋察冀日报》1946 年 5 月 6 日)

张市新开裕民戏院

【新华社本市二日讯】张市日趋繁荣中,第四区一、二、四、五、八、九各街公所,合作集资筹组之裕民大戏院,已于一日正式开幕露演。据该院经理王焕章(四区一街街长)、刘宝山等谈:该院筹备已有多日。宗旨为减轻各街街民负担,解决贫苦街干部生活及街款问题;并为迎接更繁荣的新张家口,沿着新民主主义的艺术方向,供给市民正当娱乐。现因时间匆促,只能暂演旧戏,今后将以张市的解放与民主繁荣为内容,赶排新戏。

(《晋察冀日报》1946 年 5 月 7 日)

西安国特绞杀新闻自由

《秦风·工商日报》被迫停刊
《民众导报》主编被架走暗杀
蒋介石令各省市设新闻处加强新闻统制

【新华社延安七日电】西安讯:《秦风·工商日报》被迫于三日

起停止出版。该报为西安唯一民办报纸,平日持论公正,主张和平民主,深获各界拥护。致为国民党法西斯派所忌,因此百般摧残,三月一日曾派特务捣毁该报营业部,二十七日又向该报纵火焚烧,先后三次。四月十九日,殴打该报记者杨贵卿,几至殒命。二十五日以"烟犯"罪名,非法枪决该报法律顾问王任律师。二十六日起,禁止市民读阅该报或刊发广告,并殴打报贩,撕毁该报。五月一日,又派大批特务将该报营业部再度捣毁,损失甚巨。

【新华社延安七日电】西安讯:此间发生特务白昼暗杀新闻记者惨案。西安民众教育馆主办的《民众导报》主编李敷仁,于上月三十日下午二时许由报馆外出,路经南院门街头被特务绑架上汽车,开至咸阳城近郊,开枪暗杀。子弹由李胸部射入,顿时血流如注,仆地不省人事,特务上车而逸。旋有咸阳县政府一个职员行经该处,发现李倒卧血泊之中,抚之气息尚存,当即通知民众教育馆将李送入医院救治,现生命危殆。按李系西安教育界著名人士,曾任《老百姓》报编辑,该报被国民党当局非法封闭后,乃创刊《民众导报》。

【新华社延安七日电】据西安《秦风·工商日报》载,蒋介石顷特手令各省市一律设立新闻处,组织办法已由中宣部决定,业经行政院通过。该处主要工作为"指导"各地新闻事业,并向外界记者介绍各地社会风俗民情,每处设处长一人,处员若干人,人选统由中宣部决定,现闻各省市府已奉命协助"新闻处"进行一切工作。这一绞杀新闻自由的新的反动措施,已引起各方反对。《秦风·工商日报》发表社论《新闻又要统制》,指出"今日政府所要设立的新闻处,显系一只统制的魔手。我们希望全国新闻界同业,一致起来表示反对"。又,该报近揭露国民党改变方式,保存侵犯人民自由之邮电检查制度称:国民党军事委员会设××邮政管理局之邮电检查所,现在是名亡实存,表面上取消了集体办公,取消了公开的办公室,实际上采取了化整为零的办法,而渗透到邮局的各股各组里面去。他们的工作和从前一样,信件不论积压到多少,不经过检查是不能分发和投递的。

(《晋察冀日报》1946年5月9日)

郭沫若、茅盾等作家致函华中文化界

【新华社淮阴七日电】华中文化界顷接到收复区文化界郭沫若、茅盾、田汉、郑振铎、许广平、周建人、马叙伦、叶圣陶、曹靖华、胡风、沙汀、赵景深等三十五人的一封公开信。该信内称:"大后方收复区的人民和解放区的人民一样的坚决要求和平团结和民主。"并称:"过去因为敌伪和顽固分子的阻拦和压制,使我们不能经常联系和协作,今后我们要清除一切障碍,团结起来。"

(《晋察冀日报》1946年5月11日)

抗议西安新闻界血案

《解放日报》

【新华社延安八日电】自蒋介石一月十日宣布四项诺言,国防委员会宣布废止新闻书刊检查后,三四个月的短期内,国民党当局在各地摧残言论自由的案件,已有百数十件。美新闻处记者羊枣在杭州狱中惨死,南通事件中新闻记者孙平天被暗害,以及这次西安惨案,《秦风·工商日报》被迫停刊,律师王任被处死,《民众导报》主编李敷仁被枪杀,只是其中最残暴的例子而已。为什么正义的言论界遭

到国民党当局如此仇视呢？很简单，只因为它们反映了中国人民的合理要求，只因为要求和平民主，要求实现停战协定、政协决议及整军方案。因此得到广大人民的共鸣，而能如此灿烂光明。国民党当局出版了御用报纸，数目多如牛毛，他们叫嚣反对三大协定，因此到处遭人唾弃、愤恨和仇视，就使国民党反动派不择手段，要来扑灭光明。值得注意的是，在国民党反动派摧残人民言论、人身自由愈演愈烈的现在，国民党发言人吴国桢居然敢于说"政府正在执行四项诺言"（四月二十三日），"新闻自由为政府的既定政策"（五月六日），这愈加证明国民党反动派的厚颜无耻与一意推行摧残人民人身言论自由的"既定政策"。西安惨案和其他惨案一样，是国民党反动派对中国人民的和平民主事业的残酷进攻，特别对全国言论界的残酷进攻。我们号召全国同胞与全国言论一致声援西安《秦风·工商日报》与《民众导报》，要求国民党当局惩凶、赔偿，立即停止特务恐怖暴行，保证以后不再发生类似惨案。

（《晋察冀日报》1946年5月11日）

戎冠秀本事

这是一个平常的故事，但却是真实的。

一九三七年秋天，日本强盗的铁蹄踏到华北来了，国民党的大官儿们早带着家眷和私产逃向后方去了。兵败如山倒的国民党军队乌鸦似的向南溃散着，老百姓在水深火热中守着他们的家，可是他们的一点可怜的财产和积蓄竟被散兵一次又一次地抢劫了去，紧接着国军的洗劫之后，多灾多难的老百姓又将遭受那日本人的奸淫、烧、杀了……

在这兵荒马乱的年头，戎冠秀的二十亩地又被地主残忍地收了回去，屡次哀求都没有用。

戎冠秀和她的丈夫一样，是诚实的庄稼人，受苦惯了，也忍耐惯了，他们离开了给人打长工的大儿子，一家六口开始□逃荒。可是往什么地方逃呢？

邻居们舍不得他们走。可是不走又有什么法子呢？

正在这个时候，八路军来了。

★★★★★

八路军一手挡住了日本强盗的进攻，一手扶起了受尽折磨的老百姓，新的时代从此开始了。

老百姓动员起来了，建立了自己的政权，在日本鬼子的屠杀面前，老百姓以自己的双手决定着自己的命运。要打日本，要过好日子，新的政策是贫富互相照顾的，一方面保证地主土地所有权和交租，另一方面地主不得无理地收回土地，致使农民流离失所，并实行了减租减息、增加工资，实行了有钱出钱有力出力的合理负担……共产党领导着人民在战斗中创造了民主的抗日根据地。

戎冠秀是一个热情的正义的老太太，她被全村妇女选举为妇救会主任，连任了六七年。

戎冠秀在无依无靠中找到了依靠，在人民武装的保卫下，在人民政权的保障下，她勤勤恳恳地建造起他们的好光景：地有了永佃权，租子减低了，儿子们增高了工资，他们一家吃上了黄饼了，并且有了盈余。

戎冠秀是一个好人，在旧社会里她是一个贤妻良母，且有着吃苦、忍耐、自我牺牲的品性。新的社会发扬了她，并使她的性格更加完美。在抗日工作中，她发挥着她的热情与智慧，发挥着她高度的阶级的毅力与自我牺牲精神。

在一九四一年春天的参加子弟兵热潮里，她送她的两个儿子一齐报名参加子弟兵。

★★★★★★

一九四三年秋冬，敌人对我边区进行了三个月残酷的"扫荡"，在反"扫荡"战斗里，她以妇救会会长的资格担负着繁重的工作：家务，全村的安全，支援部队的工作。革命责任心，对边区的热爱，使她克服着极度的疲劳。抢收，做棉军衣，供给部队给养，率领妇女转移，救护伤兵等工作，都在艰难的情况下完成。

任何困难都将在她的手下被克服，一个受伤极重、冻饿了七八天的垂死□伤兵，在她耐心细致的救护之下重新获得了生命。

人是可以战胜一切的，顽强的信念和炽烈的友爱便是这力量的源泉。

终于在我军民一致的顽强打击下被粉碎。一九四四年初，戎冠秀被选为拥军模范并出席边区群英大会。在会上，军区首长代表全体子弟兵赠给她以"子弟兵的母亲"的光荣称号。

★★★★★★

这就是这个剧里所表演的故事。在这个剧里，你可以看到边区是怎样成长起来的，你可以看到边区的妇女是怎样成长为新的妇女。你说它和解放区别的故事的轮廓很相像吗？这也难怪，因为在共产党领导的地区，现实的发展都是朝着这个路走的，戎冠秀的命运不正是解放区每一个贫苦农民的命运吗？

去年，戎冠秀又当选为边区的劳动英雄了，因为在前年的大生产运动里，她的成绩是很好的，创造了许多生动的模范事迹。

时代永远前进，英雄们走在时代的前头。

（《晋察冀日报》1946年5月13日，《每周增刊》副刊第14期）

本 报 稿 约

一、本报各版均欢迎投寄稿件。

二、来稿请缮写清楚,加上标点符号,并请勿两面写或用红墨水及铅笔抄写。最好用格子纸抄写,以便计算字数。

三、译稿请附原文。

四、漫画、照片、歌曲及文内插图,请用黑色,以便制版。

五、稿末请署明通讯地址及真姓名(发表时署名由作者自定)。

六、来稿编者有删改权,否则请预先声明。

七、除特约稿及与新华社各分社另有约定者外,来稿不论刊登与否概不退还,否则请预先附足邮票。

八、来稿除"读者往来""批评与建议"等栏外,于发表后酌致薄酬。

甲、新闻每条小米一斤至八斤。

乙、专论、通讯、文艺创作每千字小米四斤至八斤。

丙、翻译每千字小米二斤至六斤。新闻稿每条小米一斤至六斤。

丁、诗、歌曲、图画、照片每幅(首)小米二斤至十斤。

戊、特别珍贵者另定。

稿费于发表后按米价折合于下月初发给,但已在其他刊物发表者恕不致酬。

九、来稿请直寄本报编辑部,勿寄私人(新华社记者通讯员请就近交各分社转来)。

(《晋察冀日报》1946年5月14日)

鲁中工农文教成绩显著

【新华社莱阳十二日电】鲁中工农文化教育获显著成绩,全部七零七八(边沿区除外)庄中,即有民校九千两百处,学员二十三万人左右;妇女识字班五千多处,学员约十二万人;读报组二千零八十组,人数一五二零零人;黑板报九千余所。仅鲁中大众社每月即能收到两千余篇工农的投稿。小学三百六十处，上学儿童有十三万九千多人。临沂尤□庄在抗战前全庄男女文盲有四百九十四人，占总人口百分之九十六，现在全庄能写信记账的有九十七人，□入小学的男女儿童五十九人，识字的占全庄人口百分之四十七。

(《晋察冀日报》1946年5月14日)

纪念"七一""七七"两大节日

边区发起创作运动

【本市十三日讯】为了纪念抗战胜利后的第一个"七一"（中国共产党成立二十五周年）、"七七"（抗战纪念日），边区行政委员会编审委员会特发起一创作运动，顷向全边区各地文化教育工作者发出征文聘请书，征求以下的各种作品，内容上：（一）抗日战争的胜利，主要是由于中国共产党的正确领导和边区军民的长期苦斗，以无数的头颅和热血所换来的，因而我们要珍视这个胜利的果实。（二）中国人民从长期的苦斗中，亲切地体验到中国共产党是自己的救星，在毛主席的英明领导下，我们已经得到了和平民主与建设的新时期的到来。然而，我们见到了在今天国内复杂的形势下，我们的任务还是非常艰巨的，不过我们有了中国共产党的领导，在毛主席的旗帜下，就将必然地走向胜利。（三）以具体的事实，说明解放区人民是夜以继日地百倍努力地为和平、为民主、为发展各种建设事业，以提高边区人民经济和文化生活而辛勤地工作着。形式以小型歌剧、话剧、歌词、歌曲为主，其他作品亦可。征稿日期：第一批五月底，第二批六月底。稿子采用以后，酬金从优。待应征作品汇集齐后，将由编审委员会出小集子，以供各地作为七月节的文化读物与街村剧团演出材料。

(《晋察冀日报》1946年5月15日)

张家口市业余公学获显著成绩

拥有学员一千七百多名　课程实用，学员情绪甚高

【本市讯】张家口市拥有一千七八百在职干部和市民群众的大学校——业余公学，自开办以来，已获显著成绩。昨业余公学董事会特假边区教育处召开各校的教务长联席会，汇报和研究今后的工作，兹综合报道如下：四月初各校即开始招生，四月中旬以后，联大、堡子里、民教馆、工专等四业余公学即先后开学，已有教员三十余人，学员一千七百三十余人。单联大业余公学即有一千一百多人，长清路、旧德王府两处公学亦正积极筹办，已有百余学员报名。现在学员的成分：联大大部为在职干部，堡子里、民教馆等大部为工人，各校并有一部分小商、市民、职员，女中、市中等校学生，程度绝大多数是高小毕业，并有少数大学程度，一部初中、初小程度。民教馆尚有些粗通文字的学员，每班、每级程度均相距很大。联大现有十七班，分九个教室，堡子里三班各分两级，采用复式教学，工、专两班。民教馆五班，学英语者最多，次为国文、算术，少数学俄语、化学、簿记等。教材均为各校根据学员的需要和要求，由教员编选。校址所在的机关帮助油印成活页。上课时间一般均为每科一周三次，每次二小时，下午七至九点。各校因学员成分和要求不一，教育方针与目的稍有不同，联大在外国语方面，使学员能完全自修即可脱离公学学习，国文使之在写作上不发生困难，算术使之能具备一般知识，并适用于自己的职业，即为完成学习任务。总之是从听讲逐渐走向自修，教员

从教课逐渐成为顾问。民教馆公学因学员程度低，便以提高文化水平、加强业务知识为目的。各校上课后均由学员自己讨论订出学习公约、点名、请假制度。

成群上学，风雨无阻

开学半月余以来，各校教学员情绪都异常高涨。如有一部队文化教员，现住距张市二十多里的宁远堡，每周三次，他都是白天坐火车来，上完课晚车回去，有时回去太晚，便在车站睡半宿第二天才返家。电话局工人下雨天也赶去，各校每次实到人数都占原有人数的三分之二以上，有的两夫妇一齐来，有的成群结队地到校；市中、女中一小部学生，白天上学回家，晚上还到业余公学补习；各校校长、教务长、教员们除上课前即提早到校照顾外，还抽很多时间准备功课，处理校务事宜，联大公学校长丁浩川还自己兼任一班国文课。

几个偏向，急需纠正

现在所发生的问题：有些教员因工作忙碌，常不能坚持，屡次更换不能固定，影响课程进展。学员程度不齐，学员各种不同要求（如有人要学做总结、写通讯等）现在还不能完全满足。有一些学员却急于求成，有些则好高骛远，如交通局一个小同志，他连汉字也写不上几个，却要学英文；有的是贪多嚼不烂，如民教馆公学有的工人一人选修了四五门课。这些都是现存的偏向，在昨天的教务长联席会上得到解决。关于学员程度不齐问题，根据公学的性质，为提高在职或在业人员的文化水准，凡已有初小以上程度的可上公学，民教馆公学有些文盲半文盲应改进群众学校，或识字班，公学学员每人不得同修两种以上的课程，程度较低的尽量说服他先修国文，初中程度的可任其修外国语。关于教材决定由联大公学负责编选统一的国文、算术、英文教材，教材应贯彻学用一致的精神。各校特殊课程教材，仍由自己编选；铁路局学员要求学专名词，可单编些专用名词作补充材料，尽可能做到铅印。教员问题，各校固定各科教员，要求教员所在机关给予方便，以后每科教员均为班主任，负责教课的一切事宜。全市的校董委员会下并设秘书一人，经常与各校联系及办理公学事项，联大公学可设两个人专门进行日常校务工作。

出版《学习通讯》 交流学习经验

为了交流各校经验，互相了解和学习，并决定出版《学习通讯》，由联大公学负责编辑。《学习通讯》除了交流经验、巩固教职学员的情绪、指出偏向、表扬模范外，并可逐渐成为函授形式的刊物。今天业余公学最重要的问题是使之坚持下去，巩固和健全领导，提高教学效率，而贯彻大家办学的精神则是使之巩固的关键。联大公学以学员多的机关派代表成立校务管理委员会，把教室分在中央局、晋察冀日报社、平绥铁路局等机关，解决了许多具体的物质条件的困难，并规定教务会一月开一次，教员联席会半月一次等，都是值得各校效法的。

（《晋察冀日报》1946年5月17日）

本报邀集文化座谈会 讨论改进副刊

【本报讯】本报为进一步改进副刊（即将改为每日出版），特于本日下午六时邀请张垣文化界、文艺界举行副刊改革座谈会，到沙可夫、萧三、萧军、艾青、欧阳凡海、沃渣、周巍峙、丁里及《北方文化》《子弟兵》《工人报》《内蒙古周报》、联大文工团、抗敌剧社代表等数十人。首由副刊主编丁玲同志说明开会意义,并希望大家多为今后副刊提出改进意见;沙可夫同志即在全党办报的方针下,号召大家,号召全张家口文化界、文艺界,共同负责办好副刊。萧军更希望编辑放开手,提拔新作家,各种问题都能展开讨论,并多组织杂文,紧密配合目前的政治斗争。艾青同志保证每月至少给副刊投稿一篇。欧阳凡海同志提出多写短文章。萧三同志更引证列宁同志对通讯报告文艺作品的重视,说明办好副刊的重大意义。《子弟兵》《工人报》《内蒙古周报》的同志都提出了今后副刊改进和彼此联系的意见。从大家热烈的发言中,可以看出大家都有决心把副刊办好。会至九时始散。

(《晋察冀日报》1946年5月17日)

三区检讨通讯工作　　决定加强通讯小组多集体写稿

云峰

【本市讯】三区为克服通讯工作的逐渐消沉的缺点,加强今后通讯报道,昨日召开通讯工作座谈会,做了深刻的检讨。首先在领导上,对通讯工作认识较差,研究与检查不够深入,积极地提高通讯员文化水平和写作技术做得不够。有的同志写几篇稿子没有发表,情绪就不高,没有积极地研究为什么不登。批评落后、表扬模范不够,没有定期地总结经验,组织机构和各种制度不健全,使这一工作的开展受到影响。通讯员本身也存在一些缺点——某些同志思想上不重视通讯工作,一般地认为不写通讯可以,而不完成中心工作不行。即便写写通讯,大部是为了表扬工作成绩,很少想到总结经验,使它指导工作。有的同志没有把通讯指导工作当成自己的一个政治任务,而是把它当作一种额外的负担。

稿子写好了，怕送到通讯社又恐不能发表便自暴自弃，将他焚毁。另外，也有的同志见到某种可报道的材料想写，但又想日报三、四万字的篇幅还缺少我这一篇小东西吗？大家除以自我批评的精神做了检讨以外，又决定今后加强组织领导，在各部门内组织通讯小组，由该部门首长任小组长（特殊情形者由其他同志担任），各小组长组成中心小组，起研究指导作用，健全制度，加强小组会议。每人每月最少写稿一篇，连续指导，指定专人负责，建立严格的批评与自我批评制度。为提高质量，提高文化和写作能力，在小组内实行集体写稿。根据大家发言精神和对过去的检讨，估计今后通讯工作将有新的转变。

（《晋察冀日报》1946年5月17日）

褚辅成、许德珩等组成九三学社

宣言东北问题应和平解决

【新华社渝十五日电】名流褚辅成、许德珩等，为纪念去年九月三日日寇正式签降之抗战胜利日，近发起组织"九三学社"，已于本月四日正式成立。并发表对时局主张：（1）立即在东北任何一隅无条件停止内战，一切问题概以和平民主方式解决之。（2）无条件实行停战协定、政协协议、整军方案，为促进中国和平民主的唯一有效途径。（3）在中国政府未根据政协协议改组以前，美国政府勿予中国任何的党派以任何援助（包括借款及运输军队）。

（《晋察冀日报》1946年5月17日）

本刊紧要启事

为适应读者的需要，《每周增刊》决定到这一期止，以后停出，改为每日出《副刊》，放在大报第四版，占二分之一到三分之二的篇幅。现正在积极筹划中，日内即可发稿。希望各界人士多提意见并祈踊跃投稿。

为了加强《副刊》编辑，特聘名作家丁玲同志担任主编。

(《晋察冀日报》1946年5月19日，《每周增刊》第15期)

在 火 线 上

管桦

一九四五年八月十四日，天擦黑就涌来了大块乌云，掌灯之后，已经哗哗下起雨来。夜，黑漆漆，伸手不见掌。玉田城上空，时而烧起一股子一股子的火光，枪响着，炮隆隆地轰着，城的四面八方都在叫喊着，叫喊着……把池塘里呱呱的蛙声都遮断了。

尖兵剧社战地服务组要到火线去。出门，泥一把，水一把，脚底打着擦滑，看不见路，没有闪电，这样海底摸锅去找前线部队，哪里能够？只得改作了明天。

第二天，日头刚冒嘴，我们就出发了。虽然，只八里路程，因一夜雨水，道路非常泥泞，找高坎庄稼地里走，芝麻已经熟透，裂开缝，白白粒子，一碰就落在地上，又怕城墙上的敌人看见目标，还得走坎下踩泥，所以费了一个半钟头时间，才刚刚接近了火线。

战斗像一团火，有时微弱下来，枪稀稀落落响着，有时这火团又像泼了油，猛烈地烧起来，分不出有多少机枪，分不出有多少炮弹爆炸；这惊心动魄、森人的杀声，也辨别不出是敌人，还是我们。找不见指挥部，只得先靠近一个攻城部队再说。可是，老乡告诉：部队都接近了敌人，必须通过一片宽敞的开阔地，看样子，很难通过。我们向东走，想绕到城北去，子弹在头顶吱吱地叫，有时在天空炸开来。到十字路口，刚要向南拐，走来两个侦察员，光脚，裸着腿，满身污泥。

"同志，去不得！"侦察员把我们挡住。

"怎么？……"

"没半里地，整整走了两个钟头，走两步就得爬下，他妈敌人老是打枪！你看——"

侦察员小心指给我们，前走了一步，弯腰看了，果然，透过眼前一片树林，一座高耸的白石灰楼子，只得又转回城南二里地的村子里。我们决心通过一里多开阔地，找南城根部队去。

向导是个十七八岁小伙子，黑朴朴的圆脸，两只大眼睛看来愣头愣脑。出了村，城墙被炮弹炸坏的缺口，都清楚看得见了。炮弹正在城里卷着黑色浓烟，掀起了碎瓦片。我们两步并作一步走，拐过一个土坎子，走了三四十步，眼前一片碧绿的大白菜地，猛然，发现了，东五十步远有一个炮楼。后边有人喊："快走，炮楼！"

这时，一排子弹扬过来，擦着头顶飞过去。

"快跑！"但，子弹已经像蚂蚱一样在耳朵旁边突噜突噜响了，焦热地、清脆地爆炸开来，脚底下泥土打得翻飞。

"爬下，爬下！"

迅速地，就着一个一尺多高的土坎卧倒了，小伙子回来，弯着腰立在我们脚跟问道："哪走？"

我们着急地，手临空向下按，低声叫着："爬下，爬下！"

眼看第一颗子弹把身旁泥土挖起来，溅了一身，小伙子向西走，想拐到一个高土坎底下去，就在他一直腰的时候，被第二颗子弹打中了，栽倒地上，嘴里流出了鲜血。

"打死了一个！"谁低声地说。

敌人开始疯狂射击，子弹扑啦扑啦打来，要不是这小土坎，浑身早打成像蜂窝一样了。

我们终于爬到了村里，只得去联络后方指挥部。

这晚，正是中秋节。天空没有一片云，圆圆的月亮，又白又亮，我们在村里打谷场上开群众晚会，借着这天然大布景，演唱《八月十五》。看戏的人，也时而被忽隐忽现的火光和隆隆轰击的炮声所牵引。

十六日的中午，同指挥部联络好了，同志们已重整旗鼓，到火线去。

道上，有从战场下来、押送子弹车的战士，有骑马飞跑的传令兵，有背着他们得来的七个王八盒子，还有扛着一个掷弹筒的老战士，也有孩子和女人。有的同你打打招呼，有的只咧开嘴巴笑笑，就匆忙地走过了。一个民兵队长，横背着一棵崭新的大盖枪，夹着一条黄色日本军毯，提着一大瓶日本酒，裂开乱蓬蓬卷着的黑胡子嘟哝着："解解恨，羔子操的们！"

一个头发斑白的老太太指给我们："就剩那一个炮楼啦！"顺她手望去，靠南关，一座炮楼，□灰色的墓碑在屋脊上直立着。

得来的消息，十数个鬼子伪军都缴械了，几十个鬼子挤在这楼子里顽强抵抗。

城内十几个战士，坐在子弹箱上抽烟，他们是攻炮楼刚替换下来休息的。军装染着斑斑点点的血，低声谈说他们怎样打了仗。炮弹的爆炸，时而把他们谈话中断。旁边放着掳获来轻、重机枪，战刀，电话机,破旧的日本军用大衣,牙粉皮鞋……

我们的工作开始了。

标语组提着石灰桶,登着木梯,在枪弹寻找不到的墙上默默写起来,完了,又不声不响地搬着梯子到另一面墙上去写。炮弹时而以超然的力量把近处房屋的砖瓦爆裂起来。

我们几个人坐在大街石台,在日记本撕下的纸片上,用舌尖舐着铅笔写街头诗,匆忙地,没工夫商酌某一个字句。于是,我们的鼻子同志一手拿着稿纸,一手拿着墨水瓶,嘴叼着笔,到墙上去写。老郭在街上摇着手,喊着沙哑的嗓子:"……老乡们,出来吧!八路军解放咱们来啦!"他激动地叫喊声,和沉重的轰隆爆炸声混合在一起了。于是,家家门缝都伸出一个脑袋来,慢慢,都聚拢来了。

民运组开始了"飞行群众会",焦热的枪弹擦着空场上空飞过。大会在这里开完,马上又到另一个街上去。

"鬼子交枪啦!"像波浪一样,一个追着一个传来。我们跑到日本兵营,还在充满着浓烈的火药味,当作障碍物的大米袋,被炮弹打着了,灰烟升起,漫散着苦焦的气味。进门躺着一个死鬼子,全身像一只烧焦的黑木头。活鬼子们都赤手挤在院子的一角,有的低着头,有的悄悄谈说什么。一个戴眼镜、连巴胡子的日本军官拿着一面白旗(这是临时用床单做成的),谦卑地立在我们指挥员面前,像是祈求着什么,指挥员摇着头。他又走到一个胖鬼子跟前,两人轻轻私语了一会儿,四只眼睛对视着,胖子慢慢低下头来,把一副凶恶的、杀惯了人的脸埋在怀里。我们的摄影组开始拍照。

月亮出来了,安静地照着。趁着月色,我们把全城敌伪标语刷掉,标语组就一手拿着蜡烛,一手拿笔在墙上去写。两个同志爬上了鼓楼,在顶端插上了鲜红的国旗。夜空里,风吹必扑扑地响,墙根下躺着攻城牺牲的战士。在他们身旁,粉墙上,我们写了这样字句:

"…………

用我们的血

洗去了玉田八年的耻辱!

…………"

(《晋察冀日报》1946年5月19日,《每周增刊》第15期)

沪妇女界自动普选国代　许广平等三十五人当选

【新华社延安十八日电】沪讯:上海妇女为实现妇女的平等参政权,自动普选国大妇女代表三十五人(占各方协商决定增加社会贤达团体代表七十名的半数)。选举筹备会系于三月下旬,由上海女青年会、上海妇女联谊会、中国妇女联谊会上海分会等所联合发起组织,经半月热烈筹备,终于四月十日举行普选。虽受到种种骚扰,但职业劳工、学生等各界妇女仍踊跃参加普选。计十一个选举区参选妇女共达三万人,候选人共有三百五十名,参加投票以劳工妇女与学生妇女最为踊跃。选举结果于十六日揭晓,当选者有许广平(文化界)、潘月英(沪西女工)、杨刚(记者)、李德全、沈兹九(文化界)、胡子婴(金融界)等三十五名。代表产生后,筹备会即正式致电政协综合小组各党派代表,转国民政府请予明令发表已选出之女代表名单以便届时出席。

(《晋察冀日报》1946年5月20日)

为支援四平街保卫战　张市剧影院将义务公演

宣涿各剧院亦将公演募捐

【新华社本市二十日讯】为支援四平街保卫战中的英勇的军民，本市剧影界特发起义务演出的募捐运动。今日，旧联与影联，会同各剧影院负责人讨论决定，于本周星期四晚场，由庆丰与新新戏院在庆丰院址合演，裕民戏院与同德戏院在同德院址合演，新华电影院与第一游艺社、天凤魔术团在新华影院合演，人民剧院、民主影院、新张家口剧院，分别在各本院演出，各院均选佳剧节目。票价一律二百元，全部收入均即寄往四平街，不日于本报露布。

【又讯】宣化、涿鹿各剧院亦将在旧联与影联的号召下，为支援四平街保卫战中的军民，特演义务戏一场，将全部收入作为捐款。

(《晋察冀日报》1946 年 5 月 21 日)

张市文协分会将出月刊丛书

【新华社本市二十日讯】中华全国文艺协会张家口分会之编辑出版界，拟出一纯文艺月刊，定名《长城》，丁玲主编。该刊每期十万余字，下月中旬创刊后即可问世。另有"长城丛书"，艾青主编，现已编就数种，不日付印。其研究部则成立文艺顾问委员会，举行文艺讲座，以帮助爱好文学艺术的青年。并将搜集材料，成立报道组，将边区八年抗战中的生动故事介绍出去。

(《晋察冀日报》1946 年 5 月 21 日)

冀中通讯工作一年来有大进步

区党委召集会议详加检讨

【本报讯】冀中区党委为进一步贯彻全党办报方针，曾于上月十五日至二十三日举行了一次通讯工作会议，参加者有各支社及县专业记者十余人。会上除汇报各地通讯工作现状外，对于全党办报、报道任务、采访写作等问题，均做了认真的检讨。

冀中分社自去年六月恢复以来，在分社全体编辑记者及各级党委一致努力协助下，先后建立了各分区支社，现全区县各级通讯干事，绝大部分均已得到补充，全区通讯员约计在两千人以上，骨干通讯员二百余名。另外报道已逐渐统一与加强。不少干部对党报已逐渐注意，通讯工作的神秘观点正逐渐被克服。通讯采访工作正突破狭隘圈子向群众性全面性发展。个别地区，和少数部门的负责同志，已开始做到"首长负责，亲自动手"。在一般干部中，亦涌现了突出的积极分子。这些同志已经逐渐将写新闻、通讯与工作统一起来，把写稿列入了自己的工作日程。

冀中区通讯工作虽已有长足之进步，但与党报需要及目前形势之发展，尚有一相当距离。其缺点主要者：第一，全党办报的方针，在绝大多数党委还不能进行积极贯彻。对上级党委通讯工作的指示，既不研讨，又不在干部中进行全党办报的教育；对通讯干事专业化与全党办报之统一性，缺乏明确的认识；对通讯工作与同级通讯组不加以具体指导，致使通讯报道与当前任务脱节；不少党员和干部甚至于某些领导干部，将写稿视为额外负担；某些专业通讯工作者，认为□通讯工作不是实际工作，没发展前途，缺乏业务学习的积极性，这主要是由于对党报没有正确认识，与地位观念作怪；一些老早开始写稿的工农干部，则因为得不到帮助，不知如何写作，只好作罢。第二，有的支社与专业通讯干事工作无计划，长期坐守机关，不去主动进行采访，各级通讯组织，不少只有形式，没有工作，中心通讯小组没有发挥其推动作用。各部门通讯组织中，挂名通讯员还很多。有的通讯组织早已长期垮台，也不加以整顿。对工农通讯员很少有计划地培养。第三，新闻报道工作还没有及时地站在每一个运动的前面，对一个运动不能给予有条理的、有系统的带有综合分析性的报道、布置，无行动反响，更无工作的运动过程，甚至将重大事件漏报。第四，在报道方法上，严重地存在着机械地堆集材料的现象，致使报导趋于公式化。

此次会议，在严格地检讨了以上诸缺点以后，根据区党委宣传部部长阎子元同志的报告，确定了今后开展冀中通讯工作的具体计划。首先，在组织上要彻底整顿各级通讯组织。加强与贯彻全党办报的教育；各级党委要根据当前各该区中心任务及时地给予各级通讯组织以具体指导；各级党委与各级工作部门，要将新闻通讯工作列为行政工作的一部分，且经常研讨、检查，具体实现首长负责亲自动手的领导方法，以推动其他。第二，培养骨干通讯员，并以骨干通讯员为核心，推动群众性的写稿运动。第三，培养工农通讯员。第四，加强编辑记者与通讯干事的业务学习。了解每一个时期的中心工作与任务，扩大活动范围，深入群众运动中进行采访报道工作。

会议于四月二十三日结束，现各专区各县正分头召开会议整顿通讯组织中。

(《晋察冀日报》1946年5月22日)

庆丰戏院创办小学

同德、新新两戏院清算获胜

【新华社本市十二日讯】本市旧联、庆丰一分会，边区参议员贾洪亮、孙华堂等发起创办旧剧子弟学校。今日上午由发起人假庆丰召开有关方面的座谈会。会上已将校址、经费等问题解决，经费由庆丰戏院担负。如学校扩大，再发起募集。该校以原庆丰艺人子弟学校为基础，吸收附近的贫苦失学儿童。订为半日校，以照顾艺人子弟与贫苦的拣煤、卖烟卷的儿童，上、下午各为一班，性质仍为一般国民学校课程，与各小学校差不多，教员已呈请教育局派遣。为了迅速实现此一计划，由座谈会推出参议员贾洪亮、旧联一分会崔万春、五校任曙光等九人为筹备委员，主任为贾参议员，副主任为崔万春。关于一些具体问题与组织董事会等，明日筹委会将开会讨论并立刻进行。

【又讯】同德戏院于月初向老板算账，由演员们组织了清算委员会，算出老板不合理的余款一百万元。这笔钱除四十万元分给在职演员外，六十万元存在柜上，最近已买了一副新戏箱。新新最近开展了清算斗争，向老板算出一百万元，老板正在筹划付款中。各戏院在清算胜利后，便进一步整顿或改编组织，因为所有的旧艺人都认识到，过去戏院搞不好，是因为组织机构和一切制度不合理的缘故，同德一改老板与演员间的雇佣关系为一切营业事宜由老板和演员选出的分会委员、前后台负责人组织的营业委员会管理。新新亦正在进行演员及分会委员的自我检讨，以促进内部团结，然后即改变组织为营业委员会管理戏院。同德改组后，职演员生活大为改善。

【又讯】筹备已久的新张家口剧院，已于昨日开幕，今日已正式售票，观众甚为拥挤。此剧院开幕后，张市已有剧影院八家，从七八个月来各剧院营业的发达、观众的拥挤,足以证明张市人民生活改善,文化娱乐要求甚为迫切。

(《晋察冀日报》1946年5月22日)

二区艺民小学成立

艺人出款办学实为空前

【新华社本市二十二日讯】以庆丰戏院艺人子弟学校为基础,扩大为二区民办小学。此事由赵光斗、贾凤亮、孙华堂、崔万春等发起后,经各方努力筹备,学校董事会已正式成立,并于今日午后假民教一分馆召开第一次会议。到全体董事二十一人,其中有贾凤亮、孙华堂、王湖亭、张海、任曙光等参议员,有庆丰、致中和、慎昌、同兴和、万福春等号经理及当地士绅、旧联各分会委员等。会上,首先由全体董事选出热心教育、曾向参议会提出开展二区民办小学以吸收失学儿童提案的钱文龙先生(致中和经理)为正董事长,参议员贾凤亮为副董事长,庆丰经理赵光斗为校长。经过热烈讨论后,做出如下决议:学校定名为"艺民小学校",开办经费暂由庆丰戏院担负,待继续扩大,庆丰无力全部担负时,再由董事会设法筹募;校址暂设原二区店员公会夜校楼上,修补费及桌凳费亦由庆丰解决;学生以庆丰艺人子弟为基础,立即张贴招生广告,并由各董事及附近各街负责分头动员,主要对象为贫苦子弟,上课分上、下午两班,课程内容与一般小学同,教员由教育局调来。由于旧艺人的生活得到改善,出款开办学校,实为空前。同时从这个学校的发起开办中,竟有五位参议员参加,也证明了群众所选出的代表,不仅在参议会上把群众的意见传达出来,且在实际行动中贯彻了参议会的决议,代表了人民的意志。各商店经理能在繁忙中来热心办学，这种创办民办小学的精神，值得各地学习。

（《晋察冀日报》1946年5月23日）

西北联大学潮扩大

军警特务大肆搜捕学生

【新华社延安二十日电】西安讯：西北联大学潮更加扩大，当局竟于上月二十四日拨派大批军警、特务，将城固四门紧闭，搜捕该校学生。上月初，西北联大同学因反对校长刘季洪勒令解散自治会掀起驱刘运动后，刘竟非法提用校款两千万元，企图把全校学生活活饿死，并于十九日指使特务学生张子正、梁尚德及庶务主任郭君实等三十余人，携带几十支手枪，组织所谓"护校团"，在当地军警协助下包围西北联大法商学院，大举捕人，并强迫学生参加"护校团"。法商学生纷起反抗，一部分学生并突破军警包围，冲出校门。特务孙其仑等竟开枪追击，被追击的学生因尚有同学被围在校中，回头呼吁释放，适值该校本部学生亦往探问，特务等复紧闭校门，大肆鸣枪，乱掷砖石。至二十四日，城固军警又配合校方宣布全城戒严，由特务领着军警分赴学生宿舍及公共场所，大举捕人。闻自治会主要分子多已被捕。

（《晋察冀日报》1946年5月23日）

察南宣传会议深刻检讨通讯工作

并确定今后改进办法

杜□

【新华社宣化二十二日讯】五月中旬中共察南地委召开的宣传会议上，对察南通讯工作做了深刻的检讨。反攻以来，察南工作虽有一些发展，如通讯组织发展□倍□，写稿数量较前有了增加，并且涌现了一批积极的通讯员。但总的来看，工作发展依然是一□一伏，离目前客观需要相距尚远。察南地区通讯工作所以不够活跃，在检讨中一致认为，主要是由于自上而下对全党办报方针认识不足，各级党委没有把通讯工作列到工作日程之中，某些领导干部懒得提笔，也有大材料写不来小材料不愿写，不亲自动手去写，也不去组织稿件，不注重配备各县通讯干部，配备了，也不让其全力作本职工作。在通讯员当中，对通讯工作也大都认识不足，为纠正上述缺点，此次会议决定具体办法如下：（一）继续深入贯彻全党办报方针，进行思想反省，克服党委领导上不重视的观点，并能亲自动手组织稿件，及时帮助通讯员。（二）重新普遍整理通讯网，培养骨干通讯员。（三）六月底各县通讯干事要配备齐全，加强业务指导。（四）按工作系统区规定不同的报道重点。（五）确立支社工作，与通讯员多联系，对复信、退稿，要求认真细□。（六）培养工农通讯员与文化水准高的同志相结合，取长补短，提倡集体写作。

（《晋察冀日报》1946 年 5 月 24 日）

张市剧影院昨义演

收入百万，援助民主联军

【新华社本市二十三日讯】本市八大剧影院，为支援东北自卫战，义务公演于今晚正式演出。观众之踊跃与各剧影院职演员情绪之高涨，不仅为解放以来第一次，亦为张市有史以来第一次。昨晚各剧影院熬夜写标语，今天各院门口均满贴"支援东北保卫战！"等标语，人民剧院门口并置有高大之募捐箱。下午五时许，庆丰、同德两院即告满座，但观众仍络绎不绝地涌来，许多八路军战士均自觉买整票入场。同德戏院竟卖出一千五六百张票，连院内站的地方都没有了。庆丰直到最后一个戏，还有不少观众一定要买票进来，卖票一千七百一十张，演出中职演员特别卖力，《泗洲城》一剧往日最多演二十分钟，今日竟演了五十分钟。台上演员献演了自己最精彩的技艺，台下叫好声、掌声不绝。人民剧院门口的募捐箱收到捐款数千元，四区名医段宝山即捐一千元。各院收入计：人民剧院五万九千五百元，民主影院六万一千八百元，新华影院四万五千四百元，新张家口剧院九万九千元，同德戏院（与裕民合演）三十一万五千六百元，庆丰戏院与新新合演三十四万二千元，共收入九十二万三千三百元，加上募捐收入近百万元。由此次的义务演出情形看，足见张市各界与剧影界对东北保卫战的关怀与热情的支援。旧联、影联并写慰问信一封，与捐款一并交新华社寄往东北民主联军。原信如下：

新华社转东北民主联军全体将士们：

你们为全国与东北人民的和平、民主，英勇地进行着严重的自卫战争，你们以自己的头颅抗拒着美械装备的国民党的进犯军，以你们和东北人民的力量教训那些好战分子。我们张市剧影界将竭尽一切努力支援你们,为此并于五月二十三日夜义务演出,将全部收入九十二万三千三百元由新华社转给你们,略表心意。

晋察冀边区张家口市旧剧联合会、影业联合会同叩
五月二十三日

(《晋察冀日报》1946年5月24日)

《王秀鸾》上演后,观众极为拥挤

【本市讯】前哨剧社之新型歌剧《王秀鸾》已在新张家口剧场上演,观众极为拥挤。半点钟内即满座,后来者亦不愿返回,情愿立着看戏。演出中,掌声时起,感叹之声亦随剧中沉痛的气氛从四处发出。该剧七幕十三场,教育意义甚大。闻将继续公演多日。

(《晋察冀日报》1946年5月24日)

张市学联决定改组

将成为各校学生会联合组织

王青发

【本市廿二日讯】经过月余的酝酿和征求意见后,张市学联执委会已于昨日决定改组学联组织,并通过新组织章程。昨日下午六时,学联执委会于该会办公室召开第三次会议。到会除执委外,并有各大中学学生会主席列席,由学联主任孟钺说明改组理由,指出:"今后的学联组织应成为短小精干、便于工作的各校学生会联合性质之组织。"并决定于本月二十六日(星期日)召开扩大联席会议,正式改组学联。

【又讯】学联执委会决定改组学联组织，修正组织章程，兹将新章程原文发表于后。

张家口市学生联合会组织简章

（一）本会定名为"张家口市学生联合会"。（二）本会之宗旨为团结全市同学，建设民主繁荣的新张家口，并与全国学生的民主运动结合起来，为建设和平、民主、团结、统一、富强的新中国而共同奋斗。（三）本会之日常工作，为组织领导全市同学之共同活动，促进各校同学间之友谊，互相交流经验，使本市学生运动更加活跃，并负责与各地学生团体取得联系。（四）凡同意本会之宗旨，愿接受本会领导中等以上学校之学生会，可为本会之团体会员。（五）本会以各大中学学生会之主席（或主任）组成委员会，领导一切工作之进行，委员内设主席一人、副主席二人，负责处理日常事务，委员会半月开会一次。（六）为研究讨论和布置工作方便起见，学联委员会于必要时可随时召开包括各校学生会全体委员的扩大联席会。（七）本会加入边区学联受其领导，并加入本市青年联合会为团体会员，亦接受其领导。（八）本简章于经学联委员会通过之日起施行，其修改权属学联委员会。

附：本会旧组织章程第二条所规定之各项任务，仍应具体保留在各学生会的组织简章之内，本简章不再详载。

一九四六年五月二十二日

（《晋察冀日报》1946年5月25日）

南国社名演员俞珊女士抵张

【新华社本市二十四讯】全国知名的南国社演员俞珊女士日前由

平抵张。南国社为我国文化史上的一个权威戏剧团体，为名戏剧家田汉、塞克等人组成。俞女士自参加南国社后即从事演员研究，至今已将近二十年，在演技上造诣甚深。七七事变后，她曾在香港、昆明、重庆等城市，积极参与抗战戏剧运动，获致不少成绩，此次来张□张市演员工作，定将提出其宝贵的意见。

(《晋察冀日报》1946年5月25日)

宣市教联决定纪念教师节办法

张岱

【新华社宣化二十三日讯】宣化市教联最近决定纪念"六六"教师节的具体办法：（一）检查师生间与教员间的关系，展开尊师、爱生运动。（二）开展写作运动。主要内容是反映敌伪对教育事业的摧残，与贯彻新教育方针的经验和心得，对旧教育的批判等。（三）以学校为单位，检讨过去的工作、学习及教联的领导，并在纪念大会上，介绍成功的学校与优秀的教师。（四）进行考核奖惩，评定薪金。（五）正式成立宣市教联会。

(《晋察冀日报》1946年5月25日)

教师节将到

第一小学改进工作

现各班正进行教学竞赛

郭光

【本市廿三日讯】市立第一小学为了纪念解放后的第一个教师

节，自五月十日开始已展开了加强教员学习和改进工作两方面的突击竞赛，时间共一个月。第一周进行全校工作大检查，一方面通过民主少年团发动全体同学对领导上和教学上提意见，另一方面全体教员进行自我检讨与互相检讨。在检讨中发现以下几种主要缺点：第一，重教、轻导，重课内、轻课外。级任教员不关心学生会，教员除每日上课外，对学生的生活不积极指导，甚至有的认为担任课外工作是额外负担。第二，对民主集中制认识模糊，更不知道如何具体运用，认为民主就是让学生自流，忽略教员的领导作用。学生打架吵嘴，教员常不过问，儿童发生纠纷须经教导主任和校长处理，级任教员不积极设法解决。第三，部分教员学习不努力，政治认识模糊，对问题没有穷根究底的精神，自己既不肯用脑思索，亦不和人讨论，甘心落后；对业务不细心研究改进的方法，只满足于过去的经验，课前不准备，上了课乱抓一把，马虎塞责。以上缺点形成的主要原因是，大□为群众服务的精神不强，怕麻烦，不负责任，甚至个别人在新旧校长交替之际，消极观望，抓空子推卸自己的责任。

根据以上缺点，第二步工作即研究改进的办法。首先在政治学习上，除号召大家每天阅读日报外，并规定每星期五下午进行讨论，现在已开过三次会，对目前国内外形势和东北内战，已有了初步认识。在业务学习上，一方面号召大家积极克服过去的缺点，一方面研究一些具体问题，如教导合一、民主集中制、辅导学生会等问题。经此次检查后，大部分教员已开始动起来，学生也和过去有了显然的不同。下一步（第三步），计划是在现有基础上发动各班突击竞赛，以便将工作推进一步，最后将进行总结，评判优劣。

（《晋察冀日报》1946年5月25日）

人民剧院招待剧影界

【新华社本市二十四日讯】昨晚张市各剧影院为支援东北自卫战义务演出后,今早由人民剧院放映《胜利之夜》,招待全市剧影界同人,以示慰劳。电影放映前,晋察冀军区政治部宣传部部长张致祥曾讲话,他以一个八路军的成员,向剧影界同人支援东北自卫战的热情和拥军精神致谢。

(《晋察冀日报》1946 年 5 月 25 日)

二区召开通讯会议　广泛建立通讯小组

志先

【本市讯】二区于二十一日晚召开全体通讯员联席会,出席二十余位通讯员中,有各街工农通讯员九人。会上通讯干事报告二区通讯工作状况谓:从二月半至五月半三个月内,共收到稿子九十件,报上发表四十九件(《日报》三十九件,《工人报》十件)。但至今尚有不少挂名通讯员,全区通讯工作还不活跃。会上对今后通讯工作的开展商定了具体办法,其重点是在各部门、各学校、各行业、各街道广泛建立通讯小组培养骨干,并发动伴写、伙写和集体写作,提出"写稿要大胆,写稿要仔细"。号召通讯员加强学习,多看报纸,向四街通讯员李永清学习(按,李家贫,但自张市解放后就订一份报纸,每天看后,并向本院十余家住户宣传)。

(《晋察冀日报》1946 年 5 月 25 日)

本报副刊征稿启事

本报《每周增刊》现已改为《每日副刊》，特向各界征稿，稿约如后：

一、稿件种类：诗、小说、通讯报告、杂文、剧评、书评、大鼓、绘画、木刻、歌曲、带专门性的研究论著（文艺的及社会科学的）、各国文化消息、科学发明以及翻译等等。

二、本刊因篇幅所限，故以短小精悍为宜，最好一二千字，三千以上之稿一般不登。

三、来稿请用钢笔或毛笔缮写清楚。最好用格子纸，行与行之间须有间隔，以便计算字数及删改。

四、译稿请附原文。

五、来稿编者有酌予删改之权，否则请预先声明。

六、稿末请署明通信地址，署真姓名，发表时听便。

七、来稿无论采用与否，概不退回，否则请预先附足邮票。

八、来稿请径寄本报副刊科，勿写私人名字。

九、来稿采用后，酌致稿酬（稿酬标准已见本报一般稿约）。

(《晋察冀日报》1946 年 5 月 25 日)

电讯要简练

——新华通讯社给各分社的公开信

新华社各地总分社、分社、支社暨特派记者：

电讯是传达社会动态的紧急工具，在新闻中是最精干的形式。它以最简洁的文字和最高度的速率来报道最重要的新闻、撰著、电讯，不但必须紧缩字句，从而节省电费，而且必须时刻存在一个观念："为了最迅速的报道。"

然而我们的新闻电讯，无论总社广播或分社来报，往往违反这个原则，犯冗长和迟缓的毛病，结果：（一）人力、器材浪费很大。三月份分社来电总数近六十万字，经总社采播的只十五万字，约四分之一，其余四分之三即四十五万字，大多是浪费了。此四十五万字由支社经分社、总分社到总社，有四个转手，每次转手都是编、译、发三道手续，等于十二道手续，虚耗人工无法统计，而总社广播的十五万字亦未必见得条条精彩、字字可用，事实上各报采用量最多不过百分之八十。（二）稿多且长，常使电路壅塞，难免发生积报现象，影响紧要稿件迅速发出，许多新闻往往因此失去时效。（三）热衷量的倾销，忽略质的提高，业务技术不能迅速改进。（四）最重要的是，虽然花费人力、物力不少，但由于新闻零碎，内容贫乏，技术拙劣，难能引人入胜，宣传效果薄弱。

电讯冗长的原因不外三个：一是新闻中夹杂太多的主观议论。我们不善于"让事实自己说话"，通过事实来表明主张和态度，于是不得不乞助于空头的说教。这种说教有时以按语出之，有时采取夹叙夹议办法，有时率性正面地侃侃而谈，无论形式如何，在大多数场合都是不必要的（个别场合例外）。还有我们的"导语"和"结尾"，有时缺乏具体内容，并且和新闻事实本身脱节，类皆标语口号，实际是议论的又一形式，并不能真正起"导语"或"结尾"的作用，反而淹没生动的事实，使新闻受累，引起读者的憎厌。二是材料不知取舍。一条新闻什么都有，这也要，那也要，琐碎的事实堆了一大堆，成为一篇流水账，或一盘杂货摊，而不知择其精华、弃其糟粕，以致文字冗长啰唆，而真正典型和重要内容反无法突出。这种现象很普遍，无论军事消息、生产建设介绍或群众运动报道，都常有此种病症。三是没有讲究表现方法和节省文字，电讯和新闻不分，甚至和通讯不分。若干分社还把当地报纸的新闻通讯一剪刀发来，收到时"本报讯"或"本报通讯"字样还赫然在目，证明并未真正经过编辑过程，完成整理、补充、剪裁、琢磨、改写等等手续。所以一般多为原料，而非加工改造过的新闻成品——毛坯是很粗糙庞杂的东西，它需要占更多的字数。

要解决这个问题，要从思想上、业务上、技术上三方面入手，并且需要总社、分社和全体从事新闻工作同志的努力。在思想上，必须认识新华通讯社已经是个全国性的通讯社，过去它的新闻电稿仅仅为着供应解放区报纸，现在除了这些基本阵地外，还要争取京、沪、渝、平，乃至国外各种报刊采用；过去它的宣传对象是解放区群众，现在除了这部分基本读者以外，已经扩大到新解放区城市的许多市民，并且还必须照顾国民党区域的各阶层人士。过去它的任务主要是，交流各解放区的情形、工作和经验，现在除了这个基本任务（当然仍是极重要的任务），还要以解放区新闻为基础，进而组织全国的新闻网，进出于国内新闻舞台，与其他新闻机关相抗衡。如是，我们新闻报道的水准必须提高，内容和技术都要改进，使它更加充实，更加迅速，更加生动，更加简练，使之够得上全国宣传的要求，满足更广大的读者的希望，完成复杂而艰巨的战斗任务。同时以我们本身的工作基础来说，除了个别分社以外，一般分社都已初具规模，能够保持一定数量的新闻供给，目前问题不在于量的继续增多，主要还是质量的提高，做到少而精，使每条新闻都能尽到一定的作用。这是一个很大的变化，是当前新的情况所迫切需要的。它代表我们工作上的新的发展和进步，相信只要大家在思想上想通这个问题，认真努力去做，是可以求得解决的。

在业务上,必须加强编辑工作。打破把编辑当作事务工作的做法（按照总社的经验,这种现象是很容易发生的）,真正明白地意识到编辑电讯就是政治上的作战,以最高的责任心来从事这一工作。要多调查读者的对象,研究敌、友、我三方的宣传态度,每条新闻寻求最好的报道方法,来达到宣传上的预期效果。对于本身的新闻作品应该珍视,并且不断总结自身的写作经验,求得改进。比如新闻不夹杂议论,评论和新闻尽可能分开,材料要有取舍的选择,真正重要典型的和生动的事实进行中心突出的报道。写作具体而扼要,既不糟蹋生动材料,又不浪费文笔,这些都可加以研究。在新闻宣传的作风上,我们要创造独特的风格,但在报道方法和写作技术方面,我们应该多多向他人学习,大可向英、美、苏那些成名的记者学习他们那种简洁明快的笔调、画龙点睛的手法,凡事抓着要领的技能,以及事事说明出处的态度,是很值得取法。

在技术上,在目前器材困难的条件下,要注意节省物力,取消无限制地使用电台。即使自己有电台,但电报总是电报,压得太多,发不出来,而且要设想到会有一天离开自己的电台,花钱发电的时候。现在总社的通报台事实上已经应付不过来了,为此总社决定对各分社来个人为的相当限制,就是今后总分社单位除了真正特殊情况外（这种特殊情况应随斗争形势的变化决定,目前东北分社可属于特殊情况的例外）,每日发电不得超过二千字。这种限制并非纯粹消极性的,而是给各分社一个任务,要求提高新闻质量,每日在二千字范围内充分发挥报道效能。无限制的数字膨胀,只会造成新闻的滥发,技术上,乃至政治上的不精细,而一定字数的限制,反可提高编辑的责任心,推动报导技术的进步。我们相信,只要编辑工作做得好,每次二千字是完全够用了的。

新闻要简练,我们不止谈过一次。但总社和分社在这方面做得还很不够，现在作为很重大的问题提出。希望不要再把它看作一个简单的字数多少问题，而要看作是改造新闻写作技术上的基本入门，看作是提高新闻质量的关键，看作是讲求宣传方法和成效之一道。只有这样的看法，我们思想上才能得到解决，我们要求各分社在收到这封信后，联系本身实际工作展开一个讨论，并将得到的经验告诉我们，作为总社改进编辑工作的参考。

新华通讯社
五月二十四日

（《晋察冀日报》1946年5月26日）

承德广播电台开始本市广播

各大街学校筹设广播站

【新华社承德讯】承德新华广播电台从本市二十日正式开始本市广播，英文呼号为XGCT，波长二三四点二七米，周率一二八〇千周。每晚除广播本省新闻及音乐节目外，并转播延安、张家口与莫斯科之新闻广播。该电台正在承德市各大街、各区公所、学校与机关、商店、图书馆等设立二十余处广播站，以便全体市民收听，电业公司每台每月收电气费五百元。

（《晋察冀日报》1946年5月26日）

联大新闻系开学

【本市讯】联大文艺学院为培养大批新民主主义新闻干部，特予该院增设新闻系，聘请《晋察冀日报》副总编辑张春桥为系主任，罗夫副之。该系已于本月二十四日正式开学。

（《晋察冀日报》1946年5月26日）

平定开展"李煦明运动" 推动全县通讯写作

【新华社阜平二十三日电】中共平定县委在布置"五月通讯学习月"时，决定开展"李煦明运动"。李煦明同志工人出身，一九三七年在平定县政府当勤务员，那时候识不多几个字。由于他虚心学习，工作积极，担任了见习文书，继任实业科员、实业科长、一区区长、武工队政治委员与工会主任等职。李煦明同志除了努力学习，更重要的是练习写通讯，帮助了自己文化水平的提高。开始他不敢写，怕人笑话，在"管他登不登，写通讯是好干部"的口号下，就大胆地写起来。从四三年起，在残酷的游击环境中，在繁忙的工作中，从未中断过，一直保持"模范通讯员"的光荣称号。煦明同志为什么成了模范通讯员呢？很简单，因为他有决心，他的经验是"写得多了总要登出来"。去年十一月份到现在，共写稿四十五篇。三月份调动工作中，还写了八篇。他曾次接到八篇退稿，但是一点也不灰心。他写通讯写成了习惯，时时留心一切事物，往往别人不注意的小事他都记在日记本上，有时为一点材料，夜里跑好几里路去搜集。他对每篇稿件都力求确实，四月十五日县里接到他一封信"冯家庄被阎军一次抓了三十九个人，我上次写着放回一部，不是白放回来的，还花了六万元。我的稿如没有转走，请加上这一句"。可见他对稿件真实性是很认真的。别人求他帮助时，他从不推诿，和妇女同志合写三八节报道，帮助通讯干事写集讯、组织集体创作，经常以虚心诚恳的态度对人。他写通讯是挤时间，在游击区工作时，他常常在鸡叫前起来写稿。耿县长称赞说："咱真佩服李煦明同志那种挤时间的精神。"更重要的是，他细心深入的工作作风和坚强的群众观点，博得了广大群众的爱戴，在阳家附近的小孩子们都叫他"政委叔叔"，老人士绅们叫他"郑（政）先生"。今年煦明同志结婚时，许多年轻妇女围着去看她们的"政委嫂嫂"。由于这样的群众关系，他搜集的材料就特别丰富、确实。中共平定县委号召开展"李煦明运动"，号召各地组织"李煦明小组"，所有干部认真地进行思想反省，不但要学习煦明同志的积极写稿精神，还应该学习他细心深入的工作作风和坚强的群众观点。指出，李煦明的方向，就是平定通讯员的方向。

（《晋察冀日报》1946年5月27日）

沪当局颁布"艺员登记" 戏剧团体群起反对

【新华社延安二十四日电】沪讯：国民党当局为进一步剥夺艺人自由，最近由市警察局颁布所谓"艺员登记办法"。规定全市戏剧界人士，不论电影、话剧、平剧、杂耍，均须于"国民党身份证"之外，再领"艺员登记证"一份。在领证时，必须登记、填表、贴照片，证上有规则多条，证明给艺员随身携带以备随时调查，无证不得登台献艺等。该证与舞女娼妓执照相同，每月须到警局盖章一次，否则不准上台。

【新华社延安二十四日电】沪讯：国民党当局最近宣布实行艺员登记的反动措施后，立即引起沪市戏剧界的猛烈反对。伶界联合会、游艺协会、中电影团、上海剧艺社、戏剧作者联谊会、若干剧团、上海艺术剧团、新华剧艺社等十七个戏剧团体，已于日前联合成立上海全市剧艺界"拒绝艺员登记委员会",请政府立即收回这一违反民主、破坏人身自由的荒谬办法。如不取消,则全市的电影院、平剧院、□剧院、粤剧院、文明剧院、游艺场等,全体停业,以表示坚决之抗议。

(《晋察冀日报》1946 年 5 月 27 日)

创刊漫笔（《副刊》第 1 期）

——从读者中来到读者中去

丁玲

有时候一个小小的企图,也会显得多么的遥远,多么的艰难；但有时候一个小小的企图也会多么的鼓舞人心,热情澎湃,坚持航程和达到目的呵！

一切事情最怕盲从。不用思想,工作也如同海洋,海洋面积广阔,好像处处都可行走,可是海洋上有风浪,海洋下有暗礁,在这时就需要罗盘,需要思想,它能指出方向,找出路程。

《副刊》也如同一只小船,它在海洋上,它有一个希望,这希望如同一朵美丽的睡莲,开放在岸的那方。我们便是这船上的人儿,我们要与这只小船乘风破浪,我们的目的与小船一样,渡过海洋,捉住希望。

这希望是什么？是企图把这只船儿真真为群众所有,《副刊》是人民的朋友,那上边有大伙的呼声,是人民的知心话语。谁有欢乐,谁有疾苦？你高歌颂扬,把你的欢乐带向四方,让欢乐的人们,光明的人们同你齐唱。你反抗控诉,我们也要把它播向四方,让反抗的力量加强,控诉便成为前进的行动。这朋友最好还能更有用些,他会帮

助你学习，那上面有许多世界知识，他会答复你心中的问题，给这些问题加以分析，他帮助你写作，帮助你把你的思想，你的感情，缀成语言的花朵。让这个朋友会使你得到安慰，得到鼓励，得到助益。要把这只船儿真真为群众所有，要把《副刊》成为人民的朋友。

人民的朋友不是高高在上，不是闭门造车，不是主观愿望，它必须到群众中去，在群众中生长。船儿行在海上，群众就好比海洋，船要离了水，就搁浅在沙滩，日晒夜露，转瞬成为无用的朽木，徒然忙碌一场。

我们一定要驶向群众，反映现实，掌握住毛主席的方向，我们愿意向群众学习，学会思想，我们要切实负责，跟着大家的意见随时修改。我们现在伸出手，向你们，《副刊》的读者呵！发出呼声请你们以明亮的眼睛，监督着我们，而且，你们是我们的主人！

(《晋察冀日报》1946年5月27日)

"四三"谈屑

夏明

"人间就有天堂"

北平"四三"事件，特务分子捣乱新华社，逮押工作人员。该社某同志雇佣之王妈，乃天主教徒，平日工作勤谨，亦无辜被捕，同受殴辱。经交涉释放后，同志们对之倍加安慰。王妈感激流涕，与人曰："以后再不信教了！"问其故，答曰："我从前只以为天上才有天堂，谁知道人间就有天堂，那就是你们这里。我不上天，也能进天堂，干什么信教！"

"见不得人的东西"

"四三"事件发生,一便衣特务持枪指挥。新华社同志严词责问:"蒋主席曾应允军警不能随便抓人,你凭什么来抓人!?"特务无以对。后众同志被强迫拖到社外,该特务犹匿坐室中,不敢外出。及执行部中共代表团派人到场,该特务见势不妙,举枪冲出,拔腿飞跑。新华社同志随后尾追,沿途大呼:"同胞们,看呀,那就是特务!他有枪,我们没有枪,可是他怕我们,怕大家认出他来!"观者哗然,说:"啊,原来特务是见不得人的东西!"

掉转车头

大批军、警、宪、特务包围新华社时,横施逮捕,社内工作人员凛然不屈,严正拒捕。特务束手,急电上峰请示。回曰:"即派卡车来,拖上汽车押走!"俄而,大汽车果巍然而来,军、警、宪正动手拖人,军事调处执行部汽车迎面开到,大汽车见机,赶紧掉转车头,开足马力,疾驰而去。旁观者说:"都是见不得人的!"

(《晋察冀日报》1946年5月27日,《副刊》第1期)

北方大学开课

现分五个学院学生达一千四百人

【新华社邢台二十六日电】此间北方大学已于本月二十一日开始上课。该校现共分五个学院,财经、行政、教育、工学、医学及附设班。并将继续成立文学院、农学院及研究院,后者专供学者、专家作专门研究。全校学生现增至一千四百余人,内有新从上海、北平、天津、太原、西安、开封等地来的教授及学生多人。该校图书馆已搜集图书七千余册，现以冀钞三千万元（合法币三万万元）修筑新校舍。

（《晋察冀日报》1946年5月28日）

赤峰文教日臻活跃

中小学校十余所学生五千多名

【新华社赤峰讯】随着各种建设的开展，赤峰市的文化教育也日益活跃起来。赤峰现中学两所，即省立赤峰中学和私立常氏女中，前者设有女生班，有学生四百多名，后者有学生四五十名。专门学校有内蒙古自治学院与热中军政干部学校，前者为内蒙古自治运动联合会的干部学校，学生来自各地蒙旗，男女有二百七十多名；后者有学生百余名，多为初级军政干部。全市共有小学十所，有学生五千多名。在二月间，全市中小学生只二千多名，现在已激增一倍以上，学生自治会在各校都已建立起来。在学生自治会领导下，各校都出版了墙报和黑板报，学生在上面自由地抒写他们的生活、思想和感情，歌颂在民主政治下学校生活的乐趣。

在群众初步发动以后，一般群众的文化娱乐的要求也日益高涨。赤峰市现有戏院两座，一为旧戏院，每场观众满座；一为电影院。保安总队文艺工作团连续在此演新剧，群众争相观看，每次都很拥挤。在街头的黑板报，多载清算复仇消息，群众都围着观看，有的且大声宣读。在墙上到处贴着新鲜的标语、彩画和写着煽动性的街头诗。"老百姓拥护共产党"的歌声，每天在小学放学以后，便一阵阵在街头院里唱起来。

（《晋察冀日报》1946年5月29日）

文协张家口分会要求立即释放金人

——对国民党非法行为提出抗议

【本市讯】中华文艺界协会张家口分会顷通电抗议国民党非法逮捕作家金人,并要求立即释放。原电称:报载东北名作家金人在沈阳为国民党当局逮捕,拘押于陆军监狱。这个事件又一次地证明国民党反动派忠奸不分的行为。日寇投降后,敌伪汉奸备受国民党当局的宽容优待,李守信被委为"总司令",德王被奉为"上宾";而作家金人参加抗战八年,对国家民族无限忠诚,东北解放后,回乡工作,竟遭国民党当局的非法逮捕。对国民党这种压迫进步文化人和蹂躏人权的行为,我们特提出严重抗议,并要求立即释放作家金人!

(《晋察冀日报》1946 年 5 月 30 日)

张垣文协举会庆贺柳亚子先生六旬寿辰

【本市二十八日讯】本日为革命诗人、民主战士柳亚子先生六十寿辰,张垣文协除致电祝贺外,特于今日下午八时举行茶会庆祝。到成仿吾、于力、邓拓、沙可夫、萧三、丁玲、艾青、吕骥、沃渣、尹瘦石等三十余人。萧三任主席①。座谈逾两小时,大家对亚子先生四十年来为中国和平民主、为正义顽强不屈的奋斗精神,极表钦敬。对亚子先生的政治讽刺诗均予以极高评价,认为在旧诗历史上说,亚子先生为其开辟了新的道路。大家因慕于柳亚子先生崇高的品质,甚盼

---

① 按,此处原文作"尹任石等三十余人。萧三瘦主席",两行之末的"任"字与"瘦"字发生锗简,径改。

亚子先生能有机会来张家口一游,并建议瘦石同志将他和亚子先生在重庆时联合展览的诗画在张垣重展。临时动议时,有的同志还提出搜集亚子先生的诗文出版纪念册。座谈会并致贺电称:

"延安新华社转上海辣斐德路五五七号柳亚子先生:今天,本月二十八日,是你的六十寿辰,我们在开会庆祝你。你是真正的爱国者,从二十岁参加同盟会后,经过了辛亥革命、北伐、抗战三个伟大时代,历尽艰险,始终忠于革命,热爱真理,主持正义。你是大无畏者,你痛恨国民党反动派的倒行逆施,因而招致了他们的嫉妒。你的为人、你的诗文、你的字,真是'能纵能控,亦狂亦狷',而'纵、控、狂、狷'都出发于为中国人民谋取解放的思想。在你六十寿辰的纪念之时,我们谨奉数语,以表示对伟大的爱国诗人、和平民主的战士的敬意。"

(《晋察冀日报》1946 年 5 月 30 日)

张市文协、旧剧联欢宴唐伯弢、俞珊两先生

将公演义务戏,援助北平旧剧界

【本市讯】张市文协与旧剧联合会,于今日上午在万福春设宴招待日前来张之《富连成三十年史》作者、曾任北平戏剧学校教授的唐伯弢先生及南国社名演员俞珊女士。到席者有成仿吾、沙可夫、丁玲、萧三、艾青、崔万春、关玉峰及文化界、旧剧界艺人五十余位。会餐前首由沙可夫同志致欢迎词,谓:"俞珊女士与唐伯弢先生的戏剧素养甚深,此来对张市戏剧工作将会给以很大的帮助。"继由崔万春介绍张市解放后旧艺人生活大为改善已达到丰衣足食地步,营业空前发达,社会地位也大大提高。据北平来人谈,北平旧艺人生活

很苦，张市旧艺人应设法援助。成仿吾校长说，俞唐二位来此，将对张市旧剧工作有莫大贡献。俞珊女士讲话时说："此次来张，感到这边工作做得很有成绩。"她认为旧剧应向话剧学习，加以改造，并希望张市文艺界、旧剧界同人多予以帮助。唐伯弢先生对旧剧有很深的研究，他认为："从前旧剧是为有闲阶级服务，含有不少封建、淫荡等毒素，今天旧剧应去掉这些毒素，将其改造为广大人民服务。"席间有人提出演义务戏，援助北平文协与旧艺人，俞女士、唐先生皆愿出力协助。最后决定俞、唐二位为主力，庆丰高吟秋、陈世鼎，新新哈元章等配合演出，并推出崔万春、关玉峰、王久辰、贾克、陈明、胡旭等六人为筹备委员，决于六月十一、十二两日午后在人民剧院演出。闻有《金玉奴棒打薄情郎》《阳平关》《法门寺》《贩马记》等剧。

（《晋察冀日报》1946年5月30日）

东线剧运

韩塞

宣　化

宣化是一个很热闹的大城，有两个戏院子。一个是宣化戏剧院，专演旧剧，一个是宣化人民剧院，演电影、话剧。在这里活动的还有冀察军区的挺进剧社及群众剧社。群众剧社曾演出歌剧《过光景》颇得观众欢迎，特别是来自边区根据地的干部们、农民们，酷爱此剧，现群众剧社已搬到张家口，但宣化群众对于他们保留着□好的印象。挺进剧社，曾在宣化及附近各团队进行巡回演出。演出节目有

《枪》《粮食》《兄妹开荒》《糊涂人》《墙头草》《钢铁与泥土》《赶路相遇》等剧。《粮食》《枪》《兄妹开荒》《糊涂人》效果较好。战士一再地挽留他们，要他们重演，二十六团的一个伙夫，联合战士们写信给剧社说："我昨儿因为做饭，没看上戏，今儿一定要看，我愿意把我的津贴费派个老乡替我挑水，也要看看戏。"许多战士、干部写信给他们。他们直到最近才算结束巡回演出，可是战线剧社又来参加演出，并和挺进剧社合并，闻已准备演出歌剧《子弟兵》……

宣化剧院的旧剧人，在群众剧社田野同志的帮助下，几个月来工作上表现出新的气象，首先是他们的生活得到了改善，工资普遍比以前增高五倍至七倍。凡一切工作都由大家讨论决定，所以干得很起劲。每天早上练功夫，白天排戏、读报，最近还从北平邀来了几个擅于武打的演员，他们在宣化剧院工作以后，很高兴，决心要他们的师兄弟都来解放区唱戏。现在他们正在装修新电扇。工会主席说："现在戏园子是大家的戏院子，决心要把宣化戏剧院，成为真正的为人民服务的戏园子"。他们希望很快地成立起剧人总会来，使解放区的旧艺人在步调统一下，一致行动。

下 花 园

下花园电灯公司，工人们的戏运活动在群众剧社王军同志的帮助下，已经建立了基础，旧年的时候集体创作，学习《穷人乐》的方向，演出了一个电灯工人翻身的戏剧，大家热情很高。平时不大活跃的老工人，也要参加演戏，因为现在演的戏跟过去的不同了，是开"脑筋"的。工人们愉快地生活着，他们现在住在过去日本人住的又明朗又干净的屋子里，常常传出唱歌、唱戏或是数快板的声音。

沙 城

沙城是一个很有意思的地方，产酒很有名，有青绿色的青梅，红色的煮酒，紫色的葡萄酒。冀中七分区前哨剧社住在这里，他们最近也是不断地在对团队做巡回演出，曾演出了《赶路相遇》《山药蛋》等剧。《山药蛋》是他们新编的小歌剧，描写一个士兵对老百姓的关切，颇有趣味，战士们爱看，他们那种服务的精神是很好的。最近去下花园附近等村为战士们演戏，剧社的同志配合演员接了三里路的电线，在村里装上电灯演戏，战士们兴奋异常，他们的生活、工作作风都还坚持着敌后抗战时期的艰苦的精神。

十二分区长城剧社从延庆那边搬到怀来，他们也是从团队演剧回来，演的节目有《双方自愿》《赶路相遇》等。

(《晋察冀日报》1946年5月30日，《副刊》第4期)

冀南出版可观

地方性报纸、刊物共八种

【新华社威县二十九日电】冀南区的出版印刷事业已获得很大成绩。现全区报纸计有《冀南日报》《团结报》《铁流报》《先锋报》等四种。定期出版物有《工农兵》半月刊、《北丰》月刊、《大众通讯》季刊等四种。书店及印刷厂计有冀南书店及各地分店、西北书店、大众书店、南宫书店、平厚书店、冀南行署印刷厂，以及其他散布于各地的小规模农民读物印刷厂甚多。《冀南日报》为冀南全区地方报纸，铅印每日发行一万三千份，遍及冀南各城镇。冀南书店印刷厂资金四百五十万元，工人七十余名，铅印机三架。现已出版干部读物十六种，共五万二千册。《工农兵》半月刊一万册，教科书五万册。冀南行署印刷厂资金二百二十余万元，有铅印机两架，石印机六架，工人六十余名，仅本年一月至三月即印小学课本八册，计七万五千本，并印干部读物四种，共五千册。

(《晋察冀日报》1946年5月31日)